HEYNE BÜCHER

SCIENCE FICTION

Herausgegeben
von Wolfgang Jeschke

Ein vollständiges Verzeichnis aller
im HEYNE VERLAG erschienenen STAR TREK-Romane
finden Sie am Schluß des Bandes.

DAVID NIALL WILSON

STAR TREK VOYAGER™

PUPPEN

Roman

Star Trek®
Voyager™
Band 13

Deutsche Erstausgabe

WILHELM HEYNE VERLAG
MÜNCHEN

HEYNE SCIENCE FICTION & FANTASY
Band 06/5813

Titel der Originalausgabe
CHRYSALIS
Aus dem amerikanischen Englisch von
ANDREAS BRANDHORST

Umwelthinweis:
Dieses Buch wurde auf chlor- und
säurefreiem Papier gedruckt

Redaktion: Rainer Michael Rahn

Erstausgabe by Pocket Books/Simon & Schuster, Inc., New York,

Printed in Germany 1998
Umschlagbild: Pocket Books/Simon & Schuster Inc., New York
Umschlaggestaltung: Atelier Ingrid Schütz, München
Technische Betreuung: M. Spinola
Satz: Schaber Satz- und Datentechnik, Wels
Druck und Bindung: Ebner Ulm

ISBN 3-453-14873-8

1

»Auf den Schirm.« Die Blicke aller Anwesenden richteten sich auf den Hauptschirm der Brücke, als dort ein großer, grünblauer Planet erschien. Captain Kathryn Janeway betrachtete die Welt stumm, sah die Umrisse von Kontinenten und den blauen Glanz von Ozeanen. Nachdenkliche Falten bildeten sich in ihrer Stirn.

Die *Voyager* brauchte Vorräte. Inzwischen hatten sie schon mehrere Sektoren durchquert, ohne einen Planeten zu finden, der ihnen die benötigten Dinge zur Verfügung stellen konnte. Janeway wollte glauben, daß sie jetzt endlich eine geeignete Welt entdeckt hatten. Vielleicht lag es daran, daß der Anblick Erinnerungen an die Erde weckte.

Eine Kluft aus Tausenden von Lichtjahren trennte die *Voyager* von der Heimat. Die Entfernung war so gewaltig, daß sie kaum real erschien. Der Beschützer hatte sie von einem Augenblick zum anderen in den Delta-Quadranten versetzt – eine mächtige Entität, der es in erster Linie um den Schutz der Ocampa ging. Als es zu dem Transfer kam, war die *Voyager* auf der Suche nach einem Maquis-Schiff gewesen, dessen Crew sich ebenfalls auf der anderen Seite der Galaxis wiederfand. Widrige Umstände führten zur Zerstörung jenes Raumers, und jetzt befanden sich beide Crews an Bord der *Voyager*.

Der frühere Maquis-Captain Chakotay fungierte nun als Janeways Erster Offizier. Ehemalige Maquisarden und Starfleet-Angehörige bildeten die Besatzung; gemeinsam versuchten sie, nach Hause zurückzukehren. Da sie nicht einfach eine Nachschubbasis der Föderation anfliegen konnten, unterlag die Kapazität der Bordsysteme, darunter vor allem die Replikatoren, erheblichen Beschränkungen. Das Schiff mußte auf eine Weise fürs Überleben gerüstet werden, mit der Janeway nicht vertraut war. Immer schwieriger wurde es, die Bedürfnisse der Crew zu befriedigen.

Selbst mit Höchstgeschwindigkeit dauerte es siebzig Jahre, um die Heimat zu erreichen, und die besonderen Umstände erforderten es, die Benutzung des teilweise defekten Replikatorsystems zu rationieren. Dadurch ergab sich die Notwendigkeit, praktisch jede Chance zu ergreifen, die Vorräte des Schiffes zu erneuern.

»Nehmen Sie eine vollständige Sondierung vor, Mr. Kim«, sagte Janeway und stellte einen Blickkontakt zu dem jungen Offizier her. »Geben Sie mir Bescheid, wenn es da unten etwas gibt, das wir gebrauchen können. Stellen Sie zusammen mit Neelix fest, was eßbar ist. Der Doktor soll eine Analyse der Luft und des Wassers vornehmen.

Und noch etwas, Mr. Kim: Ich möchte auch wissen, ob der Planet bewohnt ist.«

»Aye, Captain«, erwiderte der Fähnrich, wandte sich seiner Konsole zu und betätigte Schaltelemente. Janeway beobachtete ihn einige Sekunden lang, und der Schatten eines Lächelns umspielte ihre Lippen. Dann drehte sie sich um.

Die Aufmerksamkeit der anderen Offiziere galt noch immer dem Hauptschirm, und Janeways Blick kehrte zu der Welt im Projektionsfeld zurück. Wieder regten sich Erinnerungen in ihr, begleitet von Sehnsucht. Wie sehr jener Planet der Erde ähnelte ... Es waren bittersüße Reminiszenzen, denn sie gingen mit der Erkenntnis einher, daß die Heimat unerreichbar fern blieb.

»Die Sensoren liefern einige seltsame Daten, Captain«, sagte Kim. Er schien verwirrt zu sein. Seine Finger huschten über die Schaltflächen, justierten Bandbreiten und Frequenzen. »Sie registrieren Anzeichen für intelligentes Leben, aber auf einem sehr geringen Niveau. Offenbar beschränken sie sich nicht auf bestimmte Stellen, sondern betreffen weite Bereiche der Planetenoberfläche. Die Biosignale kommen von überall zugleich!«

»Deutet irgend etwas auf Interferenzen oder Fehlfunktionen im Sensorsystem hin?« fragte Janeway und achtete darauf, daß ihr Gesichtsausdruck neutral blieb.

»Nein. Ich habe ein Diagnoseprogramm gestartet, und es bestätigt die volle, uneingeschränkte Einsatzbereitschaft der Ortungssysteme. Darüber hinaus gibt es nicht die geringsten Anzeichen für Subraum-Störungen. Selbst wenn ich Bandbreite und Frequenz des Scans verschiebe – an den Anzeigen ändert sich dadurch nichts. Man könnte meinen, daß irgendeine Lebenskraft alles auf dem Planeten durchdringt.«

»Nun, richten Sie den Erfassungsfokus aus.« Janeway wandte sich von Kims Konsole ab und klopfte auf ihren Insignienkommunikator. »Mr. Neelix, zur Brücke.«

Einige Sekunden lang blieb es still, und dann erklang die fröhliche Stimme des Talaxianers aus dem Lautsprecher der internen Kommunikation. »Ich bin gerade dabei, einen leckeren n'llanthyanischen Eintopf zuzubereiten, Captain. Die Blätter sind sehr empfindlich und müssen in regelmäßigen Abständen gedreht werden, wenn ihr Aroma nicht verlorengehen soll. Die Crew hat sich schon darauf gefreut.«

»Na schön.« Janeway betrat den Turbolift, und in ihrem Gesicht zeigte sich so etwas wie geduldige Resignation. In der gegenwärtigen Situation kam Neelix große Bedeutung zu, denn er kannte sich mehr oder weniger gut im Raumgebiet des Delta-Quadranten aus. Allerdings neigte er auch dazu, das Starfleet-Protokoll zu ignorieren. Wie dem auch sei: N'llanthyanischen Eintopf gehörte zu den einigermaßen genießbaren Spezialitäten in Neelix' kulinarischem Repertoire.

Kurze Zeit später erreichte Janeway den Speisesaal und näherte sich Neelix, der hinter einem glänzenden Metalltresen stand. Der Hut eines Kochs ruhte auf seinem fleckigen Haupt, und er hatte sich eine Schürze umgebunden. Der Raum hatte eine sonderbare Metamorphose erlebt, seit er zur ›Kombüse‹ des Talaxianers geworden war. So anachronistisch es auch sein mochte, an Bord eines Raumschiffs über offenem Feuer zu kochen: Neelix hatte daraus eine gemütliche und angenehme Sache gemacht. Er verfügte über viele Talente, und das Kochen schien ihm besondere Freude zu bereiten.

»Captain, Captain!« rief er. »Wie schön, daß Sie gekommen sind. Ich nehme an, wir befinden uns jetzt in der Nähe von Urrytha?«

»Ja«, bestätigte Janeway. »Vor fünfzehn Minuten kamen wir in Sensorreichweite. Genau darüber wollte ich mit Ihnen sprechen. Sie haben mir doch gesagt, es gäbe keine Lebewesen auf dem Planeten.«

Neelix drehte sich um und richtete einen fragenden Blick auf die Kommandantin. »Zumindest gibt es dort keine, von denen ich wüßte. Haben Sie Bewohner entdeckt?«

»Nicht unbedingt.« Janeway beschrieb die seltsamen Sensoranzeigen, und der Talaxianer hörte aufmerksam zu, während er auch weiterhin rührte. Er wurde dabei immer nachdenklicher.

»Wissen Sie, Captain ...«, sagte er schließlich. »Bei meinem Volk kursieren Gerüchte über diesen Planeten. Als Kind habe ich Geschichten über ihn gehört, jedoch nicht weiter darauf geachtet. Es ging dabei um gewaltige, magische Steintempel und Ruinenstädte. Angeblich lebte auf Urrytha einmal ein Volk, das eine hochentwickelte Zivilisation schuf, doch es soll schon vor langer Zeit ausgestorben sein. Offen gesagt: Ich habe solche Berichte immer nur für Legenden gehalten.«

»Um was für Geschichten handelt es sich, Mr. Neelix? Und warum haben Sie mich nicht darauf hingewiesen, als Sie diesen Planeten erwähnten?«

»Bei meinen Reisen bin ich dort nur auf pflanzliches Leben gestoßen, Captain«, erwiderte der Talaxianer. »Auf Urrytha können wir uns Blort-Wurzeln beschaffen, die ausgezeichnet schmecken, wenn man sie in Pasteten verwendet.«

»Daran zweifle ich nicht.« Janeways Lippen deuteten ein kurzes Lächeln an. Neelix' natürliche Fröhlichkeit wirkte ansteckend, und es fiel schwer, böse auf ihn zu sein. »Allerdings ist das keine Antwort auf meine Frage. Was hat es mit den Geschichten auf sich?«

»Nun, mein Großvater erzählte eine, bei der es um den Planeten ging«, sagte Neelix. »Er meinte, er sei als junger Mann mit einigen Freunden nach Urrytha gekommen, um die Welt zu erforschen, und angeblich fanden sie höchst bemerkenswerte Ruinen.

Sie verbargen sich im Dschungel, wenn ich mich recht entsinne. Große Ruinenstädte mit riesigen Steinsäulen, Tempeln und Gartenanlagen. Aber von den Konstrukteuren fehlte jede Spur. Von ihrer einstigen Zivilisation waren nur die Ruinen übrig. Was mich betrifft: Ich habe dem Planeten mehrere Besuche abgestattet, ohne dabei Ruinen zu sehen oder irgendwelchen Bewohnern zu begegnen.

An mehr erinnere ich mich leider nicht, Captain. Mein Großvater erzählte viele Geschichten, aber kaum jemand nahm ihn ernst. Man sagte ihm nach, viel Phantasie zu haben. Einmal berichtete er uns von einer Frau aus dem Edanis-Sektor, die ...«

»Das genügt, Mr. Neelix.« Janeway drehte sich um, und an der Tür des Speisesaals zögerte sie kurz. »Vielen Dank. Übrigens: Der Eintopf duftet köstlich.«

Neelix sah ihr nach. Er rührte auch weiterhin um, aber sein Blick reichte in die Ferne. Das Schicksal ließ ihn an einer seltsamen Reise teilnehmen: Ein heimatloser Wanderer zeigte einer Crew den Weg, die ihre Heimat verloren hatte.

Er wußte besser als alle anderen, wie sehr die Vorräte bereits geschrumpft waren, denn zu seinen Aufgaben als Koch gehörte auch die Verwaltung des Proviants. Schon seit einer ganzen Weile versuchte er, mit Restbeständen zurechtzukommen, die nicht mehr viel Abwechselung boten. Mit dem Ergebnis, daß die Besatzungsmitglieder der *Voyager* über Mahlzeiten zu klagen begannen, die sich geschmacklich kaum mehr unterschieden.

Neelix fühlte plötzliche Einsamkeit, als er sich an seine Heimatwelt erinnerte, an sein Volk, das einer apokalyptischen Schlacht zum Opfer gefallen war. Von dort aus glitten seine Gedanken weiter zu Kes. Womit beschäftigte sie sich gerade? Bestimmt leistete sie dem Doktor Gesellschaft und lernte von ihm. Es fiel ihr leicht, sich medizinisches Wissen anzueignen, und die Arbeit als Assistentin des Bordarztes gefiel ihr ebenso wie ihm das Kochen.

Neelix stellte sich die zierliche blonde Frau vor, und daraufhin kehrte das Lächeln auf seine Lippen zurück. Er hob die Schöpfkelle zum Mund und probierte.

»Ah, ausgezeichnet«, sagte er zu sich selbst.

Janeway kehrte zur Brücke zurück und fragte dort: »Gibt es neue Informationen, Mr. Kim?«

»Wir haben die gesamte Oberfläche des Planeten sondiert, Captain«, erwiderte der junge Fähnrich. »Ganz gleich, wie die Sensoren auch konfiguriert sind – sie liefern immer wieder das gleiche Ergebnis. Die Bioindikatoren behaupten auch weiterhin, daß es dort unten Lebewesen gibt, aber es läßt sich nicht feststellen, wo sie sich befinden und was es mit ihnen auf sich hat. Vielleicht handelt es sich um einen Organismus, der nur wenig Substanz hat, aber eine große Fläche bedeckt. Denkbar wären auch mikroskopisch kleine Geschöpfe in so großer Zahl, daß sie wie eine einzige Entität auf die Sensoren wirken. Es gibt noch eine dritte Möglichkeit: Vielleicht stört jemand unsere Sondierungssignale und sorgt dadurch für falsche Anzeigen.«

Janeway drehte sich zum Ersten Offizier um. »Was halten Sie davon, Mr. Chakotay?«

»Ich weiß es nicht, Captain«, entgegnete er. »Einem solchen Phänomen bin ich nie zuvor begegnet. Selbst wenn ein fremder Faktor unsere Sondierungssignale stört – vielleicht lassen sich die Sensoren auf eine Weise justieren, die zuverlässige Ortungen ermöglicht. Ich weiß, daß wir unsere Vorräte erneuern müssen, aber zuerst sollten wir versuchen, zuverlässige Daten zu gewinnen.«

»Ganz meine Meinung.« Janeway nickte knapp. »Lassen Sie Torres kommen; vielleicht kann sie etwas ausrichten. Neelix' Schilderungen entnehme ich, daß es auf dem Planeten eine primitive, landwirtschaftlich orientierte Kultur geben könnte – möglicherweise eine Erklärung für die seltsamen Anzeigen. Wenn das tatsächlich der Fall ist, müssen wir Kontakte vermeiden. Uns kann nicht daran gelegen sein, die Einheimischen zu erschrecken. Bitte helfen Sie bei der Rekonfiguration, Mr. Tuvok.«

»Selbstverständlich«, bestätigte der Vulkanier.

Tuvok und Kim begannen sofort mit der Arbeit. Janeway schritt zur Tür. »Die Brücke gehört Ihnen, Commander Chakotay. Falls sich etwas Neues ergibt – ich bin im Bereitschaftsraum.«

»Aye, Captain«, erwiderte Chakotay. Neben Kim und Tuvok beugte er sich über die Kontrollen der Scanner, war bereits ganz auf das gegenwärtige Problem konzentriert.

Als sich die Tür hinter Janeway schloß, lockerte sie die Schultern ein wenig und seufzte schwer. Dann trat sie zum Sessel hinter dem Schreibtisch und ließ sich hineinsinken. Sie nahm ihre Verantwortung als Captain der *Voyager* sehr ernst, gerade unter den gegenwärtigen Umständen: Es galt, nicht nur bei ihrer eigenen Crew Loyalität und Respekt zu gewährleisten, sondern auch bei den ehemaligen Maquisarden.

Vor der Besatzung mußte sie unerschütterlich wirken, selbst wenn sie der Verzweiflung nahe war. Für die meisten Personen an Bord symbolisierte sie die Hoffnung darauf, irgendwann nach Hause zurückzukehren, Familienangehörige und Freunde wiederzusehen. Diese Bürde lastete schwer auf Janeway.

Der Anblick des blaugrünen Globus von Urrytha hatte etwas tief in ihr berührt. Diese Welt wies so große Ähnlichkeit mit der Erde auf ...

Meistens gelang es Janeway, ihre Gefühle beiseite zu schieben und sich auf die Arbeit zu konzentrieren, vom einen Augenblick zum nächsten zu leben. Doch es klappte nicht immer. Als ihr nun schwer ums Herz wurde, begriff sie: Diesmal konnte sie ihren Empfindungen nicht so einfach entkommen.

Der Türmelder summte. Aus einem Reflex heraus straffte Janeway die Schultern und strich das Haar glatt.

»Herein«, sagte sie mit fester Stimme.

Lieutenant B'Elanna Torres, Chefingenieurin der *Voyager*, betrat den Bereitschaftsraum. Hinter ihr schloß sich die Tür wieder.

»Haben Sie etwas herausgefunden, B'Elanna?«

»Ich denke schon, Captain. Die Ursache für die seltsamen Bio-Anzeigen ist nach wie vor unbekannt, aber bei einer visuellen Sondierung fanden wir Hinweise auf eine primitive Zivilisation. Wir begannen bei der Waldregion, aber das dichte Laubwerk erwies sich als undurchdringliches Hindernis. Dort sind die eigentümlichen Biosignale übrigens am stärksten. Nun, als wir auch die übrigen Bereiche untersuchten, fanden wir eine Siedlung. Alles deutet auf Bewohner und eine einfache landwirtschaftliche Kultur hin, die keine Raumfahrt betreibt. Aber wir sind nicht imstande, auch nur eine einzige Person zu lokalisieren.«

»Gibt es Siedlungen in der Nähe jener Orte, wo wir Mr. Neelix' Wurzeln ernten können? Wenn wir nicht bald neuen Proviant bekommen, müssen wir unsere Stiefel anknabbern.«

»In diesem Zusammenhang gibt es einen sehr sonderbaren Aspekt«, sagte Torres. »Das entdeckte Dorf befindet sich in einer öden, abgelegenen Region des Planeten. Die dortige Vegetation beschränkt sich auf einige wenige Stellen, wie bei Oasen, doch die Einheimischen vermieden es, sich in der Nähe jener Bereiche niederzulassen. Im Dschungel gibt es Wasser, viele Arten von pflanzlichem Leben und auch einfache Tiere – aber keine intelligenten Geschöpfe. Eine Erklärung für die seltsamen von den Sensoren registrierten Biosignale steht nach wie vor aus.«

»Soll das heißen, Lieutenant, daß die Bewohner des Planeten – wer oder was auch immer sie sind – sich so weit wie möglich von den Orten entfernt niedergelassen haben, die ihnen Nahrung bieten?«

»Darauf scheint es hinauszulaufen, Captain.«

»Sagen Sie Mr. Paris, er soll uns ein wenig näher heranbringen. Ich möchte mir die ›Oasen‹ ansehen. Und ich brauche Antworten. Vielleicht liegt es an uns, daß wir die Bewohner nicht lokalisieren können. Die Vorstellung, ihnen ganz plötzlich über den Weg zu laufen, gefällt mir nicht sonderlich.«

»Ja, Captain«, erwiderte Torres. »In den Dschungelzonen ist die Vegetation ziemlich dicht, Sir. Wahrscheinlich können wir nicht mehr sehen als nur die Baumwipfel.«

»Verstehe«, sagte Janeway und kehrte bereits in die Welt ihrer Gedanken zurück.

B'Elanna verließ den Bereitschaftsraum, und Janeway zögerte einige Sekunden lang, bevor sie aufstand und sich noch einmal das Haar glatt strich.

Als sie kurz darauf die Brücke betrat, zeigte der Hauptschirm den Dschungel des Planeten Urrytha. Torres hatte nicht übertrieben: Von oben betrachtet wies die Vegetation große Ähnlichkeit mit einem terranischen Regenwald auf. Sichtbar waren die Wipfel von Bäumen, die Dutzende von Metern weit in die Höhe ragten, gewaltige Farne und blühende Pflanzen, die bis zu sechs oder sieben Meter groß wurden. Die bunten Farben wirkten kraftvoll und vital.

»Computer«, sagte Janeway, »erhöhe die Vergrößerung um den Faktor hundert.«

Das Bild veränderte sich. Einzelne Blüten, die zuvor anonymer Bestandteil des Farbenmeers gewesen waren, traten jetzt deutlich hervor. Große Insekten flogen hin und her. Ein Vogel segelte durchs Projektionsfeld und glitt dann in einer weiten Spirale den Bäumen entgegen. Nirgends in dem Grün zeigte sich eine Lücke, durch die man den Boden erkennen konnte. Allerdings glänzte hier und dort das Wasser von Flüssen. Sie bildeten blaue Bänder im Grün. Zweige ragten über die Ufer hinweg, und Lianen baumelten herab.

»Keine Anzeichen von Bewohnern, Captain«, meldete Tom Paris. »Andererseits könnte sich eine ganze Armee unter den Baumwipfeln verstecken – es läßt sich nicht feststellen, solange die Scanner und Sensoren keine konkreten Daten liefern.«

»Sind Sie sicher, daß wir nichts übersehen haben?«

fragte Janeway, obwohl sie die Antwort bereits kannte. Paris' Hinweis auf die Möglichkeit eines Hinterhalts fügte ihrer Verwirrung ausgeprägtes Unbehagen hinzu.

»Ja«, sagte Tuvok. »Wir haben auf jede nur erdenkliche Weise sondiert und darüber hinaus auch visuelle Analysen der Vegetationsbereiche vorgenommen. Wenn es intelligente Bewohner auf dem Planeten gibt, so können sie sich offenbar ziemlich gut verstecken. Ihr Geschick beim Bau von Häusern und dem Anbau von Getreide scheint weitaus weniger ausgeprägt zu sein.«

Die Tür des Turbolifts öffnete sich, und ein lächelnder Neelix betrat den Kontrollraum der *Voyager*. Er betrachtete die Landschaft auf dem Hauptschirm, wandte sich dann an die Kommandantin und zwinkerte. »Da haben wir sie, Captain: Blort-Pflanzen, ein ganzer Wald von ihnen. Die Wurzeln werden unsere Proviantprobleme für einige Zeit lösen. Ich kann sie zu verschiedenen Gerichten verarbeiten, und einige davon sind ausgesprochen köstlich.«

»Meine Besorgnis gilt vor allem den Einheimischen, die uns verborgen bleiben, Mr. Neelix. Ihre Wurzeln müssen vielleicht noch ein wenig warten. Vielleicht steht den Bewohnern ein natürlich abgeschirmtes Versteck zu Verfügung, das von den Sondierungssignalen nicht erfaßt werden kann. Ich möchte mich nicht auf den Planeten beamen und den Bewohnern einen solchen Schrecken einjagen, daß eine neue Religion entsteht. Genauso widerstrebt es mir, mit einer Einsatzgruppe einen Ort aufzusuchen, von dem ich nicht weiß, ob er Sicherheit bietet.«

»Ich verstehe Ihre Bedenken, Captain«, entgegnete Neelix servil. »Nun, ich habe mich schon einmal in dem Dschungel dort aufgehalten und bin niemandem begegnet. Es wäre mir peinlich, jetzt einem Volk gegenüberzutreten, das mich für einen Gott hält.«

Einige Brückenoffiziere lachten, aber Janeway stimmte nicht mit ein. Neelix bemerkte den Ernst in ihrer Miene und versuchte es anders. »Wir brauchen die Vorräte, Captain. Unser Proviant reicht nur noch für eine Woche, vielleicht auch für zwei, wenn ich ihn so sehr strecke, daß die Mahlzeiten überhaupt keine Freude mehr bereiten. Selbst unser Frischwasservorrat wird knapp.«

»Ich bin mir unserer Situation bewußt, Mr. Neelix«, sagte Janeway und fühlte, wie sich ein Hauch Ärger in ihr regte. Die anderen hatten nicht erfahren sollen, wie ernst die Lage geworden war – zumindest noch nicht. Von einer echten Krise konnte derzeit kaum die Rede sein, aber es bahnte sich eine an, wenn sie nicht bald Gelegenheit bekamen, ihre Vorräte zu erneuern. »Nun, vielleicht bleibt uns nichts anderes übrig, als ein Risiko einzugehen.

Mr. Kim ...«

Sie kam nicht dazu, den Satz zu beenden, denn plötzlich erklang B'Elannas Stimme. »Wir haben etwas gefunden, Captain.«

Die Finger der Chefingenieurin tanzten über die Kontrollen, und das Bild auf dem Hauptschirm wechselte. Es zeigte jetzt eine öde Felslandschaft, in der es nur wenig Vegetation gab. Im Hintergrund zeigten sich die Konturen eines Dorfes.

»Was ist das, Lieutenant?« fragte Janeway. Sie trat an die Seite von Torres und blickte auf die Anzeigen der Konsole.

»Das ist die Siedlung, von der ich Ihnen erzählt habe, Captain«, antwortete B'Elanna aufgeregt. »Zuvor gab es dort keine Bewohner, aber jetzt ist eine kleine Gruppe von Humanoiden erschienen. Ich weiß nicht, wie wir sie bei der ersten Sondierung übersehen konnten oder woher die Leute plötzlich kommen, aber jetzt sind sie da.«

»Allem Anschein nach leben die Einheimischen tatsächlich im Ödland«, überlegte Janeway laut. »Nun, über Geschmack läßt sich streiten. Mr. Tuvok, wir stellen eine Einsatzgruppe zusammen, die sich so bald wie möglich auf den Planeten begeben wird. Wir brauchen Neelix wegen der Wurzeln, und Mr. Kim sollte ebenfalls mit von der Partie sein. Die Leitung übernehme ich selbst.«

»Halten Sie das für klug, Captain?« fragte Tuvok. »Es ist meine Pflicht, Sie darauf hinzuweisen, daß Ihrer Sicherheit große Bedeutung zukommt.«

»Ich weiß um die Bedeutung meiner Sicherheit, Mr. Tuvok.« Die Kommandantin lächelte. »Aber auf dem Planeten scheint es nicht sehr gefährlich zu sein, und ich möchte mir ein wenig die Beine vertreten.«

Tuvok verzichtete auf eine Antwort und nickte nur, doch etwas in seinen Augen deutete auf Mißbilligung hin. Er betrat den Turbolift, um den Rest der Einsatzgruppe zusammenzustellen, spürte dabei eine seltsame Unruhe, die er sich nicht zu erklären vermochte.

Janeway blieb noch einige Sekunden lang stehen und sah stumm zum Hauptschirm. Schließlich drehte sie sich abrupt um und ging zum Lift. Sie mußte noch einige Vorbereitungen treffen, bevor der Transfer zum Planeten stattfand.

»Übernehmen Sie die Brücke, Commander Chakotay«, sagte Janeway und verließ den Kontrollraum.

2

Die Landegruppe materialisierte im Zentrum einer Lichtung, die auf allen Seiten von üppig wuchernden Farnen und hohen Bäumen umgeben war. Vögel flatterten zwischen den Zweigen, und ihr Zwitschern vermischte sich mit dem Summen von Insekten und dem leisen Seufzen des Windes hoch oben in den Wipfeln. Der gesamte Fruchtbarkeitsvorrat des Planeten schien an diesem Ort konzentriert zu sein.

Der aromatische Geruch exotischer Blüten erfüllte die Luft, und die jähe Farbenflut nach dem Transfer raubte Janeway fast die Orientierung. Ganz still stand sie, nahm die Eindrücke in sich auf und holte tief Luft. Es war *atemberaubend*.

Sie hob den Tricorder und begann mit einer routinemäßigen Sondierung der unmittelbaren Umgebung. Viele Jahre bei Starfleet hatten sie gelehrt, daß auf einer fremden Welt zunächst Informationen gesammelt werden mußten, denn Gefahren konnten selbst dort drohen, wo alles harmlos wirkte. Außerdem ging es nicht nur um ihre eigene Sicherheit, sondern auch um die ihrer Begleiter. Deshalb durfte sie sich nicht damit aufhalten, die Schönheit dieser Welt zu bewundern. Dazu blieb später noch Zeit genug, wenn sich herausgestellt hatte, daß es hier nichts zu befürchten gab.

Neelix war nicht so vorsichtig. Mit einem freudigen Glucksen eilte er zur einer Seite der Lichtung, griff dort nach einer Pflanze mit großen grünen Blättern und zerrte an ihr. Erstaunlich leicht löste sie sich aus dem feuchtem Boden, und sichtbar wurde eine längliche, röhrenförmige Wurzel. Der Talaxianer hob sie zur Nase, schnupperte daran und wandte sich dann mit strahlender Miene den übrigen Angehörigen der Landegruppe zu.

»Blort-Wurzeln, Captain!« rief er und hob die Pflanze wie eine Trophäe über den Kopf. »Ich hab's ja gesagt! Hier gibt es genug davon, um einen für zwei Monate reichenden Vorrat anzulegen!«

»Sammeln Sie, was Sie brauchen, Mr. Neelix. Ich hoffe, es gibt hier noch andere eßbare Pflanzen. Wenn dieser Planet tatsächlich bewohnt ist, möchte ich vermeiden, Nahrungsmittelquellen der Einheimischen zu beeinträchtigen. Niemand soll Hunger leiden, weil wir uns neuen Proviant beschaffen.«

»Keine Sorge, hier gibt es genug für alle, Captain«, versicherte Neelix und eilte zur anderen Seite der Lichtung, um sich dort einige Büsche anzusehen. »Was die Blort-Wurzeln betrifft ... Sie wachsen nicht überall, aber wo sie einmal Wurzeln geschlagen haben, wird man sie kaum wieder los. In nur dreißig Tagen wird aus dem Sämling eine für den Kochtopf reife Pflanze. Hier haben wir genug, um eine ganze Armee zu ernähren.«

Hoffen wir nur, daß wir keiner Armee begegnen, dachte Janeway und richtete ihre Aufmerksamkeit wieder auf den Tricorder. »Nichts deutet auf die Präsenz von Bewohnern hin, aber wir wissen nicht, ob es so bleibt. Ich möchte diesen Ort so schnell wie möglich verlassen. Die seltsamen Lebenszeichen, die wir geortet haben, machen mich nervös, und es gefällt mir nicht, daß jene Einheimischen von einem Augenblick zum anderen erschienen.«

»Vielleicht sollten wir versuchen, noch gründlichere Untersuchungen mit unseren Sensoren und Scannern anzustellen«, schlug Tuvok vor. »Das Dorf erweckte einen ganz gewöhnlichen Eindruck, und nichts deutete auf jene Art von hochentwickelter Technik hin, die für Tarnvorrichtungen und Abschirmungen nötig ist. Dennoch materialisierten die Fremden wie aus dem Nichts.«

Janeway nickte geistesabwesend und spürte, wie sich zumindest ein Teil ihrer Besorgnis verflüchtigte, ihr dadurch die Möglichkeit gab, Gefallen an der Umgebung zu finden. Die Gruppe setzte sich in Bewegung, verließ die Lichtung und folgte dem Verlauf eines halb überwucherten Pfades, der weiter ins Innere des dschungelartigen Parks führte.

Janeway verharrte innerlich und dachte kurz darüber nach. Es schien sich wirklich mehr um einen Park zu handeln als um einen Dschungel, obwohl das Wachstum der vielen Pflanzen keinen Beschränkungen zu unterliegen schien. Die allgemeine Struktur zeichnete sich durch zuviel Symmetrie aus, durch eine deutlich spürbare Ordnung. Janeway zweifelte kaum daran: Bei einem Blick von oben hätten sich vermutlich Hinweise auf eine Planung ergeben.

Und wenn das stimmte ... Vielleicht standen den Bewohnern des Planeten doch Abschirm- oder Tarnmethoden zur Verfügung, obwohl Tuvok das technische Entwicklungsniveau der Einheimischen für zu niedrig hielt. Die Größe einer Zivilisation ließ sich nicht unbedingt am technischen Fortschritt messen – das sollten sie besser nicht vergessen. In vielen Fällen bot die Natur ausreichende Verteidigungsmöglichkeiten an, wenn man der Evolution genug Zeit ließ.

Der Umstand, daß sie vielleicht einen alten, wieder urwüchsig gewordenen Park durchstreiften, weckte neuerliche Besorgnis in Janeway. Gerade jetzt konnten sie keine unangenehmen Überraschungen brauchen.

Als sie tiefer in den ›Dschungel‹ vorstießen, verlor

sich die Kommandantin immer mehr in der Schönheit ihrer Umgebung. Neelix hielt die anderen mit dem Sammeln von Pflanzenproben beschäftigt, und Tuvok offenbarte das für ihn typische Verhalten, indem er immer wieder Sondierungen vornahm, dabei nach verborgenen Gefahren Ausschau hielt – er nahm seine Pflichten als Sicherheitsoffizier sehr ernst. Die Wachsamkeit des Vulkaniers ermöglichte es Janeway, die üppige Vitalität um sie herum zu genießen, immer wieder tief durchzuatmen und dabei den Duft von Pflanzen und fruchtbarer Erde zu genießen.

Nach vielen Monaten im All stellten diese Sinneseindrücke etwas Neues dar, schienen aus einem halb vergessenen Traum zu stammen. An einem solchen Ort hatte sie sich zum letzten Mal in Begleitung eines geliebten Mannes aufgehalten, den sie vielleicht nie wiedersah. Wenn sie die Augen schloß und sich ganz darauf konzentrierte, entstand sein Bild vor ihrem inneren Auge, und dann fühlte sie sogar, wie er sie umarmte.

Janeways Gedanken trieben dahin, und ihre Konzentration zerfaserte in einer Welt aus Erinnerungen. Erst der Klang von Tuvoks Stimme brachte sie in die Gegenwart zurück.

»Captain!«

Sie hob den Blick, sah über den Pfad hinweg – und riß verblüfft die Augen auf. Weiter vorn lichtete sich der scheinbar endlose Wald, und dort erhoben sich alte Mauern. An einigen Stellen ragten sie weit empor, und an anderen schienen sie bestrebt zu sein, sich mit dem Boden zu vereinen.

An dem hohen Alter der Ruinen konnte kein Zweifel bestehen. Hier und dort wuchsen kleine Bäume auf ihnen, und Ranken schlängelten sich über sie hinweg. Doch die Fundamente waren größtenteils intakt. Die Größe der Steinblöcke und Säulen, die Komplexität des architektonischen Musters – alles wirkte überaus beeindruckend.

Janeway richtete einen fragenden Blick auf Neelix. Ärger schimmerte in den Augen, aber sie hielt ihre Stimme unter Kontrolle.

»Ich dachte, Sie hätten diesen Dschungel schon einmal besucht, Mr. Neelix.«

»Ich versichere Ihnen, daß ich diesen Ort nie zuvor gesehen habe, Captain«, erwiderte der Talaxianer hastig. Körpersprache und Gesichtsausdruck bestätigten, daß er die Wahrheit sagte. Er sah an den Ruinen empor und fügte hinzu: »Es gibt Blort-Wurzeln am Rand des Dschungels, und ich habe mich damals nicht sehr tief in den Urwald hineingewagt.«

Er deutete zu den alten Bauten. »Imposant, nicht wahr?«

Janeway antwortete nicht und preßte kurz die Lippen zusammen. Vielleicht lebten die Bewohner dieser Welt wirklich nicht im alten Park, aber es ließ sich auch nicht ausschließen, daß sie sich irgendwo versteckten. Eins stand fest: Früher einmal hatte hier ganz sicher jemand gewohnt, und diese Erkenntnis schuf Unruhe in Janeway.

Sie bedauerte nun, keine genaueren Sondierungen angeordnet zu haben, bevor sie mit der Einsatzgruppe aufgebrochen war. Sie hätte es in Erwägung ziehen sollen, Scouts auszuschicken. An einem solchen Ort mußte man damit rechnen, auf Unerwartetes zu stoßen.

»Ich schlage vor, wir setzen das Sammeln von Proben fort und machen dabei einen weiten Bogen um die Mauern«, sagte Tuvok und unterbrach damit Janeways Überlegungen. »Sie bieten gute Gelegenheit für einen Hinterhalt.«

»Sind Sie überhaupt nicht neugierig darauf, wer diese Bauten errichtet hat?« fragte Kim. Die dem langsamen Zerfall preisgegebene Pracht faszinierte den jungen Fähnrich ganz offensichtlich. Die Ruinen boten einen prächtigen Anblick, kündeten von einstigem Ruhm.

»Nun«, ließ sich Neelix vernehmen, »wer auch immer die Baumeister waren – sie müssen recht groß gewesen sein. Sehen Sie sich nur die Treppen an.«

Er deutete zu einem Bereich, der unmittelbar an den Pfad grenzte. Es fiel jetzt leichter, den Weg als Rest einer Straße zu erkennen und sich den Dschungel als Park einer Stadt vorzustellen, die direkt aus einer Legende zu stammen schien.

Zwar blieb die Unruhe in Janeway, und sie erkannte die Vernunft – Logik – in Tuvoks Warnung, aber gleichzeitig drängte alles in ihr danach, mehr herauszufinden. Es widersprach ihrer Natur, sich von einem Geheimnis abzuwenden, ohne einen einzigen Versuch zu unternehmen, es zu lüften.

»Ich halte es für zu früh, schon jetzt zurückzukehren«, sagte sie. »Sehen wir uns die Sache aus der Nähe an. Vielleicht entdecken wir etwas, das uns Aufschluß über die seltsamen Lebenszeichen gibt, die wir geortet haben. Möglicherweise bieten sich hier Hinweise darauf, warum unsere Sensoren keine exakten Daten liefern. Wir sollten auf jeden Fall die Chance nutzen, mehr in Erfahrung zu bringen.« Janeway drehte sich zu Tuvok um und fügte hinzu: »Wenn hier tatsächlich eine Art Tarnvorrichtung eingesetzt wird, so dürfte es angebracht sein, der Sache auf den Grund zu gehen, nicht wahr?«

Die Miene des Vulkaniers blieb ausdruckslos, aber Janeway spürte, daß er ihre Ansicht nicht teilte. Er schwieg jedoch, als sie den Weg fortsetzten, hielt dabei den Blick auf seinen Tricorder gerichtet. Die andere Hand ruhte in der Nähe des Phasers.

Kim ging an der Spitze der Gruppe, nicht weit von

Janeway entfernt. Immer wieder sah er sich staunend um und machte keinen Hehl daraus, daß ihn die Ruinen mit Ehrfurcht erfüllten. Eine Aura aus hohem Alter umhüllte diesen Ort, berichtete von Permanenz und einer Beständigkeit, die über den Verfall hinausging. Die Stadt wirkte nicht in dem Sinne verlassen; sie schien vielmehr zu warten.

Zwei andere Mitglieder der Landegruppe schritten neben Kim: Fähnrich Kayla, eine junge Bajoranerin, die zusammen mit den Maquisarden an Bord der *Voyager* gekommen war, und Fähnrich Fowler, ein Junioringenieur. Kayla musterte Kim, während er faszinierte Blicke auf die Ruinen und grünen Mauern des Dschungels richtete. Er schien ihr zu gefallen, was Fowlers Aufmerksamkeit nicht entging.

»Toller Anblick«, kommentierte er und klopfte Kayla auf die Schulter.

Kim drehte den Kopf, als er diese beiden Worte hörte, und er sah gerade noch, wie Kayla den Kopf drehte. Er bemerkte die Bewunderung in ihren Augen, errötete und wandte sich rasch wieder den Ruinen zu. Kayla schob sich ein wenig näher an ihn heran und bedachte Fowler mit einem verärgerten Blick.

Sie waren nun schon seit einer ganzen Weile durchs All unterwegs und bis auf wenige Ausnahmen ohne Kontakte zu anderen Personen geblieben. Unter solchen Umständen bildeten sich früher oder später Paare in der Crew. So etwas ließ sich nicht vermeiden – es handelte sich um eine natürliche Entwicklung. Inzwischen war sogar schon ein Kind geboren worden.

Kim gab vor, ganz mit seinem Tricorder beschäftigt zu sein, ging etwas schneller und schloß dadurch zu Janeway auf. Seine Reaktion basierte nicht nur auf Verlegenheit. Er wußte, daß Kayla ihn attraktiv fand, und er erwiderte ihre Empfindungen zumindest teilweise, was Schuldgefühle in ihm weckte. Im Alpha-Quadranten wartete seine Verlobte darauf, daß er heimkehrte. Wenn er zuließ, daß im Delta-Quadranten jemand Teil seines Lebens wurde ... Für ihn kam es der Bereitschaft gleich, sich damit abzufinden, daß eine Rückkehr überhaupt nicht möglich war.

Kayla folgte ihm nicht und führte ein leises Gespräch mit Fowler. Kim errötete erneut, denn er nahm an, daß sie über ihn sprachen, und er wußte nicht, wie er sie daran hindern sollte. Kayla war eine hübsche junge Frau, und unter anderen Umständen hätte er sicher nicht gezögert, sich auf eine Beziehung mit ihr einzulassen. Statt dessen fragte er sich, wie er ihr seine Gefühle mitteilen sollte, ohne dabei den Eindruck zu erwecken, sie direkt zurückzuweisen.

Es gab noch ein zweites Problem für ihn: Er mußte lernen, mit jener Leere in der Seele fertig zu werden, die seine Verlobte zuvor gefüllt hatte. Kaylas Interesse erinnerte ihn an seine Einsamkeit.

Kim konzentrierte sich wieder auf den Dschungel und die Ruinen, versuchte dabei, sich von der Umgebung ablenken zu lassen.

Als sie den Weg fortsetzten, fanden sie weitere Gebäude, teilweise besser erhalten als das erste. An einigen Stellen zeigten sich Pflastersteine, und manche Bauten wirkten völlig unversehrt. Fast konnte man sich das Volk der alten Baumeister vorstellen, damals, als ihre Kultur und Zivilisation noch intakt gewesen waren: Wesen, die auf Terrassen saßen, speisten oder ruhig miteinander diskutierten.

Als sie sich dem Zentrum der uralten Stadt näherten, wurden die Gebäude größer und noch imposanter. Sie ragten nicht weiter empor, so wie die Wolkenkratzer auf der Erde, gewannen aber an Massivität und verstärkten dadurch den Eindruck von Dauerhaftigkeit. Diese Mauern waren dazu bestimmt, der Ewigkeit zu trotzen.

Neelix kletterte eine Treppe empor und schnaufte vor Anstrengung. Jede Stufe reichte ihm bis zur Brust, und er mußte sich regelrecht hochstemmen. Als er auf der letzten Stufe stand, winkte er und rief:

»Das sollten Sie sehen, Captain! In diesem Hof gibt es einen sehr eindrucksvollen Garten. Einige Pflanzen kann ich selbst von hier aus identifizieren. Alles ist überwuchert und vernachlässigt, aber ich bin ziemlich sicher, daß wir hier einen großen Teil von dem finden können, was wir brauchen. Es würde sich anbieten, hier unserer Basislager einzurichten. Außerdem schlage ich vor, daß wir in dem Garten weitere Proben sammeln und Kes für ihre hydroponische Anlage zur Verfügung stellen.«

Zwar mangelte es Neelix an Respekt, aber Janeway lächelte unwillkürlich. Seine Begeisterung wirkte ansteckend, und sie traf sofort eine Entscheidung.

»Wir wollten versuchen, mehr über diesen Ort zu erfahren. Mr. Tuvok, finden Sie eine geeignete Stelle, um ein Lager einzurichten. Mr. Kim, Sie und Mr. Fowler untersuchen den von Neelix entdeckten Garten und sammeln Proben. Ich sehe mich unterdessen dort drüben um.«

Sie deutete nach vorn, dorthin, wo der erste Weg auf einen zweiten traf. Dort schien sich ein Platz zu erstrecken, auf dem vielleicht einst Märkte abgehalten wurden. In der Mitte bemerkte Janeway eine erhöhte Plattform, von der aus mehrere dicke Steinsäulen gen Himmel ragten.

Niedrige Gebäude säumten den Platz, und aus ihren Wänden ragten sitzbankartige Erweiterungen, einem Brunnen zugewandt, der fast völlig unter Kletterpflanzen verschwand. Insekten schwirrten dort umher.

Tuvok schien zunächst Einwände erheben und auf einer Rückkehr bestehen zu wollen. Doch dann überlegte er es sich anders. »Na schön, Captain. Ich sorge dafür, daß die notwendigen Ausrüstungsmaterialien direkt zum Garten gebeamt werden. Es handelt sich um einen abgetrennten Ort, der ein Mindestmaß an Sicherheit bietet. Und er eignet sich schon deshalb als Lagerplatz, weil Mr. Neelix dort Vorräte sammeln will.«

»Einverstanden.« Janeway nickte.

Neelix, Fowler und Kim – der erleichtert wirkte, nicht mehr in der Nähe von Kayla sein zu müssen – betraten bereits den Garten und verschwanden zwischen großen Säulen am Ende der Treppe. Tuvok folgte ihnen und richtete dabei argwöhnische Blicke auf die Gebäude in der Nähe.

Janeway dachte nicht mehr an den Vulkanier und die anderen, als diese sich weiter vom Rest der Gruppe entfernten. Es lockte die Möglichkeit, über ein vor Urzeiten ausgestorbenes Volk zu spekulieren, und sie gab der Versuchung nach, wanderte in Richtung der Plattform auf dem Platz. Die Geräusche des Dschungels nahmen sie auf, und es war leicht, das Gefühl für die Zeit zu verlieren. Dankbar atmete sie die frische, aromatische Luft und spürte das *Leben* um sie herum, während gleichzeitig die Geister der Vergangenheit riefen.

Als sich Janeway den steinernen Säulen näherte, bemerkte sie Zeichen, die am nächsten Monolithen ein handbreites Band bildeten. Aufgeregt stellte sie fest, daß die anderen Säulen ähnliche Zeichen präsentierten, die unterschiedliche Muster formten.

Sie klopfte auf ihren Insignienkommunikator. »Mr. Kim, könnten Sie bitte zu mir kommen?«

Fasziniert betrachtete sie die uralten Hieroglyphen, strich mit den Fingerkuppen über sie hinweg und versuchte, ihre Botschaft zu verstehen. Eine Art von mathematischer Symbolik schien Grundlage der Schriftsprache zu sein, doch die Bedeutung der einzelnen

Zeichen blieb verborgen. Vor allem ihre Symmetrie weckte Janeways Interesse. Dadurch wurden Erinnerungen an die Akademiezeit wach, an viele Stunden, die sie mit Gleichungen und mathematischer Theorie verbracht hatte. Es war einer der schönsten Abschnitte ihres Lebens gewesen.

Sie hörte Schritte und drehte sich um. Kim trat auf sie zu, und Janeway wich zur Seite, damit er die Zeichen sehen konnte.

»Können Sie sich vorstellen, was es damit auf sich hat, Captain?« fragte der junge Fähnrich.

»Nein«, erwiderte sie. »So etwas habe ich noch nie zuvor gesehen. Bitte fertigen Sie eine visuelle Aufzeichnung an, für eine spätere Untersuchung. Ich bin mir ziemlich sicher, daß die Sprache eine mathematische Basis hat. Der Computer sollte imstande sein, sie ziemlich schnell zu entschlüsseln.«

Kim nickte und strich ebenfalls mit den Fingerspitzen über die Hieroglyphen. Er wirkte ebenso fasziniert wie die Kommandantin.

Janeway wußte, daß sich Kim gern der Herausforderung gestellt hätte, die Schriftsprache zu entschlüsseln. Sie wußte auch, daß er durch eine solche Aufgabe nicht überfordert gewesen wäre. Sie hätte sich selbst über eine Gelegenheit gefreut, sich eingehender mit den Hieroglyphen zu befassen, doch irgend etwas hinderte sie daran, ihre Gedanken von diesem Ort zu lösen, von der Vitalität des Dschungels und dem Geheimnis der uralten Stadt. Sie bekam nicht sehr oft die Chance, auf einer solchen Welt zu weilen, die der Erde sehr ähnelte und doch völlig anders war. Es galt, jede einzelne Sekunde voll auszukosten.

Nicht ohne eine gewisse Erheiterung hatte sie Kims Reaktion auf Kaylas Interesse zur Kenntnis genommen. Bestimmt begrüßte er die Möglichkeit, sich vorübergehend von den anderen zur trennen und dadurch der Aufmerksamkeit einer ganz bestimmten jungen Dame zu entrinnen. Janeway wußte, wie er empfand – im Alpha-Quadranten wartete auch jemand auf sie.

»*Voyager* an Janeway«, tönte Chakotays Stimme aus dem Lautsprecher des Insignienkommunikators.

»Hier Janeway«, sagte die Kommandantin und konzentrierte sich sofort. »Was ist los, Commander?«

»Die Fremden sind wieder verschwunden. Von einem Augenblick zum anderen zeigten die Scanner wieder nur ein leeres Dorf an. Gleichzeitig haben sich die Biosignale geringfügig verstärkt. Leider ist es uns noch immer nicht gelungen, mehr über sie herauszufinden.«

»Setzen Sie Ihre Bemühungen fort«, entgegnete Janeway. »Und versuchen Sie, die Urrythaner wiederzufinden. Ich sorge dafür, daß die anderen ihre Arbeit so schnell wie möglich beenden. Andererseits: Es gibt hier unten einige sehr interessante Ruinen, und ich möchte die Gelegenheit nutzen, mehr über sie herauszufinden.«

»Ich halte Sie auf dem laufenden«, sagte Chakotay.

»Danke. Janeway Ende.«

Sie setzte den Weg durch die alte Stadt fort, doch immer wieder kehrten ihre Gedanken zu den verschwundenen Bewohnern zurück. Stellte ihr Erscheinen im Dorf ein Ablenkungsmanöver dar? Oder gar eine Falle? Sollten sie dazu veranlaßt werden, vor allem die Siedlung im Ödland zu sondieren – damit hier ein Überraschungsangriff stattfinden konnte? Spielten die Fremden mit ihnen?

Es gab zu viele Fragen und zu wenige Antworten. Sie befanden sich auf einer fremden, vielleicht gefährlichen Welt – das durfte Janeway nicht vergessen. Die *Voyager* konnte es sich nicht leisten, daß vier ihrer Offiziere und der Koch in eine Falle tappten.

Die Bürde der Verantwortung drückte Janeways

Stimmung, als sie sich umdrehte und in Richtung des Gartens schritt, wo die anderen Proben sammelten. Tuvok hatte recht: Es war besser, möglichst wenig Zeit an diesem Ort zu verbringen. Janeway tröstete sich mit dem Gedanken, daß sie an Bord des Schiffes Kim dabei helfen konnte, die Hieroglyphen zu übersetzen.

Sie suchte den Garten auf, wo Neelix und Fähnrich Fowler eifrig Gemüse und Wurzeln sammelten. Janeway blieb kurz stehen, um sie zu beobachten, seufzte dann resigniert und winkte Tuvok beiseite.

»Die im Dorf erschienenen Fremden sind wieder verschwunden«, teilte sie dem Vulkanier mit. »Wir müssen uns beim Sammeln der Pflanzenproben aufs Notwendigste beschränken und dann zur *Voyager* zurückkehren. Dieser Ort ist mir nicht geheuer.«

»Ich teile Ihren Standpunkt«, erwiderte Tuvok. »Obwohl es sehr unlogisch ist, das eigene Handeln von emotionalen Eindrücken bestimmen zu lassen.«

»Captain!« Neelix eilte herbei und hob eine lange, rötliche Wurzel. »Das ist wirklich eine Entdeckung! Ich wußte gar nicht, daß es solche grondianischen Knollen in diesem Sektor gibt. Damit sind überaus schmackhafte Schmorgerichte möglich, die …«

Er brach ab und blickte an Janeway vorbei, die sich aus einem Reflex heraus umdrehte und dabei die Waffe zog, ebenso wie Tuvok. Sie sah sich plötzlich einigen sehr großen und dünnen Geschöpfen gegenüber, die weiße Umhänge trugen.

Fast drei Meter groß waren die Wesen, und dadurch ergaben die hohen Treppenstufen einen Sinn. Die Beine wiesen mehrere Gelenke auf, was die Fortbewegung sicher erleichterte. Große, traurig blickende Augen glänzten unter den Kapuzen der Umhänge. Die blaue Haut wirkte fast durchsichtig, und das Licht der Sonne schuf funkelnde Reflexe auf ihr.

Die Hände der Urrythaner waren in Brusthöhe gefaltet, und Janeway bemerkte lange, gewundene Finger. Ganz still standen sie und beobachteten. Janeway wartete darauf, daß sie ihr Schweigen brachen. Wie mochten sie auf die ›Magie‹ der automatischen Translatoren reagieren?

Sie legte Tuvok die Hand auf den Arm, gab ihm dadurch zu verstehen, die Waffe sinken zu lassen. Ihre eigene zeigte bereits nach unten – die Urrythaner sollten sich nicht bedroht fühlen.

Nach einer Weile beschloß Janeway, die Initiative zu ergreifen. Sie trat einen Schritt vor und sagte mit freundlicher Stimme: »Ich bin Kathryn Janeway, Captain des Föderationsschiffes *Voyager*. Wir kommen in Frieden.«

Die Wesen sahen stumm auf sie hinab. Vielleicht mußten sie erst noch mit ihrer Überraschung fertig werden – es geschah bestimmt nicht jeden Tag, daß sie auf ihrer Welt Fremden begegneten, die zu ihnen sprachen. Zuerst blieben sie wie erstarrt, aber dann setzte sich das größte Geschöpf in Bewegung. Mit einem geschmeidigen, mehrgelenkigen Schlurfen kam es näher, blieb vor Janeway stehen und musterte sie aufmerksam.

»Ich heiße Vok«, stellte sich das Wesen mit einem melodischen Singsang vor. »Ich bin Hoherpriester der Gärten, Hüter der Alten, eins mit der Stimme der Geister und dem Herrn der *Ambiana*.«

Vok lächelte nicht, zumindest nicht auf eine erkennbare Weise, aber Janeway vernahm keine Feindseligkeit in der Stimme des Urrythaners.

»Wir freuen uns, Sie kennenzulernen, Vok«, erwiderte sie. »Meine Leute und ich befinden uns fern der Heimat. Wir versuchen, nach Hause zurückzukehren, und dazu benötigen wir Nahrungsmittel und Wasser. Wir haben gehofft, beides hier zu finden. Ihre Zivilisation blieb uns verborgen.«

»Mein Volk zieht es vor, in den Höhlen der Alten zu wohnen«, erklärte Vok. »Das Licht ist uns unangenehm. Wir besuchen die Gärten, um Zeremonien durchzuführen und zu meditieren, aber die meiste Zeit verbringen wir unter der Oberfläche dieser Welt.«

»Ist dies Ihre Stadt?« fragte Janeway neugierig. Die Bauten erschienen ihr nicht als das Werk von Leuten, die den größten Teil ihres Lebens im Innern des Planeten verbrachten, doch größenmäßig paßten Vok und die anderen zu den Ruinen.

»Hier wohnten unsere Vorfahren, die Alten«, erwiderte Vok. »Es ist die Stadt dessen, was gewesen ist und was wieder sein wird. Während des letzten *Aufsteigens* wurde sie zerstört, und es heißt, daß sie sowohl unsere Vergangenheit als auch unsere Zukunft darstellt.«

»Ich verstehe«, log Janeway.

»Wir laden Sie ein, die Früchte des Gartens zu verwenden, auch das Wasser der Bäche, die Sie tiefer im Innern des Waldes finden«, fuhr Vok fort. »In den Höhlen haben wir eigene Gärten. Was sich hier befindet, steht Ihnen zur Verfügung. Nehmen Sie, was Sie brauchen.«

Janeway fand Voks Tonfall zwar sonderbar, aber auch recht angenehm. »Wir danken Ihnen«, sagte sie höflich. »Wir werden Ihnen nicht lange zur Last fallen.«

Sie drehte den Kopf. »Wie weit sind Sie, Neelix?«

»Ich würde gern noch einige weitere Proben sammeln, wenn Sie nichts dagegen haben, Captain.«

Janeway wandte sich wieder an Vok, der sie mit ausdrucksloser Miene beobachtete. Sie dachte noch über die Frage nach, wie willkommen sie tatsächlich waren, als Vok das Schweigen brach.

»Sie können bleiben, solange Sie wollen«, meinte er. »Ihre Präsenz stört uns keineswegs. Wenn wir nicht auf dem Weg zu den Alten hierhergekommen wären, hätten sich unsere Wege vielleicht nie gekreuzt.«

Janeway lächelte und nickte Neelix zu. »Beeilen Sie sich«, wies sie den Talaxianer an. Dann sah sie wieder zu Vok und vollführte eine Geste, die den Ruinen galt.

»Ihre Vorfahren haben eine eindrucksvolle Stadt gebaut«, sagte sie. »Sie müssen sehr hochentwickelt gewesen sein.«

»Es war eine glorreiche Zivilisation«, entgegnete Vok, und in seiner Stimme erklang dabei ein Hauch Emotion, während der Gesichtsausdruck unverändert blieb. Voks Miene war nicht in dem Sinne ausdruckslos, zeigte vielmehr eine vage Mischung aus Kummer und Trauer. »Unsere Vorfahren bauten die Stadt, um ihre eigenen Ahnen zu ehren. Fast zwanzigtausend Jahre sind vergangen, seit sie hier die ersten Fundamente schufen, und vor etwa zehntausend Jahren begannen sie mit dem *Langen Schlaf*.«

»Mit dem *Langen Schlaf*?« wiederholte Tuvok.

»Wir glauben an den Beginn einer neuen Existenz, nachdem der Körper zur letzten Ruhe gebettet wurde«, intonierte Vok. »Diesem Ziel widmen wir unser Leben. Und das gleiche Ziel strebten unsere Vorfahren an. Sie ließen diese Stadt zurück, als sie mit der Reise begannen. Während sie nun den *Langen Schlaf* schlafen, kümmern wir uns um sie und warten auf die Chance, ihnen in der *Einen Stimme* zu begegnen.«

Wieder regten sich Erinnerungen in Janeway, und sie brachten Schmerz. Der Gedanke an Tod und Wiedergeburt war vertraut. Es handelte sich um einen Glauben, den ihr eigenes Volk teilte – ein Volk, von dem sie eine breite Kluft aus Zeit und Raum trennte. Janeway wußte nicht, was sie erwidern sollte, und deshalb schwieg sie.

»Wir überlassen Sie nun dem Sammeln der Proben«, sagte Vok. »Wir sind hier, wenn Sie uns brauchen, doch ich bin jetzt lange genug im Licht gewesen. Je näher ich dem *Langen Schlaf* komme, desto schwerer wird für mich der Aufenthalt auf dieser Ebene. Es gibt Jüngere, die Ihnen Hilfe gewähren können, wenn Sie welche brauchen.«

Er deutete zu einem seiner Begleiter, und ein zweiter großer, dünner Urrythaner trat vor.

»Das ist Ban«, sagte Vok. »Er kann sich in diesen Bereichen leichter bewegen als ich, und er kennt sich hier gut aus. Wenden Sie sich an ihn, wenn Sie etwas benötigen.«

»Sie sind sehr freundlich«, erwiderte Janeway und beobachtete erneut, daß die urrythanischen Mienen unverändert blieben. Vok und Ban drehten sich um und gingen fort, gefolgt von den anderen Fremden, die die ganze Zeit über keinen einzigen Ton von sich gegeben hatten.

Nachdenklich klopfte die Kommandantin auf ihren Insignienkommunikator. »Janeway an *Voyager*.«

»Ja, Captain?« erklang fast sofort die Stimme Chakotays.

»Haben die Scanner auf eine fremde Präsenz in unserer Nähe reagiert?«

»Negativ, Captain. Seit die Einheimischen in dem Dorf verschwanden, haben wir nichts mehr registriert.«

Janeway wechselte einen erstaunten Blick mit Tuvok, als sie dem Ersten Offizier mit knappen Worten von der Begegnung erzählte. Der Vulkanier nahm eine Sondierung mit seinem Tricorder vor.

»Nichts, Captain«, sagte er schließlich und wirkte noch ernster als sonst. »Man könnte meinen, die Fremden seien überhaupt nicht bei uns gewesen.«

3

Innerhalb kurzer Zeit nahm das Lager im Garten Gestalt an. Der Gedanke an eine Welt, deren Bewohner einfach so verschwinden konnten, erfüllte Captain Janeway noch immer mit Unbehagen, aber daran mußten sie sich eben gewöhnen. Sie hatten die Erlaubnis bekommen, Vorräte zu sammeln, und ihre Anwesenheit schien bei den Urrythanern kein großes Aufsehen zu erregen. Unter solchen Umständen rückten Janeways Sorgen in den Hintergrund; es ging jetzt in erster Linie darum, was die *Voyager* brauchte.

Sie ließ eine kleine Arbeitsgruppe auf den Planeten beamen, die Neelix helfen und weiter in den Wald vorstoßen sollte. Da sich schon einmal die Gelegenheit bot, wollte Janeway möglichst viel geeigneten Proviant sammeln lassen – dieses Problem sollte für die nächsten Wochen gelöst sein. Außerdem brauchten sie auch Frischwasser, das sich tiefer im Dschungel befand.

Tuvoks Sicherheitsteam blieb die ganze Zeit über wachsam, aber nach dem ersten Kontakt kam es zu keiner weiteren Begegnung mit den großen, dürren Fremden. Für Janeway war das eine große Überraschung. Die Ankunft von Besuchern aus dem All stellte sicher nichts Alltägliches dar, aber trotzdem ließ man sie allein. Die Urrythaner führten ganz offensichtlich ein sehr zurückgezogenes Leben – ein Aspekt ihrer Zivilisation, der Janeway beruhigte. Sie empfand es als angenehme Abwechselung, einmal einem Volk zu begegnen, das sich mit seinen eigenen Errungenschaften zufriedengab und es nicht dauernd auf die anderer Völker abgesehen hatte.

Während sich die Crew darum kümmerte, die Vorräte der *Voyager* zu erneuern, fühlte sich Janeway immer mehr zu den Ruinen hingezogen. Häufig wanderte sie allein über die alten Pfade und Wege, erforschte halb eingestürzte Gebäude und versuchte, sich die Zivilisation der Erbauer vorzustellen. Sie glaubte zu spüren, daß in der uralten Stadt Antworten auf sie warteten – wenn sie lernte, die richtigen Fragen zu stellen.

Einige Besatzungsmitglieder kamen an ihr vorbei. Ihre Ausrüstung deutete darauf hin, daß sie mit dem Auftrag unterwegs waren, Frischwasser zu holen. Aber ganz offensichtlich wirkte sich der besondere Zauber dieses Ortes bei ihnen ähnlich aus wie bei Janeway. Sie lachten, sprachen ungezwungen miteinander und wirkten entspannt. Ihr Lächeln erfreute die Kommandantin. Während der letzten Zeit hatte sie an Bord der *Voyager* kaum jemanden lächeln gesehen. Zu der Gruppe gehörte auch Fähnrich Kayla, und Janeway schmunzelte unwillkürlich – eine weitere Verschnaufpause für Kim.

Schon seit Jahren hatte sie sich nicht mehr so lebendig und erfrischt gefühlt. Die Luft, die Vögel und anderen Tiere, selbst die uralten Ruinen – alles zusammen vermittelte Frieden und Harmonie. Der Planet schien für die Besucher zu singen. Janeway lachte bei dieser Vorstellung und beschloß, der Gruppe zu folgen, der sie gerade begegnet war.

Sie ging in die gleiche Richtung, aber etwas langsamer, blickte sich um und nahm alle Eindrücke auf, die der wuchernde Park anzubieten hatte. Die Bäume und Büsche wichen allmählich zurück, machten einer einzelnen Pflanzenart mit großen, goldgelben Blüten

Platz. Die Stiele dieser Gewächse waren mehr als anderthalb Meter lang, und von der Form her erinnerten die Blüten an große Seerosen. Pollen bildeten eine dünne Schicht auf ihnen.

Janeway sah mehrere der großen Insekten, die sie schon von der *Voyager*-Brücke aus beobachtet hatte. Von Blüte zu Blüte flogen sie, verteilten die Pollen dabei auf die gleiche Weise wie die Bienen auf der Erde. Die Geschöpfe faszinierten Janeway, aber sie ging ihnen sicherheitshalber aus dem Weg. Vielleicht bissen oder stachen sie, und fremde Gifte konnten außerordentlich gefährlich sein, insbesondere dann, wenn der Bordarzt ein Hologramm war, das nicht außerhalb der *Voyager* tätig werden konnte. Dabei handelte es sich um ein weiteres Problem, das ihnen ein unerbittliches Schicksal beschert hatte, als es zum unfreiwilligen Transfer in den Delta-Quadranten kam. Dadurch erhöhte sich die Last der Verantwortung, die Janeway tragen mußte.

Die Insekten blieben mit den Blüten beschäftigt, und Janeway wahrte einen sicheren Abstand zu ihnen. Sie hätte ihrem geschäftigen Treiben stundenlang zusehen können – wenn nicht weiter vorn ein Schrei erklungen wäre.

Von einem Augenblick zum anderen lief sie los, klopfte auf ihren Insignienkommunikator und benachrichtigte Tuvok. Sie folgte dem Verlauf des Weges, um zu der Gruppe aufzuschließen, die sie zuvor aus den Augen verloren hatte. In dem Dickicht kam Janeway nicht so schnell voran, wie sie es sich wünschte, aber zum Glück dauerte es nicht lange, bis sie die jungen Leute sah. Der Pfad führte zu einer kleinen Lichtung, und dort verharrte die Kommandantin, um einen Eindruck von der Situation zu gewinnen.

Fähnrich Kayla lag auf dem Boden und blickte aus trüben Augen ins Leere. Die anderen beugten sich über sie, und Besorgnis zeigte sich in jenen Gesichtern, die noch vor kurzer Zeit fröhlich und unbeschwert gewirkt hatten. Fowler hielt einen Tricorder in der Hand und versuchte, erste Hilfe zu leisten, aber seine Verwirrung war unübersehbar.

»Was ist passiert?« fragte Janeway, als sie neben Kayla kniete und eine rasche Untersuchung vornahm. Die junge Frau atmete flach, und ihr Puls war schwach, aber regelmäßig. Sie schien zu schlafen.

»Ich weiß es nicht genau, Captain«, erwiderte Fowler. »Wir waren auf der Suche nach Wasser, und ich hatte gerade den Bach dort drüben entdeckt ...« Er deutete zu einer Lücke im dichten Buschwerk. »... als Fähnrich Kayla plötzlich zusammenbrach. Außer uns hielt sich niemand in diesem Bereich auf, und mein Tricorder empfing nur das Interferenzmuster der seltsamen Lebenssignale.«

»Wurde sie vielleicht von einem jener Insekten gestochen?« fragte Janeway und zeigte zu den bienenartigen Geschöpfen.

»Nein, da bin ich ganz sicher«, antwortete ein anderes Besatzungsmitglied. »Ich stand direkt neben ihr, als sie zu Boden sank. Im einen Augenblick betrachtete sie die Blumen, und im nächsten brach sie zusammen. Ich habe noch versucht, sie festzuhalten und zu stützen. Es befanden sich keine Insekten in der Nähe. Wir haben einen weiten Bogen um sie gemacht.«

»*Voyager*, hier spricht Captain Janeway. Ich muß mit dem Doktor reden.«

»Ja, Captain?« ertönte die ein wenig arrogant und wie immer verdrießlich klingende Stimme des Bordarztes. Seit dem Transfer zum Delta-Quadranten hatte das holographische Programm eine erstaunlich komplexe Persönlichkeit entwickelt. Es war schwer, sich den Doktor nicht als reale Person vorzustellen. »Bitte nennen Sie die Art des medizinischen Notfalls.«

»Ich bin mir nicht ganz sicher«, sagte Janeway. »Fähnrich Kayla ist aus keinem ersichtlichen Grund zusammengebrochen.«

»Bitte nehmen Sie eine Sondierung mit dem Tricorder vor und übermitteln Sie die Daten, Captain. Vielleicht bin ich von hier aus zu einer Analyse imstande.«

Janeway kam der Aufforderung sofort nach. Kayla atmete nach wie vor sehr flach, aber offenbar drohte kein Atemstillstand. Sie war immer recht blaß gewesen, doch jetzt wirkte ihre Haut geradezu blutleer – dadurch sah sie wie tot aus. Die vom Tricorder ermittelten Daten deuteten auf eine Schwächung des Kreislaufs hin. Janeway behielt die Anzeigen im Auge, als sie nach den Anweisungen des Arztes einen Bioscan durchführte und die Daten transferierte.

»Die Biowerte befinden sich auf einem niedrigen Niveau«, stellte der Holo-Arzt fest. »Hat Fähnrich Kayla irgend etwas gegessen oder getrunken? Gibt es einen fremden Faktor, der einen Kontakt zu ihr herstellte? Allem Anschein nach wirkt sich in ihrem Organismus eine kontaminierende Substanz aus. Für genauere Angaben sind eingehendere Untersuchungen erforderlich.«

»Wir haben nur von den *Voyager*-Rationen gegessen und getrunken«, erklärte Fähnrich Fowler. »So lautete Ihr Befehl, Captain. Nur Neelix kann die Pflanzen für genießbar erklären.«

»Derzeit empfehle ich noch nicht, Fähnrich Kayla an Bord zu beamen, Captain«, sagte der Doktor. »Mir stehen nicht genug Informationen zur Verfügung, um zu bestimmen, ob Ansteckungsgefahr besteht. Es fehlen Daten über den Planeten und die dort beheimateten Lebensformen.«

Kes meldete sich zu Wort. »Ich bin bereit, mich auf die Oberfläche zu beamen und alle notwendigen Proben zu sammeln«, bot sie sich an. »Wenn wir ein

Schirmfeld in der Krankenstation vorbereiten, können wir die Proben an Bord beamen, ohne daß eine Kontaminierungsgefahr besteht. Außerdem bin ich in der Lage, Ihnen zu helfen, für den Fall, daß noch mehr Besatzungsmitglieder einen Kollaps erleiden.«

»Einverstanden.« Janeway hob den Kopf, als Tuvok die Lichtung erreichte, gefolgt von Kim, Neelix und zwei Sicherheitswächtern.

»Verlassen wir diesen Ort«, sagte die Kommandantin mit Nachdruck. »Tuvok, offenbar müssen wir mehr Zeit auf diesem Planeten verbringen, als wir zunächst beabsichtigten. Ich weiß nicht genau, was mit Kayla passiert ist, aber der Doktor hält es für besser, daß wir zunächst auf die Rückkehr an Bord verzichten – aus Sicherheitsgründen.

Ich schlage vor, wir begeben uns wieder zur Ruinenstadt und versuchen, die Urrythaner zu finden. Vielleicht können sie uns bei der Lösung dieses Problems helfen. Kes wird sich zu uns gesellen, um Proben für den Doktor zu sammeln und sich um jene Besatzungsmitglieder zu kümmern, denen es vielleicht ebenso ergeht wie Kayla. Wir müssen soviel wie möglich herausfinden, und zwar schnell. Außerdem sollten wir damit fortfahren, Vorräte zu sammeln – deshalb sind wir hierhergekommen.«

Tuvok nickte knapp und wies seine Leute an, Kayla hochzuheben und zu tragen.

Kim trat näher und griff nach dem einen Arm der jungen Frau. So etwas wie Schmerz zeigte sich nun in seinem normalerweise glatten Gesicht. Er fühlte sich schuldig, denn der Vorschlag, daß Kayla die Wasser-Gruppe begleitete, stammte von ihm. Es war ihm darum gegangen, eine gewisse Distanz zwischen ihnen zu wahren. Und jetzt dies.

Eine unbekannte Gefahr lauerte auf Urrytha, und dieser Umstand veranlaßte Tuvok, seine Wachsamkeit zu verdoppeln. Trotz der Vorsicht des Vulkaniers kam die Gruppe auf dem Rückweg schnell voran, und es dauerte nur wenige Minuten, zum Rand der Ruinenstadt zu gelangen.

Kes wartete auf dem Platz. Tuvok führte sie und die anderen zur Treppe und von dort aus weiter zum Lager im Garten. Inzwischen waren weitere Ausrüstungsgüter eingetroffen: Medo-Material und Schlafnischen. Mit ein wenig Glück brauchten sie ihren Aufenthalt auf dem Planeten nicht so sehr zu verlängern, daß sie alle diese Dinge verwenden mußten, aber es war in jedem Fall besser, vorbereitet zu sein.

Neelix hatte bereits eine Küche eingerichtet, zu der ein Herd sowie ein seltsam anmutendes Durcheinander aus Töpfen, Pfannen und diversen Werkzeugen gehörten. Er war damit beschäftigt, aus verschiedenen Kräutern und Wurzeln einen Eintopf zu kochen, von dem ein recht verlockender Duft ausging.

Tuvok sorgte dafür, daß Kayla auf eins der heruntergebeamten Feldbetten gelegt wurde. Er, Janeway und Kim standen in der Nähe, als Kes eine gründliche Untersuchung vornahm.

»Ihr Körper enthält Spuren einer organischen Verbindung, die der Computer nicht identifizieren kann«, teilte die Ocampa dem Doktor mit, der die ermittelten Daten in der Krankenstation entgegennahm. »Offenbar hat sich dadurch ihr Stoffwechsel verlangsamt. Es scheint sich um eine Art Hibernation zu handeln.«

»Die größte Konzentration der Substanz befindet sich in der Nase«, sagte der Holo-Arzt. »Daraus könnte man schließen, daß der auslösende Faktor – Blütenstaub oder ein Mikroorganismus, vielleicht auch ein *im* Blütenstaub verborgener Mikroorganismus – durch die Luft übertragen wird. Gewißheit läßt sich allerdings erst durch eine Analyse der Proben gewinnen.«

»Läßt sich der Effekt rückgängig machen?« fragte Janeway.

»Ich muß das Toxin untersuchen, bevor ich diese Frage beantworten kann, Captain«, erwiderte der Doktor ruhig. »Nach dem Transfer der Proben brauche ich schätzungsweise zwanzig Stunden für eine vollständige Analyse. Dabei gehe ich natürlich von besonders schlechten Voraussetzungen aus.«

»Ich gebe Ihnen zwölf Stunden Zeit, Doktor. Nach Ablauf dieser Zeit beamen wir uns an Bord, auch wenn das riskant sein sollte.« Janeway unterbrach die Kom-Verbindung, bevor der holographische Arzt eine Antwort geben konnte, wandte sich dann an Kes. »Besorgen Sie ihm die Proben so schnell wie möglich. Und kümmern Sie sich anschließend um Kayla. Wir müssen ihren Zustand ständig überwachen. Geben Sie dem Doktor sofort Bescheid, wenn sich etwas verändert. Und halten Sie auch mich auf dem laufenden.«

»Ja, Captain«, bestätigte Kes.

Kim trat vor und errötete verlegen, als er die Ocampa beiseite nahm. »Bitte benachrichtigen Sie auch mich, wenn es bei Kaylas Zustand zu Veränderungen kommt«, sagte er leise. »Ich ... ich bin nur ein wenig besorgt, das ist alles.«

Kes lächelte und wartete auf eine Erklärung, aber Kim drehte sich um und folgte Janeway, überließ die Ocampa ihren Spekulationen.

Kes machte sich sofort an die Arbeit. Sie sorgte dafür, daß Kayla es so bequem wie möglich hatte, hörte zu, als Neelix von den gefundenen Nahrungsmitteln und seiner Furcht davor erzählte, daß sie ebenfalls dem Etwas ausgesetzt gewesen waren, das Kaylas Kollaps bewirkt hatte. Sie nickte gelegentlich, aber eigentlich achtete sie gar nicht darauf, was Neelix sagte. Etwas kratzte an der Peripherie ihres Bewußtseins, ein leises Summen wie von Energie, das sie ablenkte.

Neelix berichtete von einer Wurzel, aber seine Worte schienen sich von Kes zu entfernen und an Bedeutung zu verlieren. Das Gesicht des Talaxianers verformte sich und verschwamm, während das Summen lauter wurde, sich in den Gedanken der Ocampa ausdehnte.

Sie wandte sich von Neelix ab, der besorgt näher trat, taumelte einige Schritt weit in Richtung der breiten Treppe. Der Tricorder entglitt ihren Fingern und fiel mit einem lauten Klappern auf den Boden. Sie hörte Stimmen, mehrere laute Stimmen, und sie riefen etwas. Die Worte blieben unverständlich. Waren sie zu schnell ausgesprochen oder zu sehr in die Länge gezogen?

Aber die Worte spielten auch gar keine Rolle. Etwas anderes rief Kes, etwas Mächtiges und Beharrliches, das jedoch nicht bösartig wirkte. Es wollte, daß sie sich verband mit … *was*? Das Verstehen wartete unmittelbar jenseits ihrer geistigen Reichweite, und sie streckte die mentalen Hände danach aus, als wollte sie eine Entität umarmen, die nur sie sehen konnte. Langsam sank sie auf die Knie und spürte weiches Gras.

Etwas in ihr stemmte sich einem zähen Strom aus mentaler Energie entgegen und näherte sich dem, was sie vage als Realität erkannte – ihr eigenes Bewußtsein. Sie spürte Hände an ihren Schultern; gleichzeitig wurden die Stimmen lauter und beharrlicher.

Sie versuchte, sich dem traumartigen Zerren zu widersetzen, das an ihrem Geist zog, besann sich auf die besorgten Mienen ihrer Freunde, die nun wieder Farbe und Konturen gewannen. Neelix geriet in den Fokus ihrer Aufmerksamkeit, und die Sorge in seinem sonst so fröhlichen Gesicht gab den Ausschlag. Ganz plötzlich löste sich ihr Selbst von der fremden Präsenz und errang wieder vollständige Kontrolle.

Kes schüttelte den Kopf, als könnte sie auf diese Weise Ordnung in ihrem geistigen Kosmos schaffen.

»Kes! Was ist los? Hören Sie mich?«

Die Ocampa erkannte Captain Janeways Stimme und blickte in die Augen der Kommandantin. Janeway beugte sich über sie; es waren ihre Hände, die sie an den Schultern berührten.

»Es ist alles in Ordnung mit mir«, sagte Kes. Sie versuchte aufzustehen, sank dann ins Gras zurück. »Es war ... erstaunlich. Ich habe Harmonie und Kraft gespürt, mehr Kraft als jemals zuvor an einem Ort. Und sie wuchs. Was auch immer es war: Es wurde stärker. Und mit diesem Eindruck ging ... Freude einher. Ja, enorme Freude. Ich kann es nicht richtig erklären, Captain. Aber um was auch immer es sich handeln mag – es fühlte sich wundervoll an.«

»Glauben Sie, daß es zwischen dem, was Sie gerade erlebten, und Fähnrich Kaylas Zustand irgendeinen Zusammenhang gibt?«

Neelix' Stimme erklang, bevor Kes antworten konnte. »Hältst du es für möglich, daß du dem fremden Einfluß noch einmal erliegst? Vielleicht solltest du an Bord des Schiffes zurückkehren. Möglicherweise wäre das für uns alle am besten.«

»Wir müssen unter allen Umständen vermeiden, die *Voyager* zu infizieren«, sagte Janeway. »Zunächst einmal geht es darum, Klarheit zu gewinnen. Haben Sie weitere Informationen für uns, Kes?«

»Leider nein, Captain. Aber worin auch immer der fremde Einfluß besteht: Ich bin sicher, daß er uns nicht schaden will. Was Kayla betrifft: Ich habe einen Teil von ihr in der Vision gespürt. Bitte entschuldigen Sie, daß ich Ihnen keine Erklärung anbieten kann, aber in dem, was ich spürte, verbarg sich nichts Boshaftes. Die Empfindungen betrafen nur Freude und Harmonie.«

»In der Tat«, ließ sich Tuvok vernehmen. Er wirkte dabei sehr ernst und konzentriert, schien zu lauschen. »Ich kann nichts Konkretes erkennen, aber eine Art … Energie erfüllt die Luft. Sie fühlt sich nicht gefährlich an, ist jedoch sehr stark. Und da wir sie nicht verstehen, stellt sie eine potentielle Gefahr dar.«

»Ist die ›Energie‹ mit den rätselhaften Lebenszeichen identisch?« fragte Janeway nachdenklich.

»Vielleicht«, erwiderte Tuvok. »Sie konzentriert sich nicht an einer Stelle, sondern scheint alles zu durchdringen. Außerdem unterscheidet sie sich von der mentalen Energie eines einzelnen Bewußtseins.«

»Mr. Tuvok«, sagte Janeway, »bitte brechen Sie mit zwei Begleitern auf und begeben Sie sich noch einmal zu der Lichtung, auf der Kayla zusammenbrach. Vielleicht hat der Doktor recht mit seinem Hinweis auf die Pollen. Sammeln Sie einige Proben von den großen gelben Blumen. Und halten Sie sich nicht zu lange an jenem Ort auf; kehren Sie sofort hierher zurück.«

Tuvok nickte, forderte Fähnrich Fowler und ein anderes Besatzungsmitglied mit einem Wink auf, ihm zu folgen. Sie nahmen einige Ausrüstungsgegenstände und machten sich dann auf den Weg.

Janeway wandte sich den anderen zu. »Ich weiß nicht, über welche Kommunikationsgeräte die Urrythaner verfügen, Mr. Kim. Versuchen Sie irgendwie, eine Verbindung mit ihnen herzustellen. Und wenn das gelingt … Bitten Sie sie, noch einmal hierherzukommen. Wir brauchen Erklärungen. Ich habe nicht vor, weitere Besatzungsmitglieder zu verlieren, weil uns Antworten fehlen.«

»Ja, Captain«, sagte Kim. Zu den heruntergebeamten Geräten gehörte auch eine kleine Kommunikationskonsole. Der Fähnrich aktivierte sie und versuchte auf verschiedenen Wellenlängen und Frequenzen, Kom-Kontakt mit den Urrythanern aufzunehmen.

Zufrieden darüber, daß alle erforderlichen Maßnahmen ergriffen waren, nahm Janeway an der Begrenzungsmauer des Gartens Platz und wartete. Der von Neelix' Eintopf ausgehende Duft erinnerte sie daran, daß sie schon seit einer ganzen Weile nicht mehr ans Essen gedacht hatte. Irgend etwas auf dieser Welt beeinträchtigte ihre Konzentration.

»Captain?« Kes näherte sich mit einem Tricorder. »Ich glaube, wir haben etwas entdeckt. Die organische Verbindung, die für Fähnrich Kaylas Zustand verantwortlich ist, hat offenbar eine chemische Struktur, die beim bajoranischen Nervensystem besonders starke Reaktionen bewirkt. Das würde erklären, warum sonst niemand einen Kollaps erlitten hat. Andererseits müssen wir davon ausgehen, daß praktisch jeder von uns beeinflußt wurde, auf die eine oder andere Weise. Um die exakte Wirkung bei den Angehörigen verschiedener Spezies festzustellen, müssen zunächst die einzelnen Bestandteile der Substanz isoliert werden.«

Die Kommandantin schwieg und überlegte. Jetzt kam eine weitere Sorge hinzu: Auch in ihrem Fall bestand Infektionsgefahr – es ließ sich nicht einmal ausschließen, daß sie bereits unter dem Einfluß der fremden organischen Verbindung stand. Das mochte die Erklärung für ihre Konzentrationsschwäche sein. Wenn das stimmte ... Dann entstanden weitere Probleme.

Wenn wir alle infiziert sind, ist es vielleicht nur noch eine Frage der Zeit, bis es uns ebenso ergeht wie Kayla, dachte Janeway.

»Hat der Doktor bereits eine Idee, wie sich die Substanz neutralisieren und ihre Wirkung rückgängig machen läßt?« fragte sie.

»Nein«, antwortete Kes. »Aber er ist zuversichtlich, denn immerhin haben wir jetzt einen Anhaltspunkt. Er glaubt, daß es nicht sehr lange dauert, eine Behandlungsmethode zu entwickeln.«

»Halten Sie mich auch weiterhin auf dem laufenden. Bald können wir weitere Proben zur Krankenstation beamen – ich habe Tuvok beauftragt, Blütenstaub von den Blumen zu holen. Die Pollen enthalten vermutlich eine höhere Konzentration des Wirkstoffs, was die Untersuchung erleichtern sollte. Möglicherweise finden wir etwas in der Zellstruktur.«

»Ich sage dem Doktor Bescheid, Captain«, sagte Kes, drehte sich um und kehrte zu Kayla zurück.

Janeway tadelte sich stumm. Ihre Anweisungen hatte zur Folge, daß Tuvok und die anderen eine zweite Dosis des Blütenstaubs abbekamen. Wirkte sich die Substanz bei ihr nicht nur negativ auf die Konzentration aus, sondern auch auf ihre Fähigkeit, rational zu denken? Sie hoffte inständig, daß es bei Tuvok und seinen Begleitern nicht durch ihre Schuld zu einem Zusammenbruch kam.

Die Schönheit der Vegetation um sie herum gewann nun einen unheilvollen, fast bedrohlichen Aspekt. Zum erstenmal seit dem Transfer auf den Planeten wünschte sich Janeway zurück an Bord der *Voyager*. Sie stellte sich vor, im Bereitschaftsraum oder in ihrem Quartier zu sitzen und eine Tasse heißen Kaffee zu trinken.

Kims Stimme unterbrach ihre melancholischen Überlegungen.

»Es ist mir gelungen, einen Kontakt herzustellen«, sagte der junge Fähnrich. »Die Urrythaner verfügen über eine sehr primitive Kommunikationstechnik. Vok versprach, selbst zu kommen.«

Janeway nickte und mußte sich sehr bemühen, ihre Gedanken nicht zerfasern zu lassen. Sie hoffte, daß die

Urrythaner nicht zu weit entfernt waren und das Lager schnell erreichen konnten. Die Kommandantin wußte nicht, ob Vok und sein Volk die Möglichkeit hatten, ihnen zu helfen, aber an wen sollte sie sich sonst wenden? Außerdem brauchten sie *rasch* Hilfe – vielleicht wurde die Zeit knapp.

4

Janeway wußte nicht, wie weit die Urrythaner entfernt waren und welche Methode sie für die Rückkehr verwendeten. Sie behielt sowohl ihre Umgebung als auch die Anzeigen des Tricorders im Auge, während die *Voyager* ständig sondierte. Nirgends zeigte sich ein Bewohner des Planeten.

Doch Vok hielt Wort. Nach einer knappen Stunde erschien erneut eine Gruppe ernster Urrythaner im Garten, und Vok führte sie an. Es war schwer, in den stoischen Mienen Hinweise auf Emotionen zu erkennen, aber die Bewegungen des großen, dürren Einheimischen wirkten jetzt nicht mehr so geschmeidig wie zuvor. Etwas hatte sich verändert, und in Janeways Selbst heulte eine Alarmsirene, als sie beobachtete, wie Vok näher kam. Er wirkte ... erregt.

Hoffentlich handelte es sich nicht um Nervosität, die auf Schuldgefühlen basierte. Bei der ersten Begegnung hatte er einen recht freundlichen, vertrauenswürdigen Eindruck auf Janeway gemacht, und sie verabscheute nichts mehr, als sich bei solchen Einschätzungen zu irren. Möglicherweise litt Vok auch nur daran, sich wieder dem Licht aussetzen zu müssen.

»Aus Ihrer Mitteilung geht hervor, daß Sie und Ihre Gruppe Schwierigkeiten haben«, sagte der Urrythaner ohne Einleitung. Einerseits schien er besorgt zu sein, doch andererseits wiesen seine Bewegungen darauf hin, daß er den Problemen der Besucher kaum Interesse entgegenbrachte.

»Eine Angehörige meiner Crew ist krank geworden«, erwiderte Janeway. »Mit einigen Begleitern ging sie tiefer in den Wald, auf der Suche nach Wasser. Auf einer von gelben Blumen gesäumten Lichtung brach sie ohne erkennbaren Anlaß zusammen. Von unserem Bordarzt, der das Schiff derzeit nicht verlassen kann, weiß ich folgendes: Der Kollaps wurde von einem biologischen Giftstoff verursacht, dem wir alle ausgesetzt waren.«

»Das *Ambiana*«, hauchte Vok. »Das *Ambiana* ist immer präsent, aber auf uns wirkt es nicht so – jedenfalls nicht so schnell. Ich habe diese Angelegenheit Ihnen gegenüber unerwähnt gelassen, weil ich dachte, daß Sie nicht lange genug bleiben, um irgendwelche Auswirkungen zu spüren.«

»Um Auswirkungen zu spüren?« wiederholte Kes. Interesse leuchtete in ihren Augen. »Sie wissen also von dieser Sache?«

»Ja«, bestätigte Vok. »Wir streben einen derartigen Zustand an. Ihre Gefährtin hat den *Langen Schlaf* erreicht, jenen Traum, aus dem es nur ein Erwachen gibt. Seit über zweihundert Jahren wünsche ich mir ein solches Stadium der Harmonie. Selbst jetzt vernehme ich den Ruf der *Einen Stimme* ... Es dauert nicht mehr lange, bis ich ebenfalls den *Langen Schlaf* erreiche.«

Janeway starrte Vok groß an. Über zwei Jahrhunderte war er alt? Sie hätte ihn auf vierzig oder fünfzig geschätzt. Ganz offensichtlich gab es in Hinsicht auf die Bewohner dieser Welt noch eine ganze Menge, das sie nicht wußten. *Wir sollten versuchen, mehr über sie in Erfahrung zu bringen*, dachte Janeway.

»Wenn Sie mit dem Zustand vertraut sind ...«, sagte sie langsam. »Dann wissen Sie vielleicht auch, wie man die Wirkung rückgängig machen kann?«

Diese Worte riefen bei Vok die erste sichtbare emotionale Reaktion hervor. Er wich einen Schritt zurück, fast so, als hätte er eine Ohrfeige erhalten, drehte dann den Kopf und wechselte rasche Blicke mit den anderen Urrythanern. Er schien ganz und gar nicht damit gerechnet zu haben, eine solche Frage von Janeway zu hören.

»Sie wollen das *Aufsteigen* umkehren?« brachte Vok hervor. »Warum sollte man die Seele daran hindern, den natürlichen Weg zur Wiedergeburt zu beschreiten? Wenn die Harmonie ein Ich in ihr Lied ruft – warum sollte man versuchen, es davon zu trennen? Wem könnte etwas daran gelegen sein, auf eine tiefere Ebene zurückzukehren?«

»Fähnrich Kayla befindet sich nicht auf dem natürlichen Weg zur Wiedergeburt der Seele«, sagte Janeway streng. »Ein solcher Zustand mag für Angehörige Ihres Volkes völlig normal sein, aber Sie haben selbst darauf hingewiesen, daß es bei Ihnen sehr lange dauert, ihn zu erreichen. Es kann also nicht natürlich sein, daß er sich schon nach wenigen Stunden einstellt. Kaylas Zustand ist die Folge der negativen Reaktion auf eine biologische Kontaminierung, und wir brauchen Informationen von Ihnen, um ihr Leben zu retten.«

»Es ist tatsächlich außergewöhnlich«, sagte Vok und nickte langsam. Er schien über die Bedeutung von Janeways Schilderungen nachzudenken, doch seine nächsten Worte wiesen darauf hin, daß dieser Eindruck täuschte.

»Ihre Gefährtin kann sich sehr glücklich schätzen. Seit fast fünfhundert Jahren gab es bei uns niemanden, der so schnell den *Langen Schlaf* erreichte. Es ist eine große Ehre.«

Janeway ahnte, daß sie auf diese Weise nicht weiterkamen. Ihr Vorrat an Geduld ging allmählich zur Neige. »Sie können nicht von uns erwarten, daß wir Ihren Glauben teilen, Vok. Wie auch immer Sie das sehen: Fähnrich Kayla wird nicht ohne ihre eigene ausdrückliche Zustimmung mit dem *Langen Schlaf* oder dem *Aufsteigen* beginnen. Wir müssen sie irgendwie wecken. Können Sie uns dabei helfen?«

»Es wäre falsch, ein Geschenk der Alten zurückzuweisen«, sagte Vok im Tonfall eines geduldigen Lehrers, der sich bemühte, einem begriffsstutzigen Schüler etwas zu erklären. »Sie verstehen nicht. Sie haben keine Kenntnis von der Harmonie, die Ihre Gefährtin ruft. Wir können nicht erlauben, daß Sie Einfluß darauf nehmen, nicht so nahe der heiligen Ruhestätte unserer Ahnen.

Ihre Stimme vereint sich bereits mit denen der Ältesten. Noch ist sie schwach, aber schon bald wird ihre Kraft wachsen, und dann heißt man sie willkommen. Eine neue Geburt steht ihr bevor, ein neues Leben. Wir müssen sofort mit den Vorbereitungen für ihr *Aufsteigen* beginnen.«

Janeway wußte zunächst nicht, was sie erwidern sollte. Ganz offensichtlich wollten die Urrythaner bei dem Versuch, Kayla zu wecken, keine Hilfe leisten. Ganz im Gegenteil: Sie freuten sich über ihren Zustand. Allem Anschein nach sahen sie darin eine Art Zeichen von ihren Vorfahren beziehungsweise ein religiöses Wunder.

»Irgendwelche Vorbereitungen für Mitglieder meiner Crew finden nur dann statt, wenn ich sie ausdrücklich genehmige«, sagte Janeway schließlich. Sie trachtete danach, ruhig und in einem Tonfall der Vernunft zu sprechen. »Wir sind in Frieden gekommen, nur mit der Absicht, unsere Vorräte zu erneuern und dann die Heimreise fortzusetzen. Sie erhoben keine Einwände dagegen. Wenn sich Ihre Einstellung inzwischen geändert hat, begnügen wir uns mit dem bisher gesammelten Proviant und machen uns auf den Weg – sobald der Bordarzt eine Möglichkeit gefunden hat, die Wirkungen des *Ambiana* zu neutralisieren.«

Vok antwortete nicht und drehte sich zu den anderen Urrythanern um. Der Kommandantin und den übrigen Angehörigen der Landegruppe schenkte er nicht mehr die geringste Beachtung. Nach einigen Sekunden setzte er sich in Bewegung, ging mit langsamen, gemessenen Schritten. Die übrigen hochgewachsenen Gestalten folgten ihm schweigend, wobei ihre Mienen einen verzückten Ausdruck gewannen.

Sie näherten sich der reglosen Kayla und umringten sie ehrfürchtig. Tuvok griff nach seinem Phaser, aber Janeway legte ihm die Hand auf den Arm. Zwar hielt sie die derzeitigen Ereignisse für inakzeptabel, aber bisher war es nicht zu Gewalt gekommen. Und dabei sollte es auch bleiben, während sie nach einer Lösung des Problems suchten.

Die Urrythaner begannen nun mit einem leisen, monotonen Gesang, der tief aus ihrem Innern zu kommen schien. Sie hoben und senkten die Stimmen, veränderten die Tonlage mit fast gespenstisch anmutender Präzision. Janeway glaubte zu spüren, wie sich beruhigende Energie ausbreitete. In einer solchen Harmonie sangen die Urrythaner, daß ihre Stimmen den Eindruck weckten, miteinander zu verschmelzen und zu einer einzigen zu werden.

Kes spürte Vertrautes darin, und ihre Augen glänzten feucht. In ihr regten sich fast die gleichen Empfindungen wie bei dem nahezu überwältigenden Kontakt mit dem fremden Etwas. Als sie in sich hineinhorchte, nahm sie subtile Unterschiede wahr: Es fehlte an Tiefe, und die Emotionen waren nicht völlig makellos. Bei jenem ersten Kontakt hatte Kes absoluten Frieden gespürt, eine Harmonie mit dem Existierenden, die sich in ihrem enormen Ausmaß kaum beschreiben ließ. Was sie jetzt fühlte, zielte in die gleiche Richtung, ging allerdings nicht ganz so weit. In gewisser Weise war es ein Schatten der größeren, vollkommenen Harmonie.

Sie sank auf den Boden, hörte dabei die andere Stimme und ihren noch wundervolleren Gesang, dem sich die Melodie der Urrythaner hinzugesellte. Kes bemerkte die Nähe von Fähnrich Kaylas Selbst: Langsam wurde es in die *Eine Stimme* des Planeten aufgenommen, verschmolz immer mehr damit. Der Gesang half ihm beim Übergang, zeigte den Weg und synchronisierte das bajoranische Ich mit dem großen Akkord.

Hinter dem Lied nahm Kes große Sehnsucht wahr – Leere schien sich zu wünschen, gefüllt zu werden. Sie stellte sich eine Entität vor, die versuchte, Einsamkeit und Schmerz zu überwinden, um nach Hause zu finden, um ...

»Aufhören!« Janeways Stimme übertönte den Gesang und brach den Bann. Die Urrythaner wirkten völlig verblüfft und schienen das Verhalten der Kommandantin überhaupt nicht zu verstehen. Sie verstummten, wichen langsam und unsicher von Kayla zurück. Einige Sekunden lang standen sie stumm und verwirrt da. Dann trat Vok vor.

»Sie haben das Ritual unterbrochen«, tadelte der große Fremde mit sanfter Stimme. »Die Frau braucht Hilfe, um die nächste Ebene zu erreichen. Es muß eine Brücke gebaut werden zwischen ihrem eigenen Lied und dem der Alten.«

»Ja, die Frau braucht Hilfe – um zu erwachen.« Janeway konnte ihren Zorn über Voks Gebaren kaum unter Kontrolle halten. »Wir haben uns nicht in Ihre Angelegenheiten eingemischt, und wir erwarten von Ihnen, daß Sie sich uns gegenüber ebenso verhalten. Wir finden einen Weg, Kaylas Veränderung rückgängig zu machen, und wenn ich sicher sein kann, daß kein Virus dahintersteckt, verlassen wir Sie und Ihre Welt. Es tut mir leid, wenn wir Sie in irgendeiner Weise gestört haben sollten. Bitte gehen Sie jetzt.«

Vok antwortete nicht, wandte sich wortlos von Fähnrich Kayla ab und schritt zum Ausgang des Gartens. Die anderen Urrythaner zögerten – es widerstrebte ihnen offenbar, Kayla allein zu lassen. Im gegenwärtigen Zustand der jungen Frau sahen sie eine Bedeutung, die Janeway verborgen blieb.

Schließlich wandten sie sich ebenfalls ab und folgten Vok. Stumm verließ die Gruppe den Garten, und diesmal war nichts von der freundlichen Harmonie zu spüren, die Janeway bei der ersten Begegnung wahrgenommen hatte. Statt dessen spürte sie, wie sich Unheil anzubahnen begann. Zwar gingen die Urrythaner, ohne irgendwelche Drohungen auszusprechen, aber vielleicht handelte es sich dabei nur um einen taktischen Rückzug, der zur Vorbereitung eines Angriffs diente. Janeway war ziemlich sicher, daß sich Vok und die anderen diesmal nicht damit begnügten, einfach zu verschwinden.

Überrascht senkte sie den Blick, als sie merkte, daß ihre rechte Hand den Insignienkommunikator berührte. Das Unterbewußtsein hatte ihr einen Streich spielen und die *Voyager* anweisen wollen, sie alle an Bord zu beamen, trotz der Infektionsgefahr.

Sie aktivierte das Kom-Gerät. »Janeway an *Voyager*. Ist es Ihnen diesmal gelungen, die Urrythaner auch weiterhin mit den Sensoren zu erfassen?«

»Nein, Captain«, ertönte B'Elanna Torres' verwirrte Stimme aus dem kleinen Lautsprecher. »Sie verschwanden erneut von unseren Schirmen. Sie lösten sich in den Emanationen der Lebenskraft auf, so als seien sie die ganze Zeit über Teil davon gewesen. Selbst als die Einheimischen direkt vor Ihnen standen – es fiel uns schwer, den Ortungsfokus auf sie zu richten. Die Biosignale der Lebenskraft werden übrigens stärker. Wenn sich diese Entwicklung fortsetzt, reagieren unsere Sensoren bald überhaupt nicht mehr auf die Urrythaner.«

»Haben Sie Fortschritte bei den Untersuchungen in Hinsicht auf die kontaminierende Substanz erzielt?«

»Nein, Captain«, antwortete der Doktor. »Inzwischen ist es mir gelungen, die einzelnen Bestandteile der organischen Verbindung zu isolieren, aber ich habe noch keine Möglichkeit gefunden, ihre Wirkung zu neutralisieren. Es handelt sich um eine sehr wirkungsvolle und gleichzeitig subtile Mischung aus Betäubungsmitteln und Sedativen. Die Substanz verursacht keine *fatalen* Schäden in der Struktur des Körpers, aber sie stimuliert eine Reorganisation der Zellen. Sie übernimmt gewissermaßen die Körpersysteme und modifiziert sie.«

»Nun, ich schlage vor, Sie arbeiten schneller, Doktor«, sagte Janeway und blickte ins Grün des Gartens. »Ich möchte nicht, daß irgend etwas Kaylas Zellen restrukturiert, und ich bin fest entschlossen, diesen Ort so bald wie möglich zu verlassen. Ich lege keinen Wert darauf zu erfahren, was die Urrythaner mit Besuchern anstellen, die ihnen nicht mehr willkommen sind.«

Genau in diesem Augenblick kehrten Tuvok und seine beiden Begleiter zurück. Fähnrich Fowler hatte sich einige der langen gelben Blumen über die Schulter geworfen, und seine Bewegungen wirkten irgendwie seltsam. Er schien desorientiert zu sein, und ein verträumtes Lächeln umspielte seine Lippen. Unter anderen Umständen hätte Janeway angenommen, daß er betrunken war oder unter dem Einfluß von Drogen stand.

Tuvok erweckte den Eindruck, seine Umgebung gar nicht richtig zu bemerken. Er blickte starr geradeaus, reagierte auf nichts und schien in Gedanken lichtjahreweit entfernt zu sein. Janeway schürzte die Lippen, trat vor, griff nach dem Arm des Vulkaniers und weckte dadurch seine Aufmerksamkeit.

»Mr. Tuvok, isolieren Sie die Blumen, und zwar

schnell«, sagte sie. »Vielleicht wurde Kaylas Zustand von dem Blütenstaub hervorgerufen. Ich kann es mir nicht leisten, noch mehr Leute auf diese Weise zu verlieren.«

»Aye, Captain«, bestätigte Tuvok. Er wölbte eine Braue, und seine Lippen deuteten ein Schmunzeln an. In seinem sonst immer so ernsten Gesicht wirkte ein Lächeln fehl am Platz. Janeway glaubte zu beobachten, wie fast ein anzügliches Grinsen daraus wurde, aber das bildete sie sich vermutlich nur ein. Vielleicht lag es an ihrer plötzlichen Furcht – sie mußte sich selbst und die Situation wieder unter Kontrolle bringen. Einige Sekunden lang fragte sie sich, ob Tuvok ein Lied gehört hatte – ein Lied, das Akkorde präsentierte und doch nur von einer Stimme gesungen wurde.

Der Tag neigte sich dem Ende entgegen, und die Landegruppe verbrachte die nächsten beiden Stunden damit, Vorbereitungen für die Nacht zu treffen. Man errichtete Schlafnischen und schützte die Vorräte vor Tieren, die des Nachts auf Nahrungssuche gingen.

Nachdem die Blumen zur *Voyager* gebeamt worden waren, fand Tuvok langsam zu seinem alten Selbst zurück und konzentrierte sich wieder auf die Sicherheit. Er postierte Wachen am Rand des Lagers und wies die Männer an, ihm sofort Bescheid zu geben, wenn sie etwas Ungewöhnliches bemerkten. Fast alle Mitglieder der Landegruppe wurden für den Wachdienst eingeteilt, und Tuvok achtete darauf, daß immer einige seiner eigenen Leute zur aktuellen Wache gehörten.

Neelix kochte, seit sie ein Feuer angezündet hatten, und zum Abendessen präsentierte er einen Eintopf aus eben jenen Blort-Wurzeln, die den Grund für ihren Aufenthalt auf Urrytha darstellten. Der Geschmack war zwar ein wenig exotisch, aber im großen und ganzen recht angenehm. Der Talaxianer servierte die Mahlzeit mit einem besorgten Lächeln und blickte immer wieder zu Kes, die sich um Kayla kümmerte. Allem Anschein nach rang er mit sich selbst und hätte am liebsten erneut vorgeschlagen, die Ocampa zur *Voyager* zurückzuschicken.

Kes erlebte keine weiteren Visionen, aber welches Rätsel auch immer dieser Planet barg – sie blieb davon ganz offensichtlich nicht unbeeinflußt. Sie bewegte sich langsamer und anmutiger als sonst, und in ihrer Miene zeigte sich Glückseligkeit. Sie schien sich auf der kleinen Lichtung wie zu Hause zu fühlen, und das galt auch für einige andere, insbesondere für die beiden Besatzungsmitglieder, die Tuvok beim Sammeln der Blumen begleitet hatten.

Auf taktvolle Weise sorgte Janeway dafür, daß die betreffenden Personen nicht für den Wachdienst eingeteilt wurden. Sie vermied es, einen Grund dafür zu nennen, denn niemand sollte in Panik geraten. Andererseits: Sie wußten nicht, wie die seltsamen Pollen auf die in der Einsatzgruppe präsenten Angehörigen verschiedener Völker wirkten. Glücklicherweise war Kayla die einzige Bajoranerin, die sich auf den Planeten gebeamt hatte.

Bei den Menschen zeigten sich keine gravierenden Veränderungen, und Kes fiel ebenfalls nicht in den *Langen Schlaf,* obgleich sie in mentaler Verbindung mit dem fremden Etwas stand. Sie konnte jederzeit einen Kontakt mit dem im psychischen Äther erklingenden Gesang herstellen und ihn nach Belieben wieder unterbrechen. Diese Fähigkeit der Ocampa konnte sich als sehr nützlich erweisen. Janeway machte sich eine entsprechende gedankliche Notiz: Vielleicht gab es eine konkrete Möglichkeit, Kes' besonderes Talent zu ihrem Vorteil zu verwenden.

Tuvok erwies sich als noch ruhiger und unerschütterlicher als sonst, aber gleichzeitig wirkte er auch entspannter als jemals zuvor. Nachdem sein wachsamer

Blick eine ganze Zeitlang über den Garten geglitten war, beschloß er plötzlich, zusammen mit Neelix Platz zu nehmen und den Eintopf zu probieren.

Janeway setzte sich am Rand des Lagers nieder, um die erste Wache zu übernehmen. »Diesmal brauche ich wirklich Ihre Hilfe, Doktor«, murmelte sie.

Zwei Monde gingen auf und hüllten den Garten in einen geisterhaften Schein. Janeway lehnte sich an eine steinerne Säule und wartete. Es gab nichts anderes für sie zu tun. Aufmerksam hielt sie Ausschau und spürte dabei, wie eine betäubende Vibration vom Boden aus ihren Körper erfaßte, sich immer weiter in ihrem physischen Selbst ausdehnte.

Als es Zeit wurde, Kes für die zweite Wache zu wecken, stand Janeway nicht auf. Ihre Lider waren sehr schwer geworden, und Träume von der Heimat verdrängten die Wachsamkeit. Mitten in der Nacht kehrten die Urrythaner zurück und traten stumm an ihr vorbei. Die Kommandantin blieb reglos sitzen, und auch die anderen Angehörigen der Landegruppe regten sich nicht. Niemand trat den Fremden entgegen; niemand hielt sie auf.

Aus den Schatten kamen sie und schlichen durchs Lager, vorbei an Kes. Behutsam hoben sie Kayla hoch, und wenige Sekunden später ruhte die Bajoranerin auf zwei schmalen Schultern. Sofort kehrten die Urrythaner in die Schatten zurück und verschwanden in der Dunkelheit, ohne daß die Sensoren der *Voyager* ihren Weg verfolgen konnten.

5

Wortlos schritten sie durch das Land der Ahnen, die Füße im Gleichschritt, die Selbstsphären in Harmonie. Es gab kein Zögern, keine Uneinigkeit. Eine besondere Phase des Gleichgewichts herrschte, und sie spürten, wie die Stimme der Alten vom Boden ausgehend durch sie vibrierte, sie untereinander und mit dem Lied verband. Das beruhigende Empfinden von Zustimmung begleitete den Gesang – ihr Verhalten schien große Freude zu verursachen.

Vok ging an der Spitze, und in ihm regte sich ein Hauch von Zweifel in Hinsicht auf die getroffenen Entscheidungen. Seine Erinnerungen gingen tiefer, basierten auf mehr Jahren. Während seines Lebens hatten sich die Dinge sehr verändert; die derzeitigen Ereignisse wären ihm in seiner Jugend absurd erschienen.

Die fremde Frau kam einem Wunder gleich, soviel stand fest. Ihre Reaktion auf das *Ambiana* ließ eine große Seele vermuten, ein Schicksal. Tief in seinem Herzen glaubte Vok fest daran, aber es gab auch noch einen anderen Aspekt in ihm, einen speziellen Faktor des Bewußtseins. Vok hätte alles gegeben, um den Platz der Frau einzunehmen und an ihrer Stelle zu sein, die von ihr erfahrene Verschmelzung mit der *Einen Stimme* zu erleben, doch ein langes Leben erlaubte ihm, die Dinge auch aus einer anderen Perspektive zu sehen: Die Worte der Raumschiffkommandantin namens Janeway ergaben durchaus einen Sinn.

Über mehr als zweihundert Jahre hinweg hatte Vok

die Mühsal des Lebens ertragen und beobachtet, wie seine Brüder und Schwestern das *Aufsteigen* erreichten. Er hatte gesehen, wie ganze Generationen von jungen Leuten heranwuchsen und sich jenen hinzugesellten, die nach der großen Harmonie strebten. Nach den Maßstäben der Alten war seine eigene Reise nicht sehr lang, aber die Jüngeren verloren weniger Zeit. Die Dinge veränderten sich, und es fiel Vok schwer, diese Veränderungen zu verstehen.

Jetzt waren Fremde gekommen, angeführt von einer Kommandantin, die sich als höflich und direkt erwies. Ihre Worte weckten in ihm einen Zweifel, den selbst zwei Jahrhunderte des Wartens nicht geschaffen hatten. Wenn das *Aufsteigen* nicht zum Glauben der Besucher gehörte: Wußten sie nur nichts vom *Langen Schlaf*, der Harmonie, oder waren sie anders? Folgten sie einem eigenen Weg, oder bestand Voks Schicksal darin, zu ihrem Propheten zu werden, sie zu einem Verständnis zu führen, auf das ihre bisherige Entwicklungsgeschichte sie nicht vorbereitet hatte? Zu viele Fragen. Und inzwischen war er dem eigenen *Langen Schlaf* zu nahe.

Jene Frau, die sie nun trugen ... Sie gehörte nicht zu ihrem Volk. Ihr *Aufsteigen* stellte etwas Besonderes dar, aber gleichzeitig handelte es sich dabei nicht um die *richtige* Art und Weise, um bei den Vorfahren die letzte Ruhe zu finden. Außerdem waren es gar nicht *ihre* Vorfahren. Derzeit freuten sich Voks Begleiter, aber vielleicht verwandelte sich ihre Ekstase bald in Ärger, weil bei der Fremden namens Kayla das Aufsteigen *sofort* begann, ohne daß sie warten mußte, um mit der Harmonie zu verschmelzen.

Vok spürte, daß die Stimme der Vorfahren stärker wurde. Selbst jetzt, während er ging, hörte er ihren Gesang, und er wußte, daß auch die Fremden ihn vernahmen, auf ihrem eigenen Niveau. Alles deutete auf ein

Erwachen hin, und das war für alle derzeit lebenden Urrythaner ein einmaliger Vorgang.

Entschlossen setzte Vok den Weg fort. Ob es richtig war oder nicht: Sein Volk hatte verlangt, daß er auf diese Weise tätig wurde. Es herrschte die große Sorge, daß es den Fremden aus dem All gelang, die Frau zu wecken und das Geschenk der Ahnen dadurch zurückzuweisen. Viele fürchteten, daß sich eine solche Ablehnung negativ auf ihr eigenes Leben nach dem Tod auswirkte. Oder schlimmer noch: Vielleicht beendeten die Besucher den *Langen Schlaf* der Vorfahren und schadeten ihnen irgendwie.

Als sich die anderen an Vok wandten und ihn aufforderten, etwas zu unternehmen, erklärte er sich bereit. Er war nur ein Individuum, noch dazu eins mit Zweifeln – er verdiente nicht die Rolle, mit der man ihn betraute. Er war der Älteste, der letzte Vertreter seiner Generation, galt damit als besonders klug und weise. Doch die Weisheit stellte kein spezielles Talent dar, bestand vielmehr aus dem Gewicht von Jahren, die sich aufeinandertürmten und ihn der Erfüllung seines Schicksals näher brachten. Als Ältester bestand seine Aufgabe darin zu dienen. So sah es die Tradition von Urrytha vor.

Der Zweifel wich allmählich aus ihm, als sie sich den Höhlen näherten. Vok hatte es nicht anders erwartet. Die Stimme der Alten rief ihn, hieß ihn willkommen, und in einer solchen Begrüßung blieb für Zweifel kein Platz. Er bewegte sich wie in einem Traum und fühlte, wie ihn die Harmonie einer Droge gleich durchströmte. Auch weiterhin setzte er einen Fuß vor den anderen, führte seine Begleiter zum zentralen Platz der Siedlung, von dem aus man die Säle der Alten sehen konnte, und dort legten sie Kayla vorsichtig auf einen großen steinernen Altar.

Die anderen gingen wortlos und ließen nur einen

Wächter bei der reglosen Frau zurück. Es galt, bestimmte Dinge zu sammeln. Die Vorbereitungen mußten so schnell wie möglich getroffen werden – so verlangte es Kaylas Zustand. Es blieb nur wenig Zeit, denn die Stimmen der Alten sangen bereits den Zauber für sie. Das Ritual mußte bald beginnen, um die Frau in den Kokon zu hüllen, der sie ins Leben nach dem Tod trug.

Vok blickte sich um, sah zu den Säulen, die so weit emporragten, daß ihr oberes Ende verborgen blieb – sie schienen bis zum Himmel zu reichen. Eines Tages, so wußte er, würde er ebenfalls das Firmament berühren. Heute kam Kayla an die Reihe. Einige Sekunden lang stand er völlig starr und stellte sich seinen eigenen Kokon vor, der eine gebärmutterartige Geborgenheit bot. Er dachte an die permanente Verbindung mit der *Einen Stimme*, an die Erhabenheit des *Aufsteigens*.

Vok seufzte tief, drehte sich um und verschwand ebenso wie die anderen. Die Zeit drängte, und es war schon eine ganze Weile her, seit er zum letzten Mal das Ritual des Wechsels durchgeführt hatte. Ihm durfte kein Fehler unterlaufen, wenn die Zukunft einer Seele auf dem Spiel stand – immerhin sahen die übrigen Urrythaner eine Art Heilige in Kayla.

Die fremde Frau blieb auf dem Platz zurück und blickte zum wolkenverhangenen Himmel empor. Wenn sie sich ihrer Umgebung bewußt war, so gab sie das nicht zu erkennen. Ein unerschütterliches Lächeln lag auf ihren Lippen, und sie atmete gleichmäßig, wenn auch noch flacher und langsamer als vor ihrer Entführung.

Janeway erwachte, als eine Stimme aus dem kleinen Lautsprecher des Insignienkommunikators drang.

»*Voyager* an Janeway.«

Aus einem Reflex heraus klopfte sie auf das kleine

Gerät. »Hier Janeway. Was ist los?« Während sie die Ohren spitzte, wanderte ihr Blick durchs Lager. War sie während ihrer Wache eingeschlafen?

»Ich bin mir nicht sicher, Captain«, sagte Torres. »Ich habe die Scanner rekonfiguriert und verschiedene Sondierungsmethoden kombiniert, um den Schirm zu durchdringen, der die Urrythaner vor Entdeckung schützt. Vor einer Weile habe ich eine seltsame Variation bei den Biosignalen der Lebenskraft bemerkt.

Sie schien im Bereich Ihres Lagers stärker zu werden, um anschließend zur vorherigen Gleichförmigkeit zurückzukehren. Die Veränderung erschien als eine geringfügige Fluktuation, so wie bei einem Signal, das zwar Teil eines größeren Ganzen darstellt, aber nicht vollständig synchron damit ist. Ohne eine genaue Strukturanalyse hätte ich die Fluktuation vielleicht gar nicht bemerkt.«

»Kommen wir dadurch irgendwie weiter?«

»Ich weiß es nicht, Captain. Wie dem auch sei: Ich habe mir noch einmal die Aufzeichnungen der früheren Sondierungen vorgenommen, bei denen wir vor allem nach den Urrythanern Ausschau hielten. Bei Ihrer gestrigen Begegnung mit den Fremden kam es zu einer ähnlichen Fluktuation.«

»Verstehe. Janeway Ende.«

Die Kommandantin setzte sich auf, und einmal mehr glitt ihr Blick durchs Lager. Erneut warf sie sich Mangel an Wachsamkeit vor, aber zum Glück schien sich nichts verändert zu haben. Die anderen schliefen nach wie vor. Fähnrich Fowler war für den gleichen Wachdienst eingeteilt worden und lehnte unweit des Gartenzugangs an einem Baum. Janeway seufzte erleichtert. Selbst wenn sie eingeschlafen war – jemand anders hatte die ganze Zeit über aufgepaßt.

Sie beschloß, aufzustehen und einen Rundgang zu machen. Die Art und Weise, wie sich Vok und seine Begleiter bei ihrer letzten Begegnung verhalten hatten, erfüllte Janeway mit Unruhe. Erneut überlegte sie, ob sie sich alles nur einbildete. Vielleicht lag es auch an der besonderen Situation, die ein nicht unerhebliches Maß an Anspannung brachte. Jedenfalls hatte sie den Eindruck gewonnen, daß sich die Urrythaner nicht mit ihrer Entscheidung in Hinsicht auf Fähnrich Kayla abfinden wollten.

In der Geschichte der Föderation gab es viele Beispiele für Situationen, in denen religiöse Fanatiker außer Kontrolle gerieten. Es war zu Kriegen gekommen, die Millionen das Leben kosteten. Ganze Völker waren aus geringerem Anlaß als hier auf Urrytha ausgelöscht worden, und die ausdruckslosen Mienen von Vok und seinen Begleitern boten kaum einen Hinweis darauf, wie fanatisch die Bewohner dieser Welt sein konnten.

Janeway schritt durchs Lager und näherte sich Fowler. Er rührte sich nicht von der Stelle, und als die Distanz schrumpfte, stellte sie fest: Sein Kopf war zur Seite geneigt. Wenige Sekunden später hörte sie leises Schnarchen – der Mann schlief!

Jäher Zorn quoll in ihr empor, galt sowohl ihr selbst als auch dem Fähnrich. Rasch trat sie auf ihn zu und rüttelte ihn an den Schultern.

»Fähnrich Fowler!« sagte sie scharf. »Fähnrich Fowler, wachen Sie auf!«

Er reagierte nicht, kippte noch etwas weiter zur Seite und sank neben dem Baum, an dem er gelehnt hatte, zu Boden. Mit einem dumpfen Pochen prallte der Kopf auf, doch der Mann stöhnte nicht einmal. Er atmete flach, aber regelmäßig, und die Augen blieben geschlossen.

Plötzlich spürte Janeway eine Präsenz hinter sich. Sie wirbelte um die eigene Achse und sah Tuvok.

»Was ist los, Captain?«

»Übernehmen Sie die Wache, Mr. Tuvok. Offenbar ist Fähnrich Fowler dem gleichen Einfluß erlegen wie Kayla. Ich sehe bei ihr nach dem Rechten.«

Als sie das betreffende Feldbett erreichte, riß Janeway verblüfft die Augen auf. Kayla war fort. Kes lag noch immer in der Nähe auf dem Boden, und niemand hatte die Versorgungsmaterialien angerührt. Aber von der Bajoranerin fehlte jede Spur.

Es dauerte nur wenige Sekunden, alle Mitglieder der Landegruppe zu wecken, aber das Gebaren einiger Besatzungsmitglieder wies darauf hin, daß ihre Probleme erst begannen. Tuvok und Janeway schienen von dem *Ambiana* weitgehend unbeeinflußt zu sein, und einige Stunden Schlaf hatten die Benommenheit aus der Kommandantin vertrieben. Doch es ging nicht allen so. Kes schien durchaus sie selbst zu sein, aber ihr Blick reichte immer wieder in die Ferne, und das beunruhigte Janeway. Sie fühlte, wie ihr die Kontrolle über die Situation immer mehr entglitt.

»Janeway an *Voyager*.«

»Ja, Captain?« erklang Chakotays Stimme aus dem Insignienkommunikator.

»Wir haben Kayla verloren.« Sie erstattete einen kurzen Bericht, teilte anschließend Tuvok und den anderen mit, was Torres herausgefunden hatte.

»Entschuldigen Sie bitte, Captain«, sagte Kes, als sie die letzten Informationen hörte. »Was die Biosignale und Fluktuationen betrifft …«

»Ja?« fragte Janeway hoffnungsvoll. »Ich wäre Ihnen sehr dankbar, wenn Sie mir eine Erklärung anbieten könnten.«

»Nun«, fuhr Kes fort, »als ich gestern die Trance erlebte … Ich hatte dabei ein Gefühl völliger Ruhe und nahm einen fast hypnotischen musikalischen Rhythmus wahr. Ich glaube, ich habe die gleiche Lebenskraft gespürt, die von den Sensoren der *Voyager* geortet wurde. Und wenn die Urrythaner in ihrer fernen Siedlung für die Scanner sichtbar waren, hier jedoch nicht ... Daraus läßt sich der Schluß ziehen, daß die entsprechenden Biosignale von diesem Ort stammen.«

»Aber wieso können wir die Einheimischen nicht orten, wenn sie direkt vor uns stehen?« fragte Janeway skeptisch.

»Ich vermute folgendes. Wenn der Einfluß der *Einen Stimme* zunimmt, kommt es bei den Urrythanern zu einer Art mentalen Synchronisation. Je weiter sie sich diesem Ort näher, dem Ursprung des Signals, desto stärker wird die Verbindung – und desto schwieriger wird es für uns, die einzelnen Individuen zu unterscheiden. Die Scanner und Sensoren der *Voyager* sind sehr wohl imstande, die Fremden zu orten – aber nur alle gleichzeitig.«

»Ein entsprechendes Gruppenbewußtsein wäre sehr mächtig«, warf Tuvok ein.

»Mächtig schon«, pflichtete Kes dem Vulkanier bei. »Aber nicht unbedingt gefährlich. Was ich spürte, fühlte sich nicht aggressiv oder bösartig an. Es vermittelte vielmehr den Eindruck von Einheit und Harmonie. Danach streben die Urrythaner – da bin ich ganz sicher. Und sie glauben, daß Kaylas Selbst dabei ist, den gleichen Weg zu beschreiten. Hinzu kommt: Vok und die anderen sind bestimmt nicht stark genug, um die Macht des Gruppenichs für ihre eigenen Zwecke zu verwenden. Sie scheinen eher darin aufzugehen.

Wir sollten auch folgendes berücksichtigen. Zwar sind die Urrythaner eins mit der Lebenskraft, aber nicht hundertprozentig. Jeder von ihnen verfügt noch über eine eigene Aura, über genug Individualität, um ein völliges Verschmelzen mit dem Ganzen zu verhindern. Ich schätze, darum geht es bei der Entdeckung von B'Elanna Torres: Die ›Fluktuationen‹ sind geringfügige Unterschiede zwischen den Individualitätssphären und dem Planeten.«

»Wenn das stimmt ...«, sagte Tuvok langsam. »Dann wäre es unlogisch für die Urrythaner, Kayla irgendein Leid zuzufügen. Sie müßten statt dessen bestrebt sein, Vorbereitungen für einen jahrtausendelangen Schlaf zu treffen. Wir sollten dadurch genug Zeit haben, sie zu finden und zu befreien.«

Janeway besann sich wieder auf die Kom-Verbindung mit der *Voyager*. »Chakotay, justieren Sie die Scanner so, daß sie auf die Fluktuationen in der Lebenskraft reagieren. Selbst wenn wir nicht in der Lage sind, die Einheimischen einzeln zu erfassen: Vielleicht können wir einen allgemeinen Überblick in bezug auf ihre Aktivitäten bekommen. Wir müssen Kayla finden, und zwar schnell. Ich möchte nicht noch mehr Leute verlieren. Fähnrich Fowler scheint auf dem besten Wege zu sein, Kaylas Schicksal zu teilen, und auch bei einigen anderen Besatzungsmitgliedern sind Zeichen von Lethargie zu beobachten.

Ist es Ihnen inzwischen gelungen, Fortschritte zu erzielen, Doktor?«

»Ja, Captain. Allerdings ist die Entwicklung eines Gegenmittels problematischer, als ich zunächst angenommen habe. Die Wirkung des Blütenstaubs geht auf eine subtile Mischung vieler einzelner toxischer Substanzen zurück, die ...«

»Setzen Sie die Arbeit fort, Doktor. Ich möchte diesen Planeten verlassen, sobald wir Kayla gefunden haben. Ist das klar?«

»Ja.«

»Chakotay, geben Sie mir sofort Bescheid, wenn es bei den Sensoranzeigen zu irgendwelchen Veränderungen kommt.«

»Ja, Captain.«

Janeway unterbrach die Verbindung, musterte dann

die Mitglieder der Landegruppe und sah überall erwartungsvolle Gesichter. Ihre Lage war nicht besonders gut, und es wurde höchste Zeit, einige Entscheidungen zu treffen, um die Situation wieder in den Griff zu bekommen. Bisher hatten sie sich im großen und ganzen darauf beschränkt, einfach nur abzuwarten, und diese Strategie zahlte sich ganz offensichtlich nicht aus. Sie mußten aktiv werden und Informationen sammeln, um das Geschehen besser zu verstehen.

Kims Züge verrieten ungläubige Fassungslosigkeit, und Janeway runzelte die Stirn. Offenbar litt er noch immer an Schuldgefühlen, die ihn viel zu sehr ablenkten.

Fähnrich Fowler hatte inzwischen das Bewußtsein wiedererlangt. Er war noch immer ziemlich groggy, doch das von Kes verabreichte Stimulans schien ihm zu helfen, die Benommenheit allmählich zu überwinden. Seine Reaktion auf den fremden Wirkstoff besorgte Janeway, denn er war ein Mensch, ebenso wie sie selbst. Nun, wenigstens hatten sie ihn ins Hier und Heute zurückholen können. Andererseits: Wie sollten sie die Sicherheit der Gruppe gewährleisten, wenn jeder von ihnen damit rechnen mußte, innerhalb weniger Minuten ins Traumland zu entgleiten?

»Vok und seine Leute haben sicher nicht die Absicht, uns mehr über *Ambiana* zu verraten«, sagte Janeway. »Wir sind also auf uns allein gestellt. Die Vorfahren der heutigen Urrythaner haben diese Stadt gebaut, und das bedeutet: Sie kannten die Antworten auf unsere Fragen.

Mr. Kim, Tuvok, wir beginnen mit einer gründlicheren Untersuchung der Ruinen; vielleicht finden wir dabei etwas, das uns weiterhilft. Die anderen bleiben hier, für den Fall, daß Vok zurückkehrt. Tuvok, Kim und ich scheinen vom Blütenstaub am wenigsten betroffen zu sein. Was Sie angeht, Kes: Sie werden gebraucht, um sich um die Leute zu kümmern, die zu sehr unter den fremden Einfluß geraten. Richten Sie doppelte Wachen ein und lassen Sie sich *sofort* ablösen, wenn Sie spüren, wie die *Ambiana*-Präsenz zunimmt.«

»Ich bin mir nicht sicher, ob es klug ist, weiter in die Ruinenstadt vorzustoßen«, wandte Tuvok ein. »Wir wissen nicht, ob und auf welche Weise die Urrythaner beziehungsweise ihre Ahnen das Innere der Stadt vor ungebetenen Gästen geschützt haben. Das Waffenpotential der Einheimischen ist uns unbekannt. Außerdem deutet nichts darauf hin, daß sich tatsächlich eine konkrete Möglichkeit bietet, Antworten auf unsere Fragen zu finden.«

»Ich teile Ihre Unsicherheit, Tuvok«, erwiderte Janeway mit fester Stimme. »Aber ich weiß auch: Wir erzielen überhaupt keine Resultate, wenn wir einfach nur hier herumsitzen und auf das Unvermeidliche warten. Ich beabsichtige, mehr über diesen Ort zu erfahren, und ich möchte Kayla finden. Das läßt sich nur erreichen, wenn wir endlich etwas unternehmen.«

»Die Urrythaner erwähnten Höhlen, Captain«, warf Kim ein. »Vielleicht finden wir einen Zugang.«

»Gute Idee, Mr. Kim. Wir beginnen sofort mit der Suche. Und während wir damit beschäftigt sind ... Versuchen Sie, die aufgezeichneten Schriftzeichen zu entschlüsseln. Es nützt uns nichts, Antworten zu finden, die wir nicht verstehen.«

»Aye, Captain.« Das Gesicht des jungen Mannes wirkte so lebhaft wie schon seit Stunden nicht mehr. Janeway lächelte fast. Schade nur, daß so schlimme Ereignisse nötig gewesen waren, um Kim mit neuem Eifer zu erfüllen. Sie hoffte, daß er imstande war, sich ganz der neuen Aufgabe zu widmen, ohne sich zu viele Sorgen um Kayla zu machen.

»Kim ...«, sagte sie leise und nahm den Fähnrich beiseite.

»Ja, Captain?«

»Wir holen sie zurück. Seien Sie unbesorgt. Und hören Sie auf, sich schuldig zu fühlen.«

»Ich versuch's, Captain«, erwiderte der junge Mann ernst. Janeway nickte, wandte sich an Tuvok und deutete in die Richtung, die sie einschlagen wollte.

Kurze Zeit später brachen sie auf. Janeway und Tuvok trugen den größten Teil der Ausrüstung, während sich Kim auf die Anzeigen seines Tricorders konzentrierte. Mit gesenktem Kopf ging er, den Blick aufs Display gerichtet. Janeway schob sich ein wenig näher an ihn heran, um ihn rechtzeitig zu warnen, wenn er gegen einen Baum zu stoßen drohte.

»Captain?« Kim blieb verwundert stehen.

»Ja, Mr. Kim?«

»Der Tricorder ... Ich habe keinen Zugriff mehr auf die Daten des Bordcomputers. Es gelingt mir nicht, eine Verbindung herzustellen ...«

Janeway überprüfte ihren eigenen Tricorder, und auch Tuvok nahm eine entsprechende Kontrolle vor. Kim hatte recht: Irgend etwas schirmte die Signale ab. Sie rejustierte die Kontrollen und stellte fest: Die Emanationen der fremden Lebenskraft waren noch etwas stärker geworden.

»Offenbar müssen wir allein zurechtkommen, Kim«, sagte die Kommandantin. Sie steckte ihren Tricorder ein und deutete über den Pfad. »Die *Eine Stimme* scheint recht laut zu werden.«

Auf der Lichtung im Garten trafen die anderen in der Zwischenzeit alle notwendigen Vorbereitungen, um einen Angriff abzuwehren. Vielleicht wollten sich Vok und die übrigen Urrythaner nicht mit Kayla begnügen. Möglicherweise bestanden sie auf dem *Aufsteigen* aller Besucher, die unter den Einfluß des *Ambiana* gerieten. Fowler offenbarte noch immer Anzeichen von Schwäche, und Kes wirkte wieder verträumt. Auf ihrem Weg dachte Janeway an Kes und fragte sich nicht zum erstenmal, wie sehr die Ocampa mit den Urrythanern sympathisierte. Ganz offensichtlich genoß sie die von der *Einen Stimme* hervorgerufenen Empfindungen.

Die Kommandantin ertappte sich dabei, wie ihre Gedanken zerfaserten, wie sie sich in dem Durcheinander aus Farben, Geräuschen und Gerüchen der üppigen Vegetation zu verlieren drohte. Sie schüttelte mehrmals den Kopf, als könnte sie den fremden Einfluß auf diese Weise aus ihrem Selbst verbannen. Das *Ambiana* wirkte sich auch bei ihr aus, und gerade sie mußte jetzt einen klaren, kühlen Kopf bewahren. Mit Kim und Tuvok schien soweit alles in Ordnung zu sein, und dafür war Janeway dankbar. Gerade jetzt durften sie sich keine Unaufmerksamkeit leisten.

»Captain ...« Tuvoks Stimme unterbrach ihre Überlegungen. »Weiter vorn kommt es zu einer leichten Fluktuation bei den Biosignalen der Lebenskraft. Ich weiß nicht, ob sich daraus auf die Präsenz von Urrythanern schließen läßt, aber zumindest ist dort etwas ... anders.«

Er deutete zu einer Stelle, wo das Gestrüpp besonders dicht war.

»Und noch etwas, Captain.«

»Ja?«

»Die Emanationen sind intensiver. Seitdem wir diesen Ort erreicht haben, ist die Lebenskraft immer stärker geworden.«

Janeway schwieg und ging mit längeren, noch entschlosseneren Schritten. Nach wenigen Sekunden erreichte sie die Büsche und schob einige Zweige beiseite. Dahinter, von Zeit und Wetter halb im Boden begraben, kam eine der sonderbaren Säulen zum Vorschein.

Janeway streckte die Hand aus, um die Oberfläche

zu berühren und mit den Fingerspitzen behutsam darüber hinwegzustreichen. Ein gedämpfter Schrei entrang sich ihr, als der Funke einer Entladung aus dem Stein sprang und ihre Hand berührte. Etwas vibrierte – der Boden. Energie umgab sie, und ihre Stärke wuchs. Aber sie wirkte nicht etwa bedrohlich, sondern brachte Ruhe und Frieden.

Die Kommandantin erlebte eine jähe Vision, die ihr bunte Farbenpracht und Freude bescherte. Die Vibration stieg in ihr empor, begleitet von Geräuschen, die ihr ganzes Wesen durchdrangen und an Fasern ihres Selbst zupften, von deren Existenz sie bis eben gar nichts gewußt hatte. Veränderungen fanden statt; neue Strukturen bildeten sich, um Einheit mit dem Ganzen zu schaffen. Janeway spürte, wie etwas sie aufzunehmen versuchte, und es war ein wundervolles Gefühl.

»Captain!« rief Tuvok. Als sie nicht antwortete, ergriff er sie an den Schultern und zog sie von der Säule fort. »Captain!«

»Was? Ich …« Wieder schüttelte sie heftig den Kopf und starrte auf den Stein hinab. Für einige wenige Sekunden hatte sie eine Verschmelzung mit jener Energie gefühlt. Plötzlich begriff sie, wie es Kes erging, welche Empfindungen den emotionalen Kosmos der jungen Ocampa füllten. Respekt ging mit dieser Erkenntnis einher. Auf einer unbewußten Ebene hatte Kes so etwas die ganze Zeit über gespürt und es trotzdem geschafft, sich davon zu lösen.

»Setzen wir den Weg fort«, sagte sie mit ein wenig zittriger Stimme. »Ich vermute, das Alter der Säulen wächst, je mehr wir uns dem Zentrum der Ruinenstadt nähern. Vielleicht finden wir weitere Inschriften, die uns mehr über die Kultur der Erbauer verraten. Ich nehme an, je tiefer die Säulen im Boden stecken, desto älter sind sie.«

Tuvoks Blick wies darauf hin, daß er weiter im Innern der Ruinenstadt eher damit rechnete, auf Gefahren zu stoßen, doch er schwieg, erhob keine Einwände. Kim schien den Wortwechsel überhaupt nicht zu bemerken. Sein Blick klebte am Display des Tricorders fest, während er versuchte, die fremde Schriftsprache zu entschlüsseln. Janeway gab sich einen Ruck und folgte dem Verlauf des alten Weges, der tiefer hineinführte in die vom Dschungel halb überwucherte Ruinenstadt.

6

Voyager an Kes. Hören Sie mich?« Kes hatte meditiert und die Gefühle erforscht, die den Kontakt mit der mächtigen und doch so friedlichen Lebenskraft des Planeten begleiteten. Sie blinzelte mehrmals und trachtete danach, die Benommenheit aus sich zu verbannen. In gewisser Weise fühlte sie sich schuldig, so als hätte sie eine Aufgabe vernachlässigt, doch dieses Empfinden ließ schnell nach. Das Bewußtsein wieder der externen Welt zuzuwenden ... Die Ocampa verglich den Vorgang damit, durch besonders dichtes, warmes Wasser zu schwimmen.

»Hier ist Kes«, meldete sie sich. »Worum geht es?«

»Wir haben den Kom-Kontakt zu Captain Janeway, Tuvok und Kim verloren«, erwiderte Chakotay, und seine Besorgnis war unüberhörbar. »Außerdem sind sie von den Schirmen unserer Scanner und Sensoren verschwunden. Wir konnten beobachten, wie sie das Lager verließen – und dann schienen sie sich plötzlich in Luft aufzulösen. Sie verschmolzen mit den Emanationen der rätselhaften Lebenskraft. Unsere Kom-Signale bleiben unbeantwortet.«

»Sie wird stärker«, sagte Kes mehr zu sich selbst.

»*Was* wird stärker?« fragte Chakotay.

»Die Harmonie. Das von diesem Ort ausgestrahlte Gefühl. Die Einheit. Es handelt sich um eine große Lebenskraft, Commander – deshalb können Sie keine

Individuen orten. Fast die ganze Zeit über bilden die Urrythaner eine kollektive Entität. Die Ältesten von ihnen befinden sich auf Dauer in einem solchen Zustand. Der Captain und die anderen nähern sich dem Ursprung des Biosignals, was bedeutet, daß sie vielleicht ebenfalls abgeschirmt sind.«

»Wollen Sie damit andeuten, daß die Selbstsphären der Urrythaner miteinander verbunden sind?«

»Nicht in dem Sinne«, entgegnete Kes nachdenklich. »Es würde bedeuten, daß einzelne Selbstsphären existieren, obwohl es eigentlich nur ein großes Gemeinschaftsbewußtsein gibt.«

Chakotays Gedanken rasten. Große Verantwortung lastete auf ihm, und die Bürde hatte sich gerade verdoppelt. Dem Captain drohte Gefahr – soviel stand fest. Wenn es möglich gewesen wäre, den Transferfokus auszurichten, hätte er sie alle an Bord gebeamt und dabei die Einwände des Doktors einfach überhört. Aber diese Möglichkeit kam angesichts der starken Interferenzen durch die Emanationen der Lebenskraft nicht in Frage.

Er hatte versucht, einen Kom-Kontakt mit Captain Janeway herzustellen, um ihr zu berichten, daß sich Fähnrich Kayla nicht mit Hilfe der Sensoren lokalisieren ließ. Seit ihrer Entführung suchten sie nach der jungen Bajoranerin, hielten dabei insbesondere nach Fluktuationen in der Lebenskraft Ausschau. Chakotay hatte zunächst vermutet, daß die Präsenz einer Fremden zu deutlichen Variationen im Interferenzmuster führen würde, doch statt dessen blieb Kayla verschwunden. Die erhofften Fluktuationen blieben aus. Vor der Entführung hatte sie sich auf den Ortungsschirmen gezeigt und danach in Luft aufgelöst.

Der Erste Offizier hatte bereits zur Kenntnis genommen, daß die Ausstrahlungen der Lebenskraft auf dem Planeten stärker wurden. Neu war für ihn der Hinweis, daß die Emanationen von einer Entität stammten, die sich aus vielen einzelnen Komponenten zusammensetzte. Die engen Verbindungen zwischen ihnen sorgten dafür, daß sich nicht feststellen ließ, welches Biosignal woher kam. An manchen Stellen gewann die Präsenz der Entität eine stärkere Ausprägung, und allem Anschein nach hatten Janeway und ihre Begleiter die Nähe eines solchen ›Knotens‹ aufgesucht.

Je länger die Landegruppe auf dem Planeten blieb, unter dem Einfluß des *Ambiana,* desto weniger konnte Chakotay ihnen helfen, selbst in jenen Bereichen, wo die Lebenskraft weniger stark war. Darin bestand einer der scheußlichsten Situationsaspekte. Wenn die Emanationen mit der gleichen Geschwindigkeit wie bisher zunahmen, so gab es bald keine Möglichkeit mehr, die Angehörigen der Einsatzgruppe zu orten und ihre Bewegungen auf der Oberfläche des Planeten zu verfolgen. Er zweifelte bereits daran, ob es überhaupt noch möglich war, jemanden an Bord zu beamen – die Gefahr eines Strukturverlustes beim Transfer hielt er inzwischen für viel zu groß.

Chakotay dachte darüber nach, welche Möglichkeiten ihm noch offenstanden. Er konnte mit einer kleinen Gruppe aufbrechen, für eine Konfrontation bereit und vor den biologischen Gefahren geschützt. Aber es gab keine Garantie dafür, daß er in der Lage war, Captain Janeway und ihre Begleiter zu finden. Also kam eine solche Maßnahme nicht in Frage.

Der Erste Offizier empfand seine Situation als sehr frustrierend.

»Commander Chakotay?« erklang die Stimme des Doktors. Vor Chakotay erhellte sich der Bildschirm und zeigte die strenge Miene des holographischen Arztes.

»Ja, Doktor?«

»Ich habe die toxischen Substanzen isoliert. Innerhalb von einer Stunde sollte ein Gegenmittel zur Verfügung stehen.«

»Eine gute Nachricht«, sagte Chakotay. »Und sie wäre noch besser, wenn ich wüßte, wo sich die Patienten befinden.«

»Wie bitte?« Der Arzt wirkte sowohl verwirrt als auch schockiert.

»Schon gut.« Chakotay zwang sich, ruhig zu sprechen. »Es ist nur ... Die Lebenskraft auf dem Planeten scheint die Angehörigen der Landegruppe regelrecht zu verschlucken. Je länger sie auf Urrytha bleiben, desto schwerer wird es für uns, sie auch weiterhin mit den Sensoren zu erfassen. Der Transferfokus läßt sich kaum mehr ausrichten, und der Einsatz einer zweiten Gruppe kommt nicht in Frage, weil ich gar nicht weiß, wohin ich sie schicken soll.«

»Oh.« Der Doktor zögerte kurz und überlegte. »Die Substanzen, mit denen ich gearbeitet habe ... Bewirken sie eine Verbindung mit der Lebenskraft?«

»Ich schätze, darauf läuft es hinaus«, erwiderte Chakotay.

»Nun, wenn wir das Gegenmittel auf die Oberfläche des Planeten bringen ... Vielleicht wird es dadurch möglich, die Mitglieder der Landegruppe vom fremden Einfluß zu befreien, wodurch Sie den Transferfokus ausrichten könnten. Wenn ich Lieutenant Torres richtig verstanden habe, müßten sich die betreffenden Personen als ›Fluktuationen‹ in der Lebenskraft bemerkbar machen.«

»Beschaffen Sie mir das Gegenmittel, Doktor«, sagte Chakotay fest. Nach kurzem Zögern fügte er hinzu: »Und danke. Ich weiß nicht, ob es uns gelingt, die Einsatzgruppe trotz der Interferenzen an Bord zu beamen, aber uns – und den Leuten auf dem Planeten – wäre sicher sehr geholfen, wenn der Einfluß der fremden Entität nicht noch weiter zunimmt.«

Der Holo-Arzt nickte und verschwand vom Schirm. Seine Mitteilung weckte wieder so etwas wie Zuversicht in Chakotay.

»Halten Sie durch, Captain«, murmelte er. »Halten Sie noch etwas länger durch.«

7

Vok stand allein im Schatten und beobachtete, wie die anderen die reglose Kayla umringten. Sie lag noch immer auf dem Altar, auf einem Kissen aus *Ambiana*-Blumen. Zwar stammte sie nicht aus dem urrythanischen Volk, doch ihre Züge offenbarten Ruhe und Frieden. Die Stimme der Alten rief, verlieh ihr Schönheit und Harmonie. Mit einem solchen Gesichtsausdruck hätte selbst ein großes Insekt schön gewirkt – die *Eine Stimme* schuf Anmut.

Die Vorbereitungen für das *Aufsteigen* hatten begonnen. Es gab viel zu tun, und ein solches Ereignis war gewiß nicht alltäglich. Vok kannte alle Einzelheiten der Rituale, und daher wußte er auch, daß sie durchaus gefährlich sein konnten. Alle mußten genau verstehen, worauf es ankam; niemandem durfte ein Fehler unterlaufen. Die Gefahr drohte nicht nur der fremden Frau, sondern auch – und sogar in einem noch größeren Maße – Vok und seinen Helfern.

Das *Aufsteigen* erforderte ein komplexes Muster aus Liedern und Gesängen, um die Seele in perfekter Harmonie mit der *Einen Stimme* zum *Langen Schlaf* zu geleiten. Wenn das Ritual unterbrochen oder nicht beendet wurde … Dann mochte es geschehen, daß die daran Beteiligten sich nicht aus der Einheit zurückziehen konnten. In dem Fall wurden sie zur *Einen Stimme* gezogen und bekamen einen Vorgeschmack auf das, was ihre eigene Zukunft bereithielt. Wenn so etwas passierte, konnten sie sich nur mit der Energie der geleiteten Seele aus der Verschmelzung lösen, um zurückzukehren und zu warten, bis sie – irgendwann – selbst an die Reihe kamen. Vok begriff, daß sie mit der Frau ein erhebliches Risiko eingingen. Wenn es nicht gelang, sie mit der *Einen Stimme* zu vereinen ...

Wie dem auch sei: Seit den fast vergessenen Tagen seiner Kindheit hatte Vok nicht mehr so viel Energie an diesem Ort gesehen. Er spürte sie nicht direkt, sondern fühlte, wie sie sich mit den Ältesten verband, mit dem *Langen Schlaf* und dem, was kommen mochte. Vok nahm die Energie von innen her wahr, doch für die anderen existierte sie in der Welt, die sie umgab. Er spürte sie als Teil des großen Ganzen, aber er konnte sie nicht mehr so wahrnehmen wie die übrigen Angehörigen seines Volkes. Aufgeregt sprachen sie miteinander und beeilten sich, um die letzten Vorbereitungen zu beenden. Mit neuem Eifer widmeten sie sich den täglichen Meditationen und Ritualen.

Vok entsann sich vage an ähnliche individuelle Emotionen, und aus irgendeinem Grund beunruhigte ihn die Aufmerksamkeit, die man Kayla entgegenbrachte. Er wäre glücklicher gewesen, wenn die Bemühungen seinem eigenen *Aufsteigen* gegolten hätten.

Einer wandte sich von den anderen ab und kam näher: der junge Urrythaner namens Ban. Er hielt sich selbst für ein Oberhaupt der Gemeinschaft, obgleich er erst neunzig Sommer zählte. Zwar kannte er die Legenden und Lehren, doch bisher sah er kaum mehr darin als Geschichten. Er hatte noch nicht die Gemeinschaft mit den Alten erfahren.

In den Augen des jungen Urrythaners deutete etwas darauf hin, daß er das *Selbst* liebte, die Individualität. Ban spürte die Präsenz der Alten, aber er war noch nicht bereit, sich mit ihnen zu vereinen. Er hielt sich noch immer als *Individuum* für wichtig, und eine der wichtigsten Lektionen, die man vor dem *Aufsteigen* lernen mußte, bestand darin, daß die *Eine Stimme* alles war und das eigene Selbst nichts ohne die Harmonie.

Vok nickte, als sich ihm der jüngere Mann näherte, zeigte damit seine Bereitschaft, ihm höflich zuzuhören. Darin bestand eine seiner Pflichten als Ältester.

»Die Fremden sind zum Innenbereich unterwegs«, sagte Ban. »Ich meine jene Frau, die sich *Captain* nennt, außerdem den Mann mit den spitzen Ohren und noch jemanden. Sie wandern zum Ruheort der ältesten Alten.

Ich habe mit den anderen gesprochen.« Ban deutete zu einer großen Gruppe, die abseits stand und sie aufmerksam beobachtete. »Sie glauben, daß es die Sternreisenden auf das Geheimnis unserer Ahnen abgesehen haben. Sie müssen aufgehalten werden, bevor sie stehlen oder entweihen, was sie nicht verstehen.«

Wenn Vok nicht voll und ganz Herr seines Bewußtseins gewesen wäre, hätte er jetzt vielleicht gelächelt. Der junge Bursche – die ›neue‹ Seele – befürchtete eine Störung der Vorfahren durch Besucher aus dem All, von denen er überhaupt nichts wußte. Eigentlich hatte er nicht die geringste Ahnung, welche Konzepte tatsächlich auf dem Spiel standen.

Vok fand es interessant, daß sich Captain Janeway dem Innenbereich näherte, dem Ruheplatz der Alten, aber letztendlich kam diesem Umstand nur geringe oder gar keine Bedeutung zu. Sie hatte nicht die Möglichkeit, das Unvermeidliche zu verhindern. Vermutlich geschah folgendes: Je näher Janeway und ihre Begleiter der Wahrheit kamen, desto weniger würden sie sich ihrer Richtigkeit widersetzen können. Vok fragte sich kurz, ob Janeway aus freiem Willen beschlossen hatte, weiter ins Innere der Ruinenstadt vorzustoßen. Oder war sie einem Ruf gefolgt?

»Es ist alles in Ordnung«, wandte er sich an den jüngeren Mann. »Fahren Sie fort wie bisher. Vervollständigen Sie das Ritual. Ganz gleich, was die Fremden auch unternehmen: Sie können die Dinge nicht verändern, es sei denn zu ihrer eigenen Besserung. Denken Sie nicht mehr an die Besucher. Dadurch lenken Sie sich nur ab, und unter den gegenwärtigen Umständen könnte Ablenkung sehr gefährlich sein.

Richten Sie den Blick statt dessen nach innen. Besinnen Sie sich mehr auf das *Ambiana* und die Harmonie. Suchen Sie, was uns verhießen ist. Nehmen Sie es auf in Ihren Geist und freuen Sie sich darüber. Sie kennen die Tradition, die Lehren und Legenden. Auch das Ritual ist Ihnen bekannt. Führen Sie es durch. Alles andere spielt nur eine untergeordnete Rolle.«

»Die Präsenz der Fremden profaniert das, was heilig ist, Ältester. So etwas können wir doch nicht verzeihen, oder? Respektlose Besuche in den Sälen der Alten geziemen sich nicht. Ebensowenig dürfen sie geplündert werden.«

»Es steht weder Ihnen noch mir zu, irgend etwas zu verzeihen oder nicht«, erwiderte der alte Urrythaner in einem sanften Tonfall. »Was auch immer die Besucher herausfinden und wie auch immer sie sich verhalten: Sie können das *Aufsteigen* nicht verhindern. Sie begegnen den Alten mit Ehrfurcht, und das ist gut so, aber Sie vergessen, daß sie auch über eigene Macht verfügen. Ihre Stimme wird sie schützen.«

Der jüngere Mann nickte, doch ein kurzes Aufblitzen in seinen Augen verriet: Zwar respektierte er Vok, aber er weigerte sich, den gerade vernommenen Ausführungen zu glauben. Ein seltsames Feuer brannte in ihm, eine Individualität, die nur Zeit und Mäßigung tilgen konnten.

»Ich möchte nicht, daß Sie den Besuchern zum Innenbereich folgen«, fuhr Vok fort. »Es käme einer Beleidigung der Vorfahren gleich, ihre Ruhestätte aus einem solchen Grund aufzusuchen – um Gewalt anzuwenden. Das wäre falsch. Konzentrieren Sie sich auf die Zeremonie; lassen Sie Janeway und die anderen in Ruhe. Noch mehr Zwietracht hat keinen Sinn und führt zu nichts.«

Ban wandte sich langsam ab, ohne auf Voks Worte zu reagieren. Eine gewisse Anspannung in seinen Schultern deutete darauf hin, daß er nicht glaubte, den richtigen Rat bekommen zu haben. Doch weder Gesichtsausdruck noch Körpersprache gaben zu erkennen, was er mit den erhaltenen Informationen anzustellen gedachte. Er war jung und feurig, doch bisher hatte er immer den Ältesten und der Harmonie gehorcht. Vok wußte, daß er nur warten und beobachten konnte; darin bestand seine Verantwortung.

Ban und seine Freunde hatten bei der jüngeren Generation viele Anhänger. Ohne jene Art von Energie, die Ban und seine Gefolgsleute verströmten, gab es keinen Fortschritt und kein Überleben. Und ohne das Überleben konnte es niemand bis zum *Aufsteigen* schaffen. Diese Erkenntnis erfüllte Vok mit Kummer, denn inzwischen hatte ihn das Alter Mäßigung und Weisheit gelehrt. Aber ihm fehlten sowohl die Kraft als auch der Wille, während einer so späten Phase seiner Lebensreise zu versuchen, die Ordnung der Dinge zu verändern. Inzwischen war er fast für die Zeremonie des Aufsteigens bereit, um sich den Alten in ihrem Schlaf hinzuzugesellen.

Er beobachtete, wie Ban zu den anderen zurückkehrte und einige von ihnen beiseite nahm, während die Vorbereitungen für das *Aufsteigen* der fremden Frau fortgesetzt wurden. Vok konnte nicht hören, worüber Ban und seine Freunde sprachen. Aber selbst wenn er in der Lage gewesen wäre, irgend etwas zu verstehen – er hatte seinen Ausführungen nichts mehr hinzuzufügen.

Wenn er jetzt zu ihnen ging und die an Ban gerichteten Worte wiederholte – man hätte ein Zeichen von Schwäche darin gesehen. So etwas kam nicht in Frage, denn immerhin war er ein Ältester. Die Jungen würden auf ihn hören, wenn sie nicht all das aufgeben wollten, was vor ihnen existiert hatte, die Weisheit vieler Generationen. Zwar würde Vok nicht mehr lange Gelegenheit haben, sie zu beraten, aber er vertraute darauf, daß sie seine Worte nicht einfach vergaßen und seinem Rat auch dann noch folgten, wenn er nicht mehr bei ihnen weilte.

Er seufzte tief, nahm in einer Nische Platz und lehnte sich dort an den kühlen Stein der Bergwurzeln. Deutlich spürte er die vereinten Stimmen der Alten und nahm ihre stärker werdende Resonanz wahr. Die anderen Urrythaner fühlten es ebenfalls, aber niemand von ihnen auf eine so intensive, perfekte Weise. Vok wußte: Ein Teil von dem, was die anderen wahrnahmen, kam aus seinem Innern. Er war ihre nächste Verbindung, und wenn er sie bei den rituellen Meditationen führte, kamen sie den Alten näher.

Die Kraft der *Einen Stimme* erstaunte ihn. Sie wuchs immer mehr, füllte sein Selbst und stahl ihm die Gedanken. Schon seit Tagen konnte er sich nicht mehr richtig konzentrieren und verbrachte immer mehr Zeit in voller Gemeinschaft.

Das *Erwachen* …

Es dauerte nicht mehr lange. Das hoffte Vok inständig. Bevor es für ihn Zeit wurde, mit dem *Langen Schlaf* zu beginnen, wünschte er sich nichts sehnlicher, als das Wunder zu sehen und die Wahrheit der Alten direkt in einer Vision zu beobachten, nicht als ein Bild, das sich in seinem geistigen Kosmos bildete, geschaffen von der eigenen Phantasie und dem Einfluß der Harmonie. Er glaubte daran und lebte dafür, hatte es gelehrt und gepredigt – ohne es jemals zu sehen. Kein lebender Urrythaner konnte von sich behaupten,

Augenzeuge zu sein. Alles basierte auf Jahrtausenden des Glaubens, und jede Generation folgte den Worten der Vorfahren. Der Glaube führte sie in eine ungewisse Zukunft.

Inzwischen existierten in den Gärten viele Orte, die als Ruheplätze für vergangene Generationen von Ältesten dienten. Dem Himmel reckten sie sich entgegen, kühl und steinern. Nur die Vibration ihres Inhalts verriet, daß der Eindruck von Tod und Trostlosigkeit täuschte. Weiter innen wölbte sich selbst der Boden dem Firmament entgegen, als sei er bestrebt, die Ruhestätten allmählich zu verschlingen. Jene Plätze suchte Vok auf, wenn er Gelegenheit dazu fand, preßte dann die Wange an Säulen und fühlte dabei die pulsierende Kraft des Lebens, die sie alle in einem Schicksal vereinte.

Das genügte eigentlich, aber trotzdem wünschte er sich die Vision, als eine Erinnerung, die er in den *Langen Schlaf* mitnehmen konnte. Er hoffte darauf, Zeuge eines *Erwachens* zu werden. Die Stimmen seiner Vorgänger flüsterten ihm zu, und er wußte, daß sie die Wahrheit sprachen. Wenn er noch ein wenig länger durchhielt, noch etwas damit wartete, ganz mit der Harmonie zu verschmelzen … Dann ging sein Wunsch in Erfüllung.

Vok schloß die Augen, ließ sich hineintreiben in die *Eine Stimme* und seine Sinne vom Planeten vereinnahmen, während er über das Bevorstehende nachdachte. Er bemerkte nicht, wie ihm die anderen verstohlene Blicke zuwarfen, wie einige von ihnen näher kamen, um festzustellen, ob er bereits die Realität verlassen hatte oder noch in ihrer Welt weilte. In einigen Mienen zeigte sich Betroffenheit, während Ban und seine Freunde aufgeregt wirkten.

Als sie sicher sein konnten, daß Voks Trance andauerte, brachen Ban und seine Gefolgsleute auf. Sie ließen gerade genug Leute zurück, um die Zeremonie durchzuführen und den Gesang auf einem Niveau zu halten, das ausreichte, um Vok zu täuschen. Er sollte in der *Einen Stimme* nicht die Fluktuationen bemerken, die darauf hindeuteten, daß jemand fortgegangen war.

Ban beobachtete den Ältesten, als sie an ihm vorbeikamen. Vok rührte sich nicht. Am Fuß des Berges saß er, und seine Wange ruhte am kalten Stein. Er spürte nicht das kurze Zittern in der *Einen Stimme*. Sein Selbst blieb beim Gesang der Alten, die ihn heimriefen.

Die von Ban angeführte kleine Gruppe verließ die Siedlung und näherte sich den Gärten. Über die Oberfläche des Planeten wanderten sie, durch das Licht, das sie normalerweise mieden, über eine Welt, die einst Heimat der Ahnen gewesen war. Diese Heimat galt es nun zu verteidigen. Sie wollten die Fremden verjagen, auf daß die Gärten heilig blieben. Darin bestand der – rechte vage – Plan.

Im Grunde genommen wußten Ban und seine Freunde überhaupt nicht, was sie in den Gärten erwartete. Die Fremden und ihr Raumschiff mochten gefährlich sein, aber trotzdem hielten sie es für notwendig, das Sakrale zu verteidigen. Es war falsch, daß die heiligsten Orte von Geschöpfen besucht wurden, die überhaupt nicht von dieser Welt stammten. Eine solche Entweihung mußte unter allen Umständen verhindert werden.

Die Stimme des *Einen Lebens* verschluckte ihre Essenz, als sie sich den Gärten näherten. Sie spürten, wie es sie umhüllte und willkommen hieß.

»Dort!« Torres' Stimme beendete jäh die Stille auf der Brücke. »Es kam gerade zu einer neuen Fluktuation, und zwar im Außenbereich des Dschungels.«

»Versuchen Sie, weitere Ortungsdaten zu gewinnen«, sagte Chakotay sofort. »Doktor, wie lange dauert es noch, bis wir das Gegenmittel bekommen?«

»Es ist fertig«, erwiderte der holographische Arzt.

»Dann sollten wir es so schnell wie möglich auf den Planeten bringen«, entschied Chakotay. »Versuchen Sie, einen Kom-Kontakt mit Kes herzustellen.«

Ein junger Maquisard bediente die Kommunikationskontrollen und nickte. Schweiß glänzte auf seiner Stirn. Er war kein Offizier der *Voyager*, aber er hatte mit solchen Geräten an Bord des Maquis-Schiffes gearbeitet. Es fehlte ihm also nicht an Erfahrung.

»Eg'gyrs«, murmelte Chakotay.

»Ja, Sir«, erwiderte der junge Mann. Er glaubte vermutlich, daß der Erste Offizier seine Aufmerksamkeit wecken wollte. Sein Blick galt den Anzeigen. »Keine Antwort, Sir. Ich habe es auf allen Frequenzen versucht, aber irgend etwas schirmt unsere Signale ab.«

Chakotay schwieg, doch die Falten fraßen sich ihm tiefer in die Stirn. Eigentlich hatte er gar nicht erwartet, daß es möglich war, eine Kom-Verbindung zu schaffen. Einen entsprechenden Versuch hatte er in der Hoffnung unternommen, die Entscheidung zu vermeiden, die es nun zu treffen galt.

Jemand anders mußte zum Planeten. Jemand anders mußte sich erheblichen Gefahren aussetzen, und wenn das betreffende Besatzungsmitglied ums Leben kam, so lastete die Verantwortung auf Chakotay. Er wäre selbst gern aufgebrochen, aber da sich Captain Janeway nicht an Bord befand, mußte er bleiben. Darin bestand seine Aufgabe als stellvertretender Kommandant. Außerdem brauchte die Crew jemanden, der stark genug war, um sie zu führen.

Also jemand anders. Jemand, dem er vertrauen konnte. Er zögerte nicht länger, die Entscheidung zu treffen.

»Angesichts der Interferenzen durch die fremde Lebenskraft halte ich es für zu riskant, den Transporter zu benutzen«, sagte er. »Beim Transfer könnte es zu einem fatalen Strukturverlust kommen. Außerdem bewirkt der Einfluß des *Ambiana*, daß wir den Transferfokus nicht exakt ausrichten können – die individuellen Biosignale bleiben zu undeutlich.«

Die Erläuterungen des Ersten Offiziers richteten sich an niemanden im besonderen.

»Mr. Paris, Sie und Eg'gyrs fliegen mit einem Shuttle los. Bringen Sie Kes das Gegenmittel und bereiten Sie die Mitglieder der Landegruppe darauf vor, sich hierher zurückzubeamen. Wir richten den Transferfokus auf Sie, sobald Sie gelandet sind. Wenn das Gegenmittel bei den anderen wirkt und uns eine genaue Erfassung ermöglicht, beginnen wir sofort damit, die Angehörigen der Einsatzgruppe zurückzuholen.«

Paris nickte. »Kim, der Captain und Tuvok sind verschwunden«, sagte er langsam. »Selbst wenn wir den anderen helfen können ... Ich starte erst wieder, wenn wir Captain Janeway und ihre beiden Begleiter gefunden haben.«

»Ich gebe Ihnen den Befehl, zum Planeten zu fliegen und zurückzukehren«, erwiderte Chakotay ruhig. Er musterte den jüngeren Mann, und sein Blick übermittelte eine deutliche Botschaft. »Sie sollen der Landegruppe das Gegenmittel bringen und ihnen dadurch die Möglichkeit geben, den Planeten zu verlassen.« Er zögerte kurz und sah den Piloten auch weiterhin an. »Haben Sie mich verstanden?«

Paris stand einfach nur da, schwieg eine Zeitlang und versuchte, genug Mut zu sammeln. Schließlich nickte er nur. Es wurden keine weiteren Worte gewechselt – beide Männer wußten Bescheid. Wenn sie den ganzen weiten Weg bis zur Föderation zurücklegen wollten, brauchten sie alle ihre Ressourcen. Es kam einfach nicht in Frage, Janeway, Tuvok und Kim auf dem Planeten zurückzulassen.

Eg'gyrs sah den früheren Kommandanten des Maquis-Schiffes an, und in seinen Augen zeigte sich dabei ein seltsames Glitzern. Der junge Mann war zur einen Hälfte Mensch und zur anderen Romulaner – eine sonderbare Mischung, gelinde gesagt. Chakotay wußte nicht, ob sich Eg'gyrs geehrt fühlte, an der bevorstehenden Mission teilnehmen zu dürfen, oder ob er sie für falsch hielt.

Die Tür des Turbolifts schloß sich hinter den beiden Männern, und Chakotay wandte sich wieder dem Hauptschirm zu. Aufmerksam beobachtete er den Planeten und entnahm den eingeblendeten graphischen Darstellungen, daß die Emanationen der Lebenskraft immer stärker wurden. Die von B'Elanna Torres erwähnte Fluktuation blieb in Bewegung und näherte sich langsam jenem Bereich, in dem die Landegruppe ihr Lager aufgeschlagen hatte. Chakotay hoffte, daß Paris und Eg'gyrs dort vor den Urrythanern eintrafen.

Der Erste Offizier betrachtete das Muster der Fluktuation, und irgend etwas teilte ihm mit, daß es diesmal eine andere, unheilvollere Bedeutung hatte. Er ahnte plötzlich, daß die Zeit für freundliche Besuche vorüber war. Nun, er hatte nichts dagegen einzuwenden. Derzeit stand ihm ebenfalls nicht der Sinn nach Freundlichkeit.

Sollen sie nur kommen, dachte er. *Ja, sollen sie nur kommen – dann bringen wir es hinter uns.*

8

Kes?« Neelix' Stimme durchdrang den immer stärker werdenden Zauber des Lieds und brachte Kes in die Realität zurück. Es wurde immer schwerer, sich von dem fremden Einfluß zu befreien, sich überhaupt von ihm befreien zu *wollen*. Die Ocampa konzentrierte sich, und daraufhin kehrten die Konturen des Lagers zurück.

Sie schüttelte den Kopf. »Ja, Neelix?«

Er stand vor ihr, die Hände sorgenvoll gefaltet. Der Talaxianer befürchtete, daß sie der urrythanischen Entität auf die gleiche Weise zum Opfer fiel wie zuvor Kayla. Kes konnte den Einfluß der Harmonie auf ihr Selbst nicht leugnen, aber sie hatte keineswegs das Gefühl, die Kontrolle zu verlieren. Sie wollte verstehen, die neuen Empfindungen erkunden und ihre Bedeutung enträtseln. Sie glaubte, sich gerade auf diese Weise nützlich machen zu können, denn als medizinische Assistentin war sie derzeit kaum in der Lage, irgendeine Art von Hilfe zu leisten.

»Ich fürchte, Fähnrich Fowler hat das Bewußtsein verloren«, sagte Neelix. »Bei den vorherigen Überprüfungen hat er nur geschlafen, und ich konnte ihn immer dazu veranlassen, den Kopf zu schütteln oder etwas zu murmeln. Diesmal liegt er einfach nur da. Ich wollte ihm etwas von der Brühe anbieten, die ich gekocht habe, doch er reagiert überhaupt nicht mehr.«

Kes bewegte sich langsam und geschmeidig, wie

eine Katze, die sich nach einem Nickerchen in der Sonne streckte. Neelix beobachtete sie, und die Ocampa bemerkte den feuchten Glanz von Tränen in seinen Augen. Sie versuchte, ihn mit einem Lächeln zu beruhigen. Neelix neigte zu schnell dazu, sich Sorgen um sie zu machen, und die Nähe zur *Einen Stimme* des Planeten versetzt sie in die Lage, das ganze Ausmaß seiner Gefühle für sie zu erkennen. Mit ihren normalen geistigen Kräften hätte sie keinen so tiefen Einblick gewinnen können. Kes fragte sich kurz, wie es sein mochte, wenn sie Neelix an dem Gesang teilhaben ließ, wenn sie ihn mitnahm in die Harmonie, um ihm die gleichen Empfindungen zu ermöglichen, die sie erfuhr. Wenn er Gelegenheit bekommen hätte, ihre Erfahrungen zu teilen ... Dann wäre er bestimmt nicht mehr besorgt gewesen.

»Vielleicht kann ich ihm helfen«, sagte Kes und legte Neelix sanft die Hand auf die Schulter. Sie wußte natürlich, daß ihre Möglichkeiten darauf beschränkt blieben, Untersuchungen vorzunehmen und physischen Komfort zu gewährleisten. Mehr konnte sie nicht tun – eine Erkenntnis, die Kummer brachte. Es war einer der Gründe dafür, warum sie sich so sehr dem Erleben widmete, das den anderen vom *Ambiana* aufgezwungen wurde. Es beruhigte sie und half ihr dabei zu verstehen, wie es den übrigen Mitgliedern der Landegruppe erging. Auch wenn sie nicht aus dem seltsamen Schlaf geweckt werden konnten – wenigstens litten sie nicht.

Nur Neelix und sie waren noch immer regelmäßig auf den Beinen. Vom Captain oder von der *Voyager* hatte Kes schon seit einer ganzen Weile nichts mehr gehört. Ihre Versuche, mit dem Doktor Kontakt aufzunehmen und von ihm zu erfahren, wie es um die Entwicklung des Gegenmittels stand, waren erfolglos geblieben. Bestimmt fand man an Bord des Schiffes irgendeine Möglichkeit, ihnen das Mittel zur Verfügung zu stellen – daran zweifelte Kes nicht. Aber es wäre recht angenehm gewesen, vom aktuellen Stand der Dinge zu erfahren.

So schwierig die Situation auch sein mochte: Es regte sich keine echte Besorgnis in Kes. Die Energie um sie herum – eine Energie, die mit jeder verstreichenden Sekunde stärker wurde – war alles andere als negativ. Sie bot vielmehr eine wundervolle Harmonie, in der es keinen Platz für Schmerz gab. Kes spürte die Auren der anderen in ihrer Nähe, auch die von Fähnrich Fowler und Kayla, obwohl die Signale der Bajoranerin vage blieben, keine so starke Ausprägung in den Vibrationen gewannen. Nein, es gab kein Leid, aber die Selbstsphären wurden langsam von der *Einen Stimme* aufgenommen – ihre Individualität schmolz wie Schnee in der Sonne. Kes vermutete, daß es irgendwann in der Zukunft auch zu einer körperlichen Veränderung kam. Sie hatte keine Ahnung, auf welche Weise ein derartiger Wandel stattfand, und ebenso rätselhaft blieb ihr, wie sie überhaupt davon wissen konnte. Aus irgendeinem Grund spürte sie, daß die humanoide Gestalt ungeeignet war, um so viel Schönheit zu enthalten. Aber das Gefühl der sich anbahnenden *Veränderung* ging darüber hinaus und vermittelte den Eindruck, daß es sich um eine ganz natürliche Entwicklung handelte.

Kes trat zu Fowler und richtete den Tricorder auf ihn. Das Display des kleinen Sondierungsinstruments bescherte ihr keine Überraschungen. Es gab nur einen Unterschied in Hinsicht auf die letzte Untersuchung: Die Emanationen der Lebenskraft waren stärker geworden. Aber das wußte Kes auch so.

Fowler lag völlig reglos, schien jedoch nicht stärker beeinflußt zu sein als zuvor. Er schlief nur sehr tief, erlebte einen von angenehmen Träumen verstärkten

Schlaf. Kein Wunder, daß er zunächst nicht auf äußere Reize reagierte.

Neelix stand stocksteif in der Nähe und beobachtete aufmerksam, wie Kes den Schlafenden untersuchte. Dann und wann glitt sein Blick zu ihrem Gesicht. Nach einer Weile zuckten Fowlers Lider und kamen nach oben. Der Mann seufzte enttäuscht, setzte sich halb auf und sank dann zurück. Er sah Kes und erkannte sie, schien daraufhin in die Wirklichkeit zurückzufinden und lächelte schief.

Kes wandte sich mit einem fragenden Blick an Neelix – sie hatte keine besonderen Maßnahmen ergriffen, um Fowler zu einer solchen Reaktion zu veranlassen. Er hatte nur geschlafen.

Der Talaxianer senkte verlegen den Kopf. »Ich habe behauptet, daß Fowler nicht reagiert, weil ich mir Sorgen um *dich* mache, Kes. Fast zehn Minuten lang habe ich vor dir gestanden, ohne daß du mich bemerkt hast. Du schienst ganz woanders zu sein. Ich … ich hatte Angst. Ich fürchtete, dich an jene andere Macht zu verlieren, und eine solche Vorstellung konnte ich nicht ertragen.«

»Es ist alles in Ordnung mit mir, Neelix.« Kes lächelte erneut, um den Talaxianer zu beruhigen. »Es stimmt schon, ich höre die Stimme des Planeten, doch das *Ambiana* scheint auf mich nicht so zu wirken wie auf Kayla und die anderen. Du bist ebenfalls immun. Vielleicht liegt es daran, daß wir beide aus diesem Quadranten stammen.

Ich weiß, was passiert. Ich spüre die Emotionen und Empfindungen der anderen – aber ich erliege nicht dem fremden Einfluß, so wie Kayla. Mir geht es nur darum zu verstehen. Ich habe viel vom Doktor gelernt, von dir, von Captain Janeway – doch das alles nützt mir jetzt nichts. Dies ist eine ganz neue Erfahrung für mich, und ich muß die Gelegenheit nutzen, mehr herauszufinden.«

Neelix wirkte auch weiterhin skeptisch und rang sich ein Lächeln ab. Vermutlich glaubte er, daß Kes die Situation beschönigte, um die Last der Sorge von ihm zu nehmen. Es lag in seiner Natur, sich über Dinge Sorgen zu machen, erst recht dann, wenn es dabei um Kes ging.

Eine Zeitlang herrschte Stille, und schließlich sagte Neelix. »Da du jetzt wach bist ... Möchtest du meine Brühe probieren?«

Kes' Lächeln wuchs in die Breite. »Mit Vergnügen.«

Sie wollten sich gerade von Fowler abwenden, als verdrängte Luft und ein lauter werdendes Summen auf den Landeanflug eines Shuttles hinwiesen. Sie vergaßen die Brühe, eilten zum Zugang des Gartens und beobachteten, wie das kleine Raumschiff auf die Lichtung herabsank, die einst ein Platz der Stadt gewesen war.

Rasch kletterten sie die großen steinernen Stufen hinab und eilten zu dem Shuttle. Lieutenant Paris und Eg'gyrs stiegen aus.

»Wir haben keinen Kom-Kontakt mit Ihnen herstellen können«, erklärte Paris und klopfte Neelix auf die Schulter. »Und da wir nicht wußten, ob der Transporter unter den gegenwärtigen Umständen zuverlässig funktioniert, sind wir mit einem Shuttle aufgebrochen, um Ihnen das vom Doktor entwickelte Gegenmittel zu bringen. Chakotay wollte nicht riskieren, daß beim Transfer zum Planeten unsere Moleküle in der Atmosphäre verteilt werden.«

Mit der Medo-Tasche, die Eg'gyrs aus dem Shuttle holte, kehrte die Gruppe zum Lager zurück. Kes nahm sich einige Sekunden Zeit, um Ordnung in ihre Gedanken zu bringen. Nicht ohne Mühe schob sie die ›Stimme‹ des Planeten beiseite, um sich ganz ihrer Aufgabe widmen zu können.

Während Neelix den Neuankömmlingen vom Captain und ihrer Gruppe berichtete, las Kes die Anweisungen des Doktors und bereitete dann die Verteilung des Gegenmittels vor. Es erfüllte sie mit Genugtuung, endlich wieder aktiv zu werden, und hinzu kam Zufriedenheit darüber, konkrete Hilfe leisten zu können. Hoffentlich entfaltete das Serum die gewünschte Wirkung. Wenn nicht, steuerten sie geradewegs auf eine Katastrophe zu.

»Seit Kaylas Verschwinden haben sich hier keine Urrythaner mehr blicken lassen?« fragte Paris.

»Nein«, antwortete Neelix.

»Kurz bevor wir uns mit dem Shuttle auf den Weg machten, erwähnte B'Elanna eine Fluktuation in den Emanationen der Lebenskraft. Sie glaubt, daß solche Veränderungen im allgemeinen Interferenzmuster von den Urrythanern hervorgerufen werden, wenn sie ihre Siedlung verlassen.«

»Halten Sie es für möglich, daß die Fremden hierher unterwegs sind?« erwiderte Neelix. »Vielleicht haben sie ihren Fehler eingesehen und bringen Kayla zurück.«

»Darauf würde ich nicht wetten.« Paris ließ den Blick durchs Lager schweifen und versuchte, mit der Umgebung vertraut zu werden. »Es wäre denkbar, daß die Urrythaner beabsichtigen, auch den Rest der Landegruppe zu holen. Ihren Beschreibungen entnehme ich, daß sie den Einfluß der hiesigen Droge als heilig erachten. Vielleicht wollen sie feststellen, ob sich der sakrale Einfluß ausgebreitet hat.«

Fowler hatte das Gegenmittel als erster erhalten, und in seinem Verhalten kam es zu einer jähen Veränderung. Mit einem Ruck kam er in die Höhe und blickte sich wild um. Kes trat zu ihm und sprach beruhigend auf ihn ein.

Langsam glättete sich Fowlers Miene, und seufzend sank er aufs Feldbett zurück.

»Fähnrich Fowler?« fragte Paris. Der Mann drehte den Kopf und lächelte unsicher, als er den besorgten Blick des Piloten bemerkte. Er war blaß und hohlwangig, wirkte aber wieder normal. Paris atmete erleichtert auf.

»Wo bin ich, Sir? Was ist passiert?«

»Das ist eine lange Geschichte«, entgegnete Paris. »Ich erzähle sie Ihnen, wenn wir wieder alle an Bord der *Voyager* sind. Eg'gyrs, kehren Sie zum Shuttle zurück und versuchen Sie, von dort aus eine Kom-Verbindung zum Schiff herzustellen. Die Insignienkommunikator funktionieren nicht, aber der Kommunikator des Shuttles hat ein größeres Leistungspotential. Teilen Sie der *Voyager* mit, daß Mr. Fowler nicht mehr unter dem fremden Einfluß steht. Fragen Sie, ob es jetzt möglich ist, den Transferfokus auf ihn zu richten.«

Auch die anderen erwachten. Paris, Neelix und Kes arbeiteten zusammen, um den übrigen Angehörigen der Landegruppe eine möglichst sanfte Rückkehr in die Realität zu ermöglichen. Glücklicherweise schien niemand irreparablen Schaden erlitten zu haben. In der Mitte der Lichtung versammelte Paris die Gruppe um sich und erklärte die jüngsten Ereignisse, während Eg'gyrs Verbindung mit dem Schiff aufnahm.

Kes stand ein wenig abseits, und ihr Gesicht gewann wieder einen verträumten Ausdruck. Sie fühlte etwas: Bewegung in der *Einen Stimme*, einen Hauch von Disharmonie im Gesang. Bereitwillig ließ sie sich erneut in die Energie des Planeten ziehen, um dort Ausschau zu halten. Sie wußte nicht genau, worin die Störung bestand, aber sie nahm deutlich wahr, daß sich das Etwas näherte. Die Ocampa drehte sich langsam um und blickte in die Richtung, aus der die Störung kam. Dichter Dschungel erstreckte sich dort.

»Kes?« fragte Neelix. »Kes?«

Sie löste ihr Selbst von der *Einen Stimme.* »Tom hat recht. Sie kommen – *jemand* kommt. Die Empfindungen sind ... instabil, in einem ständigen Wandel begriffen. Etwas geschieht, und es ist nicht Teil des normalen Musters. Wer oder was auch immer sich nähert, verursacht ein Ungleichgewicht in der *Einen Stimme.* Dadurch kann ich die Bewegungsrichtung feststellen.«

»Wie groß ist die Entfernung?« Paris eilte bereits zum Zugang des Gartens, um festzustellen, ob mit Eg'gyrs alles in Ordnung war. Nirgends zeigte sich ein Urrythaner, und der junge Mann winkte vom Shuttle her.

»Nicht sehr groß«, erwiderte Kes. »Ich kann nicht ganz sicher sein. Immerhin ist es ein *Gefühl,* keine Sondierung mit Hilfe von Sensoren oder Scannern.«

Paris fluchte leise und lief los. Er sprang die hohen Treppenstufen hinunter, sprintete über den Platz und duckte sich dabei, um ein möglichst kleines Ziel zu bieten – für den Fall, daß jemand vom Rand des Dschungels her einen Angriff plante.

Als er sich dem Shuttle näherte, rief Eg'gyrs: »Ich habe einen Kontakt hergestellt, Sir! Es gibt jetzt keine Schwierigkeiten mehr, den Transferfokus auszurichten. Die entsprechenden Probleme gingen tatsächlich auf den fremden Einfluß zurück.«

»Begeben Sie sich zum Lager und teilen Sie den Leuten mit, daß sie sich auf den Transfer vorbereiten sollen.« Paris kletterte an Bord und nahm im Pilotensitz Platz. »Ich weise den Transporterraum der *Voyager* an, Sie an Bord zu beamen, sobald Sie alle zusammen sind.«

Eg'gyrs zögerte – offenbar widerstrebte es ihm, Paris allein zu lassen. Doch nach einigen Sekunden nickte er, befolgte die Anweisung und eilte in Richtung Lager.

Paris sah ihm nach, spürte dabei, wie sein Herz schneller und lauter klopfte, als er für möglich gehalten hätte. Er wollte zurückbleiben, aber das bedeutete keineswegs, daß es ihm an Furcht mangelte.

»Paris an Brücke.«

»Sprechen Sie, Mr. Paris.« Zwar zischte und prasselte Statik, aber Chakotays Stimme war trotzdem deutlich zu verstehen.

»Beamen Sie die Landegruppe an Bord, sobald Sie bereit sind«, sagte Paris.

»Sie sind nicht bei den anderen«, stellte Chakotay fest.

»Ich bringe das Shuttle zurück«, behauptete Paris, obwohl er wußte, daß der Erste Offizier seine Lüge sofort durchschaute. »Immerhin haben Sie mich mehrmals darauf hingewiesen, daß wir es uns nicht leisten können, noch eins zu verlieren.«

»Sind Sie sicher, daß eine Rückkehr damit möglich ist?«

»Ich bin mir über gar nichts mehr sicher, aber ich beabsichtige nicht, das Shuttle den Urrythanern zu überlassen. Außerdem ... Ich möchte hier noch ein wenig ausharren, für den Fall, daß der Captain und die anderen zurückkehren. Wir sollten ihnen eine Chance lassen.«

»Na schön. Chakotay Ende.«

Paris hörte auch die unausgesprochenen Worte des Ersten Offiziers und spürte, wie sich die schwere Bürde jener Verantwortung auf ihn herabsenkte, die er früher immer gescheut hatte. Der grüne Urwald um ihn herum hatte vor einigen Tagen einen freundlichen Eindruck erweckt, doch jetzt wirkte er plötzlich düster und bedrohlich. Seit vielen Jahren träumte Paris davon, ein Held zu sein, doch jetzt mußte er zugeben, daß er sich die Sache ganz anders vorgestellt hatte.

»*Voyager* an Paris.«

»Hier Paris.«

»Wir haben den Fokus ausgerichtet, aber ...« Die nächsten Worte verloren sich im Knistern und Knacken der Statik, aber Paris hatte die gewünschten Informationen bekommen. Er sah noch einige Sekunden lang zum Zugang des Gartens, und als er sich abwenden wollte, um die notwendigen Sachen zusammenzupacken ... Plötzlich bemerkte er eine vertraute Gestalt, die am oberen Ende der Treppe stand: Kes.

Die Ocampa blickte über den Platz zum Shuttle, kletterte die Stufen herunter und näherte sich. Mit einem verträumten Lächeln kam sie an Bord.

»Was machen Sie hier?« fragte Paris verblüfft.

»Ich weiß es nicht genau«, erwiderte Kes. »Die andere verschwanden, beamten sich an Bord. Ich habe nichts gespürt, zumindest nicht von der *Voyager*.«

»Was ist mit den Urrythanern?«

»Ich glaube, sie waren hier. Vermutlich haben sie den Transfer der Landegruppe beobachtet, und dann gingen sie fort. Ich bin ziemlich sicher, daß sie nicht wegen der Leute im Lager kamen.«

»Sie, Kes, haben sicher versucht, die Fremden zu lokalisieren, als die *Voyager* den Transferfokus ausrichtete«, sagte Paris. »Wenn Fowler und die anderen wegen ihrer Verbindung zur *Einen Stimme* nicht an Bord gebeamt werden konnten ... Vielleicht haben Sie sich unabsichtlich vom Fokus abgeschirmt.«

»Das könnte stimmen«, räumte Kes ein, doch etwas in ihren Augen deutete darauf hin, daß von ›unabsichtlich‹ keine Rede sein konnte.

»Wenn die Fremden hier waren, uns beobachteten und anschließend den Weg fortsetzten, so könnte man daraus den Schluß ziehen, daß sie Captain Janeway und die anderen verfolgen«, fuhr Paris fort.

Es knackte im Lautsprecher des Kommunikators, als wieder Signale eintrafen.

»Mr. Paris, ich weiß nicht, ob und wie lange Sie mich hören können. Es wird immer schwerer, eine stabile Kom-Verbindung zu schaffen. Der Grund sind die Emanationen der Lebenskraft – ihre Intensität nimmt weiterhin zu. Jene Fluktuation, die in Richtung des Lagers unterwegs war ... Sie hat Sie inzwischen passiert und ist in der gleichen Richtung unterwegs wie zuvor der Captain.« Statik prasselte laut, und dann fügte Chakotay hinzu: »Wir waren nicht imstande, Kes zu lokalisieren. Suchen Sie ... Captain ...«

Statisches Rauschen überlagerte den Rest und schien den Kom-Kanal nicht wieder freigeben zu wollen. Was auch immer jetzt geschah: Sie waren auf sich allein gestellt, mußten ohne Hilfe von der *Voyager* zurechtkommen – Chakotay beschloß bestimmt nicht, noch ein Shuttle auf dem Planeten landen zu lassen.

»Ich folge Captain Janeway«, wandte sich Paris an Kes. »Ich weiß nicht, wo ich nach ihr suchen soll, aber wenn ich sie, Kim und Tuvok finde und hierher zum Shuttle zurückbringe ... Vielleicht gelingt es uns dann, Urrytha zu verlassen.

Warten Sie hier auf mich. In der Raumfähre sollten Sie sicher sein. Das Waffenpotential ist zwar nicht besonders groß, aber es dürfte genügen, um mit den Bewohnern dieser Welt fertig zu werden. Ich bezweifle, daß die Urrythaner irgendeine Möglichkeit haben, die Schilde des Shuttles zu durchdringen.«

»Ich begleite Sie«, sagte Kes. Sie legte dem Piloten die Hand auf den Arm und blickte ihm tief in die Augen. »Ohne mich können Sie weder den Captain und die anderen finden noch feststellen, wo sich Vok und seine Gefolgsleute aufhalten. Ich spüre ihre Präsenz, denn ich höre die Stimme des Planeten.«

»Es ist zu gefährlich. Neelix würde mich umbringen, wenn Ihnen etwas zustieße.«

»Ich bitte Sie nicht um Erlaubnis, Tom. Ich habe eine Absicht zum Ausdruck gebracht.«

Paris zögerte und fragte sich, wie er Kes umstimmen sollte. Andererseits: Sie durften keine Zeit verlieren, und die Argumente der Ocampa hatten durchaus etwas für sich. Ohne ihre Hilfe bestanden tatsächlich keine großen Aussichten, daß er Janeway, Kim und Tuvok fand. Außerdem mußte er damit rechnen, von den Urrythanern überrascht zu werden. Er nickte knapp, stellte dann mit Kes die Ausrüstung zusammen.

Kurze Zeit später stiegen sie aus, und Paris richtete einen fragenden Blick auf Kes. Sie zögerte nur kurz, setzte sich dann in Bewegung und schlug eine ganz bestimmte Richtung ein. Der Pilot folgte ihr, aktivierte seinen Tricorder und sah aufs Display. Wenige Sekunden später deaktivierte er das kleine Ortungsgerät wieder – die Interferenzen waren zu stark. Diesmal mußten sie sich allein auf ihre Sinne verlassen.

Er wurde noch vorsichtiger und wagte es nicht, auch nur einen Augenblick lang in seiner Aufmerksamkeit nachzulassen. Zwar konnte er drohende Gefahr nicht auf die gleiche Weise wahrnehmen wie Kes, aber er wollte vorbereitet sein.

Neelix' Stimme erklang sofort nach dem Transfer. Noch während des Entmaterialisierens auf dem Planeten hatte er gespürt, daß Kes noch fehlte. Aus einem Reflex heraus war er bestrebt gewesen, die Hand nach ihr auszustrecken, doch zu jenem Zeitpunkt hatte ihn der Transporterstrahl bereits in eine energetische Matrix verwandelt. Im einen Augenblick standen sie auf Urrytha, Seite an Seite, und im nächsten befand er sich an Bord der *Voyager*, von Kes getrennt.

»Wo ist sie?« platzte es aus ihm heraus. Er sprang von der Transporterplattform herunter und eilte zur Konsole. Der stellvertretende Chefingenieur Carey stand dort und wirkte ebenso verwirrt wie Neelix aufgeregt.

»Ich weiß es nicht«, erwiderte er. »Ich habe den Transferfokus auf alle klar zu erfassenden Ziele gerichtet, aber Kes schien überhaupt nicht da zu sein. Sie war präsent, als wir mit Paris sprachen, doch kurze Zeit später ließ sie sich nicht mehr erfassen. Das Problem lag nicht etwa bei einem zu schwachen Signal oder dergleichen. Kes schien einfach verschwunden zu sein.«

»Sie war die ganze Zeit über bei mir. Ich weiß nicht, was geschehen ist, aber eins steht fest: Es muß sofort etwas unternommen werden.« Neelix marschierte zurück zur Plattform. »Beamen Sie mich wieder auf den Planeten.«

»Das geht leider nicht«, entgegnete Carey. »Ich hatte die Anweisung, möglichst viele Angehörige der Landegruppe an Bord zu beamen, und genau das ist geschehen. Es gibt keine weiteren klaren Signale für einen Transfer, und inzwischen haben die Interferenzen ein Ausmaß erreicht, das ein sicheres Beamen unmöglich macht. Sie können froh sein, daß Sie lebend an Bord eingetroffen sind.«

»Und wenn schon«, brummte Neelix hartnäckig. »Ich bleibe hier, bis Sie schließlich bereit sind, mich wieder auf den Planeten zu schicken.«

Carey zuckte mit den Schultern und trat demonstrativ einen Schritt fort von den Kontrollen.

»Brücke an Transporterraum«, ertönte Chakotays Stimme. »Sind alle eingetroffen?«

»Alle bis auf Kes, Sir«, antwortete Carey. »Der

Transferfokus ließ sich nicht auf sie ausrichten. Im einen Augenblick hatten wir sie, und im nächsten schien sie sich in Luft aufgelöst zu haben. Ihr Signal verlor sich in den Emanationen der Lebenskraft.«

»Ich habe Mr. Carey gerade aufgefordert, mich zurückzuschicken, Sir«, warf Neelix ein. »Ich kann nicht zulassen, daß Kes allein auf dem Planeten bleibt. Wenn es anschließend keine Möglichkeit der Rückkehr für mich gibt ... Ich bin bereit, ein solches Risiko einzugehen. Kes darf dort unten auf keinen Fall allein sein.«

»Kes ist nicht allein, Neelix«, erwiderte Chakotay ruhig. »Sie ist zusammen mit Paris im Shuttle. Besser gesagt: Dort befanden sie sich bis vor kurzer Zeit. Ich bin sicher, daß Paris mit der Situation auf dem Planeten fertig wird.«

»Will er mit dem Shuttle starten?« fragte Neelix hoffnungsvoll.

»Nein, nicht sofort«, antwortete Chakotay. »Zuerst möchte er versuchen, Captain Janeway, Kim und Tuvok zu finden.«

»Dann muß ich darauf bestehen, daß Sie mich zurückbeamen, damit ich helfen kann.« Neelix verschränkte die Arme und trat auf die Transporterplattform. »Ich kann auch ein zweites Shuttle zum Planeten fliegen, falls das erforderlich sein sollte.«

»Das sollten Sie sich noch einmal überlegen«, sagte Chakotay. »Wenn Sie auf Urrytha zurückkehren, muß die Crew nicht nur auf gute Mahlzeiten verzichten, sondern auch auf Ihre Dienste als Moraloffizier. Die Abwesenheit von Captain Janeway bedeutet schon jetzt eine hohe Belastung für die anderen Offiziere. Viele Besatzungsmitglieder sind sehr besorgt, und schmackhaftes Essen würde ihren Streß zweifellos sehr lindern.«

Neelix neigte den Kopf zur Seite und wog seine

Verantwortung der Crew und Kes gegenüber ab. Er nahm die Pflichten des Moraloffiziers sehr ernst – dadurch bekam sein Leben an Bord der *Voyager* einen Sinn.

»Paris ist bei ihr?« fragte er schließlich.

»Ja. Er war bei ihr, als wir den Kom-Kontakt verloren.«

Neelix verlor kein weiteres Wort, verließ den Transporterraum und begab sich zur Kombüse. Tom Paris und er waren nicht immer Freunde gewesen, aber sie hatten etwas gemeinsam: Kes bedeutete ihnen beiden viel. Wenn sie bei Paris weilte, so würde dieser alles tun, um ihre Sicherheit zu gewährleisten. Mit diesem Gedanken tröstete sich Neelix.

Carey seufzte erleichtert, als der Talaxianer den Transporterraum verließ. Vielleicht hätte er Neelix nicht einmal dann auf den Planeten beamen können, wenn er dazu gezwungen worden wäre – er schauderte bei der Vorstellung, eine entsprechende Verantwortung übernehmen zu müssen. Gleichzeitig bedauerte er Neelix. Kein Volk zu haben, keine Heimat ... Carey hoffte inständig, daß Kes möglichst bald zurückkehrte, und zwar mit heiler Haut.

Auf der Brücke schüttelte Torres verärgert den Kopf. »Es hat keinen Zweck, Commander. Ich kann Paris nicht mehr orten, und Kes ist für die Sensoren schon seit einer ganzen Weile verschwunden. Man könnte meinen, sie sei irgendwie mit dem Planeten verschmolzen. Es wird jetzt sogar problematisch, das Shuttle zu lokalisieren.«

Chakotay nickte. »Versuchen Sie, den Weg der Urythaner zu verfolgen. Und lassen Sie uns beten, daß es Paris und Kes gelingt, Captain Janeway und ihre beiden Begleiter zu finden.«

»›Beten‹, Sir?« fragte Torres.

»Es erscheint mir durchaus angebracht«, erwiderte

Chakotay. Er sah zum Hauptschirm und beobachtete den Planeten. »In vielerlei Hinsicht wird diese Angelegenheit zu einer Frage des Glaubens für uns. Bei den Urrythanern ist das zweifellos der Fall.«

Diesen Worten des Ersten Offiziers folgte nachdenkliche Stille auf der Brücke.

9

Je tiefer sie in die Ruinenstadt vordrangen, desto älter wurden die Säulen. Viele von ihnen waren im Verlauf von Jahrtausenden durch ihr eigenes Gewicht in den Boden gesunken; in anderen Fällen hatten Wind und Wetter Hügel geschaffen, die manche Säulen fast ganz unter sich begruben. Als Janeway, Kim und Tuvok durch einen Bereich wanderten, in dem der Dschungel noch dichter zu werden schien, sahen sie Ruinen, von denen nur mehr die oberen Teile aus dem Boden ragten. Ihre Geheimnisse waren besser geschützt als die der anderen Bauten.

Die Ruinen der Außenbereiche blieben hinter ihnen zurück. Zwar gab es kleinere Ansammlungen von alten Mauern und niedrigen, kompakten Gebäuden, aber es fehlten Hinweise auf jene große Zivilisation, von der die Tempel und Paläste der ersten Ruinengruppe stammten. Hier deutete nichts mehr auf eine große Stadt hin, sondern auf kleinere Siedlungen von jener Art, wie sie im Ödland existierten. Nur die Gärten – der Dschungel – blieben nahezu unverändert.

Am Fuß der Monumente – wenn es tatsächlich Monumente waren – fanden sie weitere Inschriften. Viele Symbole wiederholten sich und erschienen auch in den Aufzeichnungen, die von denn Säulen des Stadtplatzes stammten. Aber Janeway und ihre Begleiter bemerkten auch völlig neue Symbole. Jede einzelne Säule schien ihre eigene Geschichte zu erzählen, allerdings innerhalb einer vorgegebenen Struktur. Hinzu kamen subtile Unterschiede bei der Bildung von Worten und Wortfolgen – vielleicht handelte es sich um Dialekte oder um eine ältere, primitivere Form der gleichen Sprache.

Kim arbeitete an der Entschlüsselung, seit sie den Kom-Kontakt mit der *Voyager* verloren hatten, und er offenbarte erste Anzeichen von Erschöpfung. Doch seine Züge brachten noch immer Enthusiasmus zum Ausdruck. Er hatte eine Aufgabe bekommen, und damit einher ging eine Herausforderung, der er sich gern stellte. Das Gewicht der Verantwortung, das durch Kaylas Entführung auf seinem Gewissen lastete, war ein ganzes Stück leichter zu ertragen, wenn er sich nützlich machte.

Mit dem Elaborationspotential des Bordcomputers der *Voyager* wäre es nicht weiter schwer gewesen, die Hieroglyphen zu übersetzen. Der Grund: die mathematische Basis der fremden Sprache. Die Datenbanken des Schiffes enthielten detaillierte Informationen über die Strukturen aller in der Föderation bekannten Sprachen, und jede Sprache, auch die exotischste, zeichnete sich durch bestimmte Charakteristiken aus.

Ohne die Hilfe des Computers mußte Kim es mit intuitiver Übersetzung versuchen, wobei er sowohl den automatischen Translator als auch den Computer des Tricorders verwendete. Es war eine schwierige Arbeit, die ein hohes Maß an Konzentration erforderte, doch er setzte die Bemühungen fort und versuchte mit seiner ganzen geistigen Kraft, die Bedeutung der Schriftzeichen zu erkennen.

»Ich hab's, Captain!« entfuhr es ihm plötzlich. Janeway und Tuvok traten auf Kim zu, und er betätigte einige Schaltflächen des Tricorders. Symbole wanderten durch das kleine Display. Der junge Fähnrich wartete einige Sekunden, bevor er aufgeregt erklärte:

»Offenbar sind es Datumsangaben. Bei allen bisher

untersuchten Säulen gibt es entsprechende Zeichen. In einigen Fällen wirken sie archaischer als in anderen, aber an ihrer Struktur ändert sich kaum etwas. Der einzige wesentliche Unterschied besteht in einer Erweiterung dieser Schlußsequenzen.« Er deutete auf einige Symbole am Ende einer Datenreihe.

»Ich glaube, diese Zeichen geben Auskunft über den Tod eines Individuums. Und genau an dieser Stelle wird es seltsam.«

»Seltsam?« wiederholte Janeway und musterte den jungen Mann.

»Die übrigen Symbole schildern offenbar Geschichten, Legenden, Mythen und religiöse Parabeln. Immer wieder wird der *Lange Schlaf* erwähnt, und häufig geht es auch um das *Ambiana.* Die Hieroglyphen berichten von der Stadt und den Gärten, auch von Besuchern aus dem All, aber nirgends ist vom Konzept des Todes die Rede.

Allem Anschein nach enthalten die Säulen die Reste der urrythanischen Ahnen. Sie warten darin auf eine Zeit, die es ihnen erlaubt, eine andere Existenzebene zu erreichen. Das *Ambiana* betrifft offenbar eine Art Konservierungsritual.«

»Wie die Pyramiden im alten Ägypten auf der Erde«, kommentierte Janeway. Sie drehte sich um, blickte zu den nächsten Säulen und fragte sich, was sie beinhalten mochten.

»Es ist unlogisch anzunehmen, daß die Urrythaner nicht an den Tod glauben, nur weil ihre Monumente keine Hinweise darauf bieten«, ließ sich Tuvok vernehmen. »Ich halte es für wahrscheinlicher, daß sie es bei *diesen speziellen Ahnen* ablehnten, an den Tod zu glauben. Eine solche Annahme könnte durchaus begründet sein, wenn man berücksichtigt, daß wir schon bei den ersten Sondierungen des Planeten die Interferenzmuster einer rätselhaften Lebenskraft bemerkten.«

Nachdenkliche Falten bildeten sich in Janeways Stirn. Irgendwo in den geheimnisvollen Botschaften der alten Urrythaner verbarg sich vielleicht die Antwort auf die Frage, wie sie Kayla befreien konnten. Wenn selbst die Ahnen vom *Ambiana* gewußt hatten, so mußte Vok und den anderen mehr darüber bekannt sein, als sie preisgeben wollten. Ganz offensichtlich steckte auch mehr hinter den Geschichten vom *Aufsteigen*. Eine der Lektion aus der terranischen Geschichte lautete: Legenden und Religionen entstanden oft auf einer realen Basis. Es ließ sich nicht feststellen, welche Überzeugungen von Voks Volk auf Tatsachen beruhten und welche nicht. Die Vorstellung, zu einem besseren Leben *aufzusteigen*, weckte in Janeway Erinnerungen an ihre Kindheit und an den Glauben ihrer Familie. Die Unterschiede schienen gar nicht so groß zu sein.

»Aber wo sind die Ruinen der ältesten Städte?« fragte sie. »Warum gibt es in den Außenbereichen die Überbleibsel eindrucksvoller Bauten, während wir hier nur Säulen sehen? Ist dies vielleicht eine Art Friedhof, oder übersehen wir einen wichtigen Faktor?«

»Vielleicht befinden sich die Ruinen im Boden, Captain«, spekulierte Kim. »Diese Säulen sind nicht so hoch wie in der Nähe unseres Lagerplatzes. Als man sie errichtete, überragten sie sicher alle anderen Gebäude. Doch seitdem sind viele Jahrtausende vergangen. Möglicherweise sind die Ruinen der hiesigen Bauten längst unter natürlichen Ablagerungen verschwunden.«

Janeway wandte sich wieder dem Pfad zu, der tiefer in den Dschungel hineinführte. »Wollen wir hoffen, daß nicht alles im Boden verschwunden ist. Wenn wir keine Antworten finden, könnte es uns ebenso ergehen wie Kayla.«

Sie setzten den Weg fort und hörten nicht die Geräusche, die ihnen folgten: raunende Stimmen, eilige

Schritte im hohen Gras. Sie ahnten auch nicht, daß jemand sie beobachtete. Tuvok blickte immer wieder auf die Anzeigen des Tricorders, aber die von der Lebenskraft verursachten Interferenzen wurden so stark, daß sich mit dem kleinen Ortungsgerät praktisch keine Fluktuationen mehr feststellen ließen.

Ban kniff die Augen zusammen und beobachtete die Besucher aus dem All. Im Schatten verborgen sah er, wie sie über den Pfad schritten, tiefer hinein in den Garten. Im Vergleich mit seiner eigenen Rasse stammten die Fremden aus einem jungen Volk, was jedoch nicht bedeutete, daß sie schwach oder unterlegen waren, insbesondere in bezug auf Gewalt. Jene Dinge, die sie bei sich trugen, boten einen deutlichen Hinweis darauf.

In der urrythanischen Geschichte hatte es ebenfalls solche Technik gegeben, zur Zeit der großen Städte und der inneren Dunkelheit. Die alten Urrythaner hatten gewaltige Städte gebaut, sie zerstört und anschließend neu errichtet. In jener Zeit gab es nur einige wenige Initiierte, eine kleine Gruppe von Auserwählten, die das *Aufsteigen* anstrebten. Die anderen lebten allein für die materielle Welt und ihre Vorzüge.

Dann breitete sich die Erleuchtung aus. Wer sich vor der Wahrheit dessen verschloß, was das *Ambiana* anbot, verließ Urrytha, auf die eine oder andere Weise. Einige beschlossen, Besucher aus dem All an Bord ihrer Raumschiffe zu begleiten. Die anderen kämpften und brachten sich gegenseitig um. Zurück blieben die Priester und wahren Gläubigen. Tiefer in die Höhlen zogen sie, tranken das Elixier des *Ambiana* und warteten. Für sie war die Zeit ein Verbündeter, kein Gegner. Das *Ambiana* erhielt sie, während ihre Brüder und Schwestern zu Staub zerfielen.

Ban erinnerte sich an Legenden, die er als Kind

gehört hatte, an Geschichten über Krieg und Zwietracht. Doch kein lebender Urrythaner, nicht einmal der alte Vok, der jetzt die Augen verschloß vor drohender Gefahr, konnte sich an den letzten Gewaltakt auf dem Planeten erinnern. Und Ban, keine hundert Sommer alt, schickte sich an, die Gewalt zurückkehren zu lassen. Es war eine schwere Entscheidung, die ein hohes Maß an Verantwortung mit sich brachte.

Doch Ban hielt sie für erforderlich. Tief in seinem Herzen spürte er die Notwendigkeit, den Alten einen Schutz zu gewähren, den sie seiner Meinung nach dringend brauchten. Die Fremden mußten daran gehindert werden, einen Ort zu erreichen, den er selbst nur einmal aufsuchen würde, während des heiligsten Augenblicks seines Lebens, bei einer Wallfahrt, die seinem *Aufsteigen* unmittelbar vorausging. Dann würde er sich auf den *Langen Schlaf* vorbereiten und den Alten näher sein als jemals zuvor.

Mit einem Wink forderte er die anderen auf, ihm zu folgen, bedeutete ihnen gleichzeitig, möglichst leise zu sein. Sie verfügten nicht über Waffen, die es mit denen der Fremden aufnehmen konnten. Um den Sieg zu erringen, mußte sie auf das Überraschungsmoment und ihre guten Kenntnisse in Hinsicht auf das Terrain vertrauen. Ban war sicher, daß ihre zahlenmäßige Überlegenheit den Ausschlag gab, wenn es ihnen gelang, sich in die richtige Angriffsposition zu bringen.

Ban wurde schneller, eilte mit langen, weit ausholenden Schritten durch den Garten. Angesichts der mehrgelenkigen Beine wirkten seine Bewegungen nicht sehr elegant, sogar unbeholfen, aber dieser Eindruck täuschte. Innerhalb kurzer Zeit ließ er Janeways Gruppe ein ganzes Stück hinter sich zurück. Fast lautlos bahnte er sich einen Weg durchs Dickicht, überholte die Fremden und blieb die ganze Zeit über im Schatten.

Er wollte einen ganz bestimmten Ort erreichen. Wind und Zeit hatten weiter vorn einen Hügel gebildet, und dort ragten die Reste eines uralten Tempels aus dem angehäuften Boden. Die Ruine bot ihnen Gelegenheit, sich zu verstecken und zu warten.

Bans Sinne brannten mit einer besonderen Intensität; irgend etwas in ihm reagierte auf die Aufregung. Es erschien ihm angemessen, die Entweiher in der Nähe von Mauern anzugreifen, die von den Alten errichtet worden waren – von eben jenen Alten, die es zu schützen galt. Ban zweifelte nicht daran, daß sie Ruhm erringen würden. Wenn sich in Zukunft die Jungen versammelten, um von der Geschichte ihrer Welt zu erfahren, so sollten sie den Namen Ban hören und über seine Heldentat staunen.

Paris lief und stellte erstaunt fest, daß es Kes nicht weiter schwerfiel, sein Tempo zu halten, trotz ihrer kürzeren Beine und des Gewichts der Ausrüstung. Sie folgten den Emanationen, die sie spürte, drangen immer tiefer in den dschungelartigen Garten vor. Nach einer Weile erreichten sie einen halb überwucherten Weg, aber Kes wies darauf hin, daß die Urrythaner nicht auf diesem Pfad unterwegs gewesen waren.

»Captain Janeway, Kim und Tuvok haben diese Richtung eingeschlagen«, sagte Kes nachdenklich. »Ich schlage vor, wir folgen dem Verlauf des Pfades. Die Variationen in der Harmonie kommen mehr von der Seite. Vielleicht haben die Urrythaner versucht, einen sicheren Abstand zu wahren, um nicht gesehen zu werden.«

Nach einigen hundert Metern blieb die Ocampa stehen und nickte ernst. »Die Urrythaner blieben die ganze Zeit über in der Nähe des Pfades.« Sie deutete nach links, ins Dickicht. »Ganz offensichtlich wollten sie Captain Janeway und ihre beiden Begleiter im Auge behalten – ohne selbst gesehen zu werden.«

»Das ist kein gutes Zeichen«, meinte Paris. »Bei unseren bisherigen Begegnungen mit den Urrythanern erschienen sie zwar wie aus dem Nichts, versuchten jedoch nicht, sich zu verbergen – sie traten uns ganz offen gegenüber. Ihr derzeitiges Verhalten weist vermutlich darauf hin, daß sich ihre Absichten geändert haben. Und der Umstand, daß sie sich vor Janeway und den anderen verstecken, deutet nicht auf friedliche Intentionen hin.«

»Die Veränderung erfolgte mit Kaylas Entführung«, sagte Kes. »Vorher schienen sie nichts gegen unsere Präsenz auf ihrer Welt zu haben.«

»Wir sollten uns bemühen, zum Captain aufzuschließen.« Paris konzentrierte sich auf den richtigen Atemrhythmus. Sie wußten nicht, wie lange und weit sie laufen mußten, um die Kommandantin der *Voyager* zu erreichen. »Vielleicht wissen Janeway, Kim und Tuvok gar nicht, daß man sie verfolgt. Wenn das der Fall ist, sollten wir sie rechtzeitig warnen – bevor sich die Urrythaner nicht mehr nur mit der Verfolgung begnügen.«

Sie liefen über den Weg und versuchten dabei, nicht allzu viele Geräusche zu verursachen. Allerdings: Wenn sie leise sein wollten, kamen sie langsamer voran, und unter den gegenwärtigen Umständen schien der Zeitfaktor eine wichtige Rolle zu spielen. Sie mußten sich darauf verlassen, daß die Urrythaner glaubten, sie seien zusammen mit den anderen zum Raumschiff zurückgekehrt. Eigentlich sollte es für die Verfolger keinen Grund geben, ihrerseits nach Verfolgern Ausschau zu halten.

Unterwegs bemerkte Paris immer wieder die großen gelben Blumen. Normalerweise wären sie wunderschön gewesen, doch jetzt konnte ihre Pracht nicht über die unheilvolle Aura hinwegtäuschen. Zwar hatte Paris eine Dosis des Gegenmittels erhalten, bevor er die *Voyager* verließ, aber trotzdem fühlte er sich von den Blüten bedroht.

Ich kann Blumen nie mehr so betrachten wie früher, dachte er.

Dann gab es keinen Platz mehr für Gedanken, denn er mußte sich ganz aufs Laufen konzentrieren. Immer wieder tauchten Hindernisse in Form von kleineren Büschen oder Baumwurzeln auf, denen es auszuweichen galt. Paris verglich seine derzeitigen Erlebnisse mit einem üblen Traum oder einem Holodeck-Programm, in dem es zu Fehlfunktionen kam. Kes und er waren vollkommen von ihrer vertrauten Welt isoliert. Selbst mit den Insignienkommunikatoren und Tricordern konnten sie jetzt nichts mehr anfangen. Sie waren ganz auf ihre eigenen Fähigkeiten angewiesen, auf Ausdauer, Einfallsreichtum und Mut. Vor dem inneren Auge sah Paris, wie sein Vater, der Admiral, das Gesicht verzog, als er hörte, in welcher Situation sich sein Sohn befand und wie er zurechtkommen mußte.

Ein interessantes Vorstellungsbild. Paris hätte seinem Vater gern einige Fragen gestellt. Die Konzepte des *Ambiana* und des *Aufsteigens* sorgten dafür, daß er über seine eigenen spirituellen Wurzeln nachdachte. Über solche Dinge hatte er mit seinem Vater nie gesprochen … Nun, eigentlich hatte er ohnehin kaum Gespräche mit seinem Vater geführt.

Paris verdrängte die Gedanken daran und konzentrierte sich erneut darauf, gleichmäßig zu atmen und noch etwas schneller zu laufen.

Kes lief leichtfüßig neben ihm, und ihr Blick reichte in die Ferne, galt einer Welt, die nur sie sehen konnte. In ihren Bewegungen kam eine Sicherheit zum Ausdruck, die über das Alter der Ocampa hinwegtäuschte: Sie war noch nicht einmal zwei Jahre alt. Kes stammte aus einem wahrhaft erstaunlichen Volk, und einmal mehr bedauerte er, daß er sie nicht unter anderen Umständen kennengelernt hatte. Sie liebte Neelix, und aus Respekt vor ihm schob Paris seine eigenen tiefen Empfindungen für Kes beiseite. Der Talaxianer und die Ocampa bildeten sein seltsames Paar, aber ihnen haftete jene Art von Zauber an, die anderen Paaren fehlte.

»Tom!« entfuhr es Kes.

Paris blieb kurz stehen, schnaufte und betrachtete die Stelle des Bodens, auf die seine Begleiterin zeigte. Im weichen Untergrund zeichneten sich deutliche Spuren ab, die offenbar von drei Personen stammten: Sie waren hier stehengeblieben, um eine Säule zu betrachten, die in der Nähe aufragte.

»Sie sind ziemlich frisch«, sagte Paris. »Offenbar sind wir nicht mehr sehr weit hinter Janeway und den anderen. Können Sie das Tempo auch weiterhin halten?«

Kes sah ihn an und nickte. Für einen Sekundenbruchteil glaubte er, in ihrem Gesicht Überraschung erkannt zu haben, und er beschloß, sich bei nächster Gelegenheit eingehender mit der Ocampa-Physiologie zu befassen. In ihren Augen hatte Paris etwas gesehen, das sich mit folgenden Worten beschreiben ließ: *Natürlich kann ich das Tempo auch weiterhin halten. Warum sollte ich nicht dazu in der Lage sein*? Seine eigenen Lungen protestierten bereits, und er ahnte, daß er am nächsten Morgen mit einem ausgeprägten Muskelkater in den Beinen rechnen mußte. Vorausgesetzt natürlich, daß er den nächsten Morgen überhaupt erlebte.

Erneut folgten sie dem Verlauf des Weges. Paris blieb wachsam, hielt sowohl nach Spuren von Janeway, Kim und Tuvok Ausschau als auch nach Anzeichen der Urrythaner. Er versuchte, die eine Hand in der Nähe des Phasers zu halten, ohne seinen Laufrhythmus zu sehr zu beeinträchtigen. Wenn es ernst wurde ... Er hoffte, daß er die Waffe dann schnell genug ziehen konnte.

Vok erwachte, sah sich um und bemerkte zunächst nichts Ungewöhnliches. Wenn er sich von der *Einen Stimme* löste, fiel es ihm immer schwer, in die reale Welt zurückzufinden. Doch als er widerstrebend den Einfluß der Alten abstreifte, begann er zu ahnen, welche Konsequenzen sich diesmal aus seiner Meditation ergeben mochten.

Es wurden noch immer Vorbereitungen für das *Aufsteigen* der fremden Frau getroffen, aber nur drei oder vier seiner Gefolgsleute waren damit beschäftigt – gerade genug, um die Gesänge fortzusetzen. Andere sammelten Blumen, um das *Ambiana* frisch zu halten, aber ihre Anzahl entsprach dem absoluten Minimum. Niemand hatte mit Vok meditiert. Niemand kümmerte sich um die Routineangelegenheiten der Siedlung. Von Ban war weit und breit nichts zu sehen.

Vok stand auf und näherte sich den Personen, die das Ritual durchführten. Eine Zeitlang beobachtete er sie und merkte, daß sie ihm ganz bewußt keine Beachtung schenkten. Sie wußten, was er von ihnen in Erfahrung bringen wollte, aber sie würden ihm die Antwort erst geben, wenn er die Frage stellte.

Er trat noch etwas näher und klopfte einem jungen Urrythaner auf die Schulter. Der Mann wandte sich ihm widerstrebend zu.

»Wohin sind sie gegangen?« fragte Vok sanft.

»Sie wollen die Alten schützen«, erwiderte der junge Mann.

Vok forschte in seinem Gedächtnis nach einem Namen. Tel. So hieß er – Tel.

»Die Alten brauchen keinen Schutz«, erwiderte Vok. »Wie Sie sehr wohl wissen, Tel. Sie haben Kriege überstanden und der Zeit selbst getrotzt. Unsere Aufgabe besteht nicht darin, zu kämpfen oder zu schützen, sondern zur Gemeinschaft zu finden, mit der *Einen Stimme* zu verschmelzen.«

Tel nickte, doch in seinem Gesicht wies etwas darauf hin, daß er immer noch zweifelte. Vok war der Älteste, aber Ban steckte voller Feuer, voller Energie. Außerdem hingen sie noch alle zu sehr an ihrer Individualität. Noch viele Jahre, tiefe Meditationen, Erfahrungen und die Weisheit eines langen Lebens waren nötig, um ihnen jenes Wissen zu erschließen, das Vok für sie anstrebte.

»Die Besucher aus dem All bedeuten keine Gefahr für uns«, sagte Vok und wandte sich ab. »Sie kamen in Frieden. Jetzt muß ich ihnen zu Hilfe eilen, bevor Angehörige meines eigenen Volkes Fehler machen, die sich nicht mehr korrigieren lassen. Zwar ist die Zeit für mein *Aufsteigen* fast gekommen, aber trotzdem zwingen mich die Umstände, eine letzte Reise zu unternehmen. Ich werde den Ort der Alten aufsuchen und dort alles klären. Vervollständigen Sie unterdessen die Vorbereitungen für Kayla – ich spüre, wie sie einen Platz bei den Alten findet. Ihre Seele soll jene Freiheit genießen, die unser aller Ziel ist.«

Vok ging fort und wußte: Zwar hatte er die Wahrheit gesprochen, aber es mochte noch Jahrzehnte dauern, bis die Jungen seine Wahrheit verinnerlichten. Trauer und Kummer begleiteten diese Gedanken. Einige der jungen Leute schafften es vielleicht gar nicht, zu jener Erkenntnis zu gelangen. Wenn sich Ban und seine Freunde durchsetzten, mochte es zu Veränderungen kommen. Möglicherweise brachte das *Ambiana* nur einigen von ihnen Licht. Schmerz breitete sich in Voks Selbst aus, als er daran dachte, daß er vielleicht als letzter seiner Art das *Aufsteigen* erlebte.

Was die anderen betraf ... Durch seine Entscheidung war alles in Bewegung geraten. Er hatte die Anweisung gegeben, Kayla zu holen und mit der Zeremonie zu beginnen. Selbst als Ältester war er nicht vor Fehlern gefeit. Vok wußte, daß es sich dabei um eine der

Unvollkommenheiten handelte, die das Leben mit sich brachte.

Es gab keine Urrythaner, die auch nur annähernd so alt waren wie Vok. Eine Krankheit hatte viele seiner Altersgenossen dahingerafft, und die anderen hatten den Weg des *Aufsteigens* langc vor ihm beschritten. Außer ihm existierte niemand, der lehren und beraten konnte. Vok fragte sich kurz, ob die anderen überhaupt bereit gewesen wären, mit der nötigen Aufmerksamkeit zuzuhören. Die Ahnen riefen ihn, und er fühlte ein Zerren an seiner Seele, das ihn schließlich für immer zur *Einen Stimme* ziehen würde. Damit begann der Schlaf, der dem *Aufsteigen* vorausging.

Als sich das *Ambiana* ausbreitete, als es häufiger vorkam und praktisch überall zur Verfügung stand, verbrachten die Urrythaner immer weniger Zeit zwischen der Geburt und dem *Langen Schlaf*. Damit gingen viel Weisheit und persönliche Wissensschätze verloren.

Vok verließ die Siedlung mit langen Schritten und wanderte tiefer in die Höhlen hinein. Es existierten noch andere Möglichkeiten, die Alten zu erreichen – Möglichkeiten, von denen nicht einmal Ban etwas wußte. Wenn er und seine Freunde tatsächlich zu ihrer Ruhestätte unterwegs waren, so gab es für Vok vielleicht noch die Chance, vor ihnen dort einzutreffen – um die Greuel zu verhindern, die jetzt ihrer Welt drohten. Er hoffte, daß er genug Kraft hatte. Und daß er nicht zu spät kam.

10

»Captain?« rief Tuvok.

»Ja, was ist los?« erwiderte Janeway geistesabwesend. Sie blickte über den Weg und dachte an die Aussichtslosigkeit ihrer Situation. Als sie sich zu dem Vulkanier umdrehte, bemerkte sie in seinem Gesicht fast so etwas wie Ärger. Er war stehengeblieben, blickte auf die Anzeigen des Tricorders und schüttelte den Kopf.

»Ich weiß nicht genau, was es bedeutet, aber die Emanationen der Lebenskraft nehmen jetzt schneller zu als vorher«, sagte Tuvok. »Aufgrund der starken Interferenzmuster lassen sich kaum mehr Daten gewinnen. Was auch immer es mit jener vitalen Energie auf sich hat – sie sorgt dafür, daß unsere Instrumente praktisch nutzlos werden.«

»Wir können also nicht feststellen, ob die Urrythaner beabsichtigen, uns einen Besuch abzustatten«, erwiderte Janeway.

»Auch vorher stand uns keine zuverlässige Ortungsmethode zur Verfügung«, betonte Tuvok. »Wir müssen uns jetzt in erster Linie auf unsere Sinne verlassen. Es dürfte eine interessante Übung werden.«

Janeway lächelte und war ziemlich sicher, daß sie Tuvok eines Tages zumindest bei einem Schmunzeln ertappen würde. »Da haben Sie recht.« Sie nickte. »Wir müssen auf die Bereiche vor und hinter uns achten. Zu beiden Seiten des Weges ist die Vegetation so dicht, daß sich niemand unbemerkt nähern kann. Wenn jemand die Absicht hat, sich an uns heranzuschleichen, so muß er über den Pfad kommen. Nun, die Ausbildung hat uns auf solche Situationen vorbereitet. Allerdings habe ich nie damit gerechnet, daß es einmal ernst werden könnte.«

»Vielleicht haben wir es mit Pilgern oder so zu tun«, warf Kim ein. »Immerhin sind wir gewissermaßen zum Friedhof der urrythanischen Ahnen unterwegs.«

»Da sprechen Sie einen interessanten Punkt an, Mr. Kim.« Janeway setzte sich wieder in Bewegung und folgte dem Verlauf des Weges. »Wenn jemand zu den Gräbern Ihrer Vorfahren unterwegs wäre, noch dazu jemand, der ganz klar dazu neigt, die Prinzipien Ihres Glaubens zu mißachten ... Was unternähmen Sie? Außerdem bin ich nur selten bereit, an Zufälle zu glauben, erst recht nicht unter den derzeitigen Umständen.«

Kim schwieg, aber Janeway wußte, daß sie mit ihren Argumenten ins Schwarze getroffen hatte. Sie wußte nicht, ob Vok ihnen folgte oder einige seiner Gefolgsleute, aber sie zweifelte kaum daran, daß die betreffenden Urrythaner nichts Gutes im Schilde führten. Andernfalls hätten sie sich längst zu erkennen gegeben und Hilfe angeboten. Dieser besondere Aspekt der Situation beunruhigte Janeway sehr. Sie war vollkommen davon überzeugt gewesen, daß Vok sein ursprüngliches Willkommen ernst gemeint hatte. Jetzt deutete alles darauf hin, daß sie die Lage falsch beurteilt hatte, und dieser Umstand gab ihr sehr zu denken.

Sie brachten eine Kurve hinter sich, und dahinter führte der Pfad auf eine runde Lichtung. Dort sahen sie seit Verlassen des Lagers die ersten Anzeichen von Zivilisation: Gebäude, halb vom Boden verschlungen. Sie zeichneten sich durch die gleichen strengen, nüchternen Linien aus wie die Ruinen im Außenbereich. An diesem Ort gab es auch mehr Grabsäulen. Manche von ihnen waren fast ganz im Boden versunken, doch andere ragten noch immer hoch empor.

War die Anzahl der Urrythaner vor Jahrtausenden größer gewesen? Oder hatten sie das Bedürfnis verspürt, sich während des *Langen Schlafs* physisch näher zu sein? Es gab keine Möglichkeit, Aufschluß zu gewinnen – es sei denn, die Inschriften präsentierten entsprechende Hinweise. Immer mehr gewann Janeway den Eindruck, daß die seltsamen Hieroglyphen ihre einzige Chance darstellten, Antworten zu bekommen.

»Captain«, sagte Kim plötzlich, »wenn wir die Ruine des Gebäudes dort drüben aufsuchen …« Er deutete zu den Resten eines Bauwerks auf der anderen Seite der Lichtung. »Von dort aus hätten wir Zugang zum unteren Bereich jener beiden Säulen.«

Die oberen Enden von zwei Säulen ragten bei dem Gebäude auf. Sie waren noch mehr verwittert als die anderen, was vermutlich auf ein höheres Alter hindeutete. Um sie herum hatten sich höhere Ablagerungen gebildet als anderenorts, und dadurch steckten sie tiefer im Boden. Das Gebäude schien um sie herum errichtet worden zu sein, mit den beiden Säulen, die den Sternen entgegenzustreben schienen, im Zentrum – eine seltsame Formation inmitten von seltsamen Formationen.

»Wenn sie mit den gleichen Hieroglyphen ausgestattet wurden wie auch die anderen Säulen, so bekommen wir vielleicht wichtige Hinweise«, sagte Kim.

»Ich rate davon ab, ein Gebäude zu betreten, das wir nicht sondieren können«, ließ sich Tuvok vernehmen. »Es könnte eine Falle sein. Wir sollten an die Prinzipien der vorhin von Ihnen erwähnten Ausbildung denken, Captain.«

»Vielleicht bleibt uns nichts anderes übrig, als ein Risiko einzugehen, Mr. Tuvok«, erwiderte Janeway ruhig. »Wir sind auch im Nahkampf ausgebildet. Hören wir damit auf, den Ausfall unserer Ortungsinstrumente zu beklagen. Besinnen wir uns statt dessen auf die Möglichkeiten, die uns nach wie vor zur Verfügung stehen.«

Tuvok steckte wortlos den Tricorder ein und holte seinen Phaser hervor. Er schwieg auch weiterhin, als er sich langsam dem uralten Gebäude näherte und dabei den Dschungel auf beiden Seiten im Auge behielt. Seine Bewegungen brachten Zuversicht und Entschlossenheit zum Ausdruck. Man hätte meinen können, daß es von Anfang an seine Idee gewesen war, jene Ruine zu untersuchen.

Kim und Janeway folgten ihm, wobei Kim verstärkt nach irgendwelchen verdächtigen Dingen Ausschau hielt, nach Bewegungen oder fremden Lebenszeichen. Es war seltsam, auf die Daten von Sensoren und Scannern verzichten zu müssen und allein auf die Sinne angewiesen zu sein.

Sie erreichten das Gebäude, ohne daß es zu Zwischenfällen kam, aber Janeway spürte, daß etwas in der Luft lag, gerade außerhalb der Reichweite ihrer Wahrnehmung. Sie fragte sich kurz, ob das *Ambiana* ihre Gedanken beeinflußte. Wuchs jetzt ihre Sensibilität in Hinsicht auf die fremde Lebenskraft, die hier alles zu durchdringen schien? Hörte sie vielleicht die Stimme von Voks Ahnen?

»Mr. Tuvok, ich ...« Sie kam nicht dazu, den Rest des Satzes auszusprechen. Urrythaner sprangen durch Fenster und Türen des alten Bauwerks. Als sie den drei Außenweltlern entgegenstürmten, begannen sie zu singen – ein sonderbares, hypnotisches Summen, das ihre Bewegungen synchronisierte.

In den urrythanischen Mienen deutete nichts auf Zorn oder Haß hin, aber die Entschlossenheit in den Gesichtern war unübersehbar. Gesang und Bewegungsmuster vermittelten eine deutliche Botschaft: Die

Urrythaner wollten die drei Fremden überrennen, und zwar um jeden Preis.

»Sie sind nicht bewaffnet, Captain«, sagte Tuvok. Er zielte und feuerte, traf einen der Angreifer. Sein Phaser war natürlich auf Betäubung justiert: Der Urrythaner gab einen Schrei von sich, der sonderbar verzweifelt klang, stürzte dann wie ein gefällter Baum zu Boden.

Die anderen zögerten kurz und wirkten so schokkiert, als begriffen sie erst jetzt, daß sie mit Opfern rechnen mußten. Dann warfen sie sich mit erneuerter Entschlossenheit nach vorn, setzten den Angriff fort und ignorierten den betäubten Gefährten.

Kim schickte einen zweiten Urrythaner ins Reich der Träume. »Es sind zu viele, Captain!« rief er besorgt. »Hier im offenen Gelände können wir mit einer solchen Übermacht nicht fertig werden.«

Janeway erledigte einen dritten Angreifer und legte sofort auf einen vierten an. Kim hatte recht. Es waren zu viele Gegner, und außerdem nahmen sie nicht die geringste Rücksicht auf ihr eigenes Wohlergehen. Selbst unter günstigeren Umständen wäre es nicht leicht gewesen, sich gegen seine solche Strategie zu wehren – wenn man überhaupt von einer ›Strategie‹ sprechen konnte. Eine andere Justierung der Phaser hätte dazu geführt, daß der Angriff auf einen Massenselbstmord hinauslief.

Die Kommandantin drehte sich um und preßte den Rücken an die Wand der Ruine. »Wir gehen hier drin in Deckung! Dadurch weichen wir dem Angriff aus, und außerdem verliert der Gegner im Innern des Gebäudes den Vorteil der zahlenmäßigen Überlegenheit.«

Janeway hechtete durch ein Fenster und sah aus den Augenwinkeln, daß Kim und Tuvok ihr folgten. Sie hoffte inständig, daß die Urrythaner nicht daran gedacht hatten, Wächter in der Ruine zurückzulassen. Kim sprang an ihr vorbei, und hinter ihm machte

Tuvok einmal mehr von seinem Phaser Gebrauch. Der Energieblitz betäubte einen weiteren Angreifer.

Im Innern des alten Gebäudes war es viel dunkler als draußen. Nur wenig Licht filterte durch die hohen Baumwipfel und den Vorhang aus Ranken, der sich an den meisten Fenstern gebildet hatte. Es dauerte einige Sekunden, bis sich ihre Augen an die Düsternis gewöhnten. Sie blieben ganz dicht beisammen, standen Rücken an Rücken und versuchten, sich zu orientieren. Draußen sammelten sich die Urrythaner, die nun das Überraschungsmoment verloren und darüber hinaus einige Ausfälle zu beklagen hatten.

»Eine Treppe führt in die Tiefe, Captain«, sagte Tuvok. »Wenn wir hinabgehen, gewinnen wir vielleicht etwas Zeit.«

»Es wäre auch denkbar, daß wir weiteren Urrythanern begegnen.« Janeway überlegte. »Derzeit geben sie Ruhe. Ich schlage vor, wir warten zunächst und ziehen uns nur dann in die Tiefe zurück, wenn uns keine andere Wahl bleibt; es läßt sich nicht ausschließen, daß wir die Treppe hinabgehen *sollen*. Außerdem möchte ich so lange wie möglich hier oben bleiben.«

Stimmen erklangen draußen. Die offensichtliche Verwirrung der Urrythaner erfüllte Janeway mit neuer Zuversicht. Bei einem echten Kampf wären sie und ihre Begleiter jetzt an den Fenster gewesen, um mit gut gezielten Schüssen einen Gegner nach dem anderen zu betäuben. Einerseits war sie versucht, eine solche Anweisung zu erteilen, doch andererseits wollte sie vermeiden, in die Rolle des Aggressors zu schlüpfen. Wenn sie überrannt wurden und in die Gewalt der Urrythaner gerieten, wäre es sicher sehr schwer, ein solches Verhalten als Notwehr und Selbstverteidigung darzustellen.

Die Urrythaner schienen nicht viel von Strategie zu halten. Vielleicht deutete das Stimmengewirr sogar darauf hin, daß sie die Kompetenz des Anführers in Frage stellten.

»Und wenn wir versuchen, mit ihnen zu reden?« fragte Kim leise. »Offenbar haben sie es nicht sehr eilig damit, den Angriff auf uns fortzusetzen ...«

Als hätte er damit das Zeichen gegeben, erschienen die Urrythaner in allen Tür- und Fensteröffnungen der Ruine. Sie zögerten keineswegs in der Dunkelheit, die sie im Innern des alten Gebäudes erwartete. Tatsächlich schienen sie sich in der Düsternis besser zurechtzufinden als draußen im Licht.

Sie leben in Höhlen, erinnerte sich Janeway. *Wir sind jetzt in ihrem Territorium.*

Erneut griffen die Urrythaner zur Taktik des Massenangriffs.

»Achten Sie darauf, eine Wand im Rücken zu haben«, wies Janeway ihre beiden Begleiter an. »Die Waffen bleiben auf Betäubung justiert. Hier drin kann nicht die ganze Meute über uns herfallen. Die Gegner müssen einzeln angreifen, und wenn wir es richtig anstellen, sollte es uns gelingen, die Urrythaner auf Distanz zu halten. Wenn wir genug von ihnen betäuben, ergreifen die anderen vielleicht die Flucht.«

Tuvok schickte immer wieder Strahlblitze in die Menge, und ihm fiel als erstem auf, daß etwas nicht stimmte. Sie hatten es mit zahlreichen Gegnern zu tun, aber es waren bei weitem nicht so viele wie zuvor. Zwar versuchten sie auch diesmal, die Außenweltler einfach zu überrennen, aber es kam noch etwas anderes hinzu.

Der Vulkanier warf einen raschen Blick nach rechts und links, um die Ursache für sein plötzliches Unbehagen herauszufinden. Auf der linken Seite ... Dort befand sich jemand und versuchte, nicht gesehen zu werden. Wenige Sekunden später nahm Tuvok auch auf der rechten Seite Bewegungen wahr. Zwei Vorstöße an den Flanken. Ein schlichtes Manöver, bei dem es sich kaum um einen strategischen Durchbruch handelte. Doch dadurch gerieten die Verteidiger in eine recht schwierige Situation.

»Captain!« rief Tuvok und betäubte einen weiteren Urrythaner. Die großen, uralten Säulen reichten durch den Boden des Raums, in dem sie standen, auch durch die Decke. Die Angreifer nutzten ihre Deckung aus und unternahmen immer wieder Vorstöße aus unterschiedlichen Richtungen. Es war eine recht primitive Taktik – die jedoch sehr wirkungsvoll sein konnte, wenn gleichzeitig Attacken von beiden Seiten erfolgten.

»Ja?« erwiderte Janeway. Angesichts der vielen Gegner konnte sie sich nicht zum Vulkanier umdrehen. Inzwischen hatte die energetische Ladung ihres Phasers ein recht niedriges Niveau erreicht, und vermutlich war das auch bei den Strahlern ihrer beiden Begleiter der Fall. Wenn die Urrythaner irgendwelche Waffen mitgebracht hätten, wäre längst alles vorbei gewesen. Aber sie kamen nicht einmal auf die Idee, mit Steinen zu werfen.

»Ich glaube, rechts und links von uns befinden sich noch mehr Gegner«, sagte Tuvok. »In der Dunkelheit kann ich sie nicht sehen, aber ich spüre ihre Präsenz. Vielleicht hat die Ruine Seiteneingänge, von denen wir nichts wissen.«

Derzeit herrschte eine Art Patt, doch die allgemeine Anspannung wies Janeway darauf hin, daß es nicht mehr lange dauerte, bis der entscheidende Angriff begann. Letztendlich war es nur eine Frage der Zeit, wann es den Urrythanern gelang, sie zu erreichen und über sie herzufallen. Zuerst hatte sie die Einheimischen für kaltherzig gehalten, weil sie ihren gefallenen Kameraden überhaupt keine Beachtung schenkten. Doch inzwischen sah sie die Sache aus einer anderen Perspektive. Wenn es eine geistige Verbindung zwischen den Urrythanern gab, wenn sie wußten, daß die Phaserstrahlen nicht den Tod brachten, sondern nur betäubten, so glaubten sie vielleicht, daß die Energieblitze nicht gefährlicher werden konnten.

Unsere Rücksichtnahme gereicht uns selbst zum Nachteil, dachte Janeway.

»Irgendwelche Vorschläge, Mr. Tuvok?« fragte sie und hielt den Phaser schußbereit.

»Vielleicht ist jetzt der Zeitpunkt gekommen, um die unteren Bereiche dieses Gebäudes aufzusuchen, Captain.«

Janeway lächelte grimmig. »Ich glaube, da haben Sie recht. Mr. Kim, Sie übernehmen die Spitze. Mr. Tuvok, Sie bilden den Abschluß. Brechen wir auf, bevor die Urrythaner Gelegenheit finden, sich neu zu gruppieren.«

Kim zögerte nicht. Er huschte an der Wand entlang in Richtung Treppe und eilte dann in die Tiefe. Janeway warf noch einen sehnsüchtigen Blick in Richtung der Fenster, hinter denen sie den Dschungel wußte, und weit darüber die *Voyager*. Dann folgte sie dem jungen Fähnrich über die Stufen.

Die Urrythaner merkten zu spät, daß sich die drei Besucher aus dem All in die Tiefe zurückzogen. Sie wollten nachsetzen, doch Tuvoks Phaserstrahlen zwangen sie, in Deckung zu gehen. Langsam wich der Vulkanier in Richtung Treppe zurück, und als er sicher sein konnte, daß kein neuer Vorsturm des Gegners drohte, sprang er ebenfalls über die Stufen und verschwand in der Dunkelheit eines tiefen Gewölbes.

Ban wußte nicht, was er jetzt unternehmen sollte. Eins stand fest: Solange die Eindringlinge überlegene Waffen hatten und der urrythanischen Streitmacht das Überraschungsmoment fehlte, ließ sich nichts gegen sie ausrichten. Zwar konnten sie darauf vertrauen, daß die Strahlblitze nicht töteten, aber Ban mußte vermeiden, daß zu viele seiner Mitstreiter betäubt wurden. Andererseits durfte er auch nicht zulassen, daß die Fremden tiefer in den heiligsten Bereich der Ahnen vorstießen. Er selbst hatte jenen Ort noch nie gesehen – vom ersten offiziellen Besuch trennten ihn noch einige Jahrzehnte. Verblüfft und schockiert mußte er feststellen: Was ihm zunächst als einfache, gut geplante Aktion erschienen war, führte jetzt zu einer Verschlimmerung der Situation. Er hatte die Entweiher zu eben jenem Ort getrieben, von dem er sie fernhalten wollte.

Genau darin bestand jetzt das Problem. Weder Ban noch seine Gefolgsleute wollten einen Bereich aufsuchen, der für sie tabu war. Selbst die Absicht, den Alten Schutz zu gewähren, änderte nichts daran. Ein solches Verhalten widersprach allen Prinzipien, die Vok sie gelehrt hatte. Ließ es sich unter den gegebenen Umständen rechtfertigen, Heiliges zu profanieren? Eine schmerzliche Vorstellung. Und sie veranlaßte einige von Bans Gefährten dazu, die Richtigkeit der Mission und – schlimmer noch – ihre Fortsetzung in Frage zu stellen.

Und doch … Es gab keine andere Möglichkeit.

Vok war alt. Sein Wachen in dieser Welt neigte sich dem Ende entgegen, und der größte Teil seiner Aufmerksamkeit galt bereits dem *Langen Schlaf*. Die Jahre hatten ihn weit über die diesseitige Existenz seiner Generation hinausgetragen. Damit noch nicht genug: Leichter zugängliches *Ambiana* sorgte dafür, daß selbst jüngere Urrythaner vor ihm den Weg zum Langen Schlaf beschritten. Vok sah nicht die Gefahr, die von den Fremden drohte, denn er konnte die gegenwärtige Situation nicht mehr voll überblicken. Seine Perspektive war seit mindestens hundert Jahren nicht mehr aktuell.

Wenn Ban und seine Freunde die heiligen Plätze nicht aufsuchen durften – warum bekamen Ungläubige aus dem All die Möglichkeit dazu? So etwas konnte nicht richtig sein, und als Hüter war es ihre Pflicht, solche Entweihungen zu verhindern. Nun, Ban erinnerte sich nicht an Lehren, die ihn selbst oder andere Angehörige seines Volkes zu ›Hüter‹ von irgend etwas ernannten, aber dabei handelte es sich ganz offensichtlich um ein Versehen, das auf die Bedingungen früherer Zeiten zurückging. In der gegenwärtigen Situation wurde eine Notwendigkeit daraus.

Auf diese Weise empfand Ban. Doch wie sollte er seine Gefolgsleute überzeugen? Einige Freunde wären ihm überallhin gefolgt, ohne Fragen zu stellen, aber er brauchte auch die Hilfe der anderen, wenn er einen Erfolg erzielen wollte. Ohne zahlenmäßige Überlegenheit konnte er nicht den Sieg über die Fremden erringen.

Ban wußte, daß er sich auf seine nächsten Freunde verlassen konnte, doch was die anderen betraf... Eigentlich waren sie nur mitgekommen, weil dieses Unternehmen etwas Neues darstellte. Sie teilten nicht unbedingt Bans feste Überzeugung, daß die Fremden eine Gefahr darstellten, die beseitigt werden mußte. Im Grunde genommen nutzten sie nur die Chance zu einer Abwechselung in ihrer täglichen Routine – solche Gelegenheiten boten sich nur selten, während man den Weg des *Aufsteigens* beschritt. Die eigentliche Treue dieser Leute galt dem Ältesten, und Vok hatte bereits deutlich darauf hingewiesen, welchen Standpunkt er in diesem Zusammenhang vertrat. Ban mußte handeln, bevor das Gros seiner Gruppe beschloß, zur Siedlung zurückzukehren.

Es galt auch den ersten fehlgeschlagenen Angriff zu berücksichtigen. Einige von Bans Gefolgsleuten fragten sich, welchen Sinn es hatte, den Kampf gegen einen ganz offensichtlich weit überlegenen Gegner fortzusetzen. Zwar war niemand getötet worden, aber die Strahlen der Fremden betäubten auf recht wirkungsvolle Weise. Viele fürchteten, daß die Entweiher Leben auslöschen mochten, wenn sie wirklich zornig wurden. So etwas war seit Jahrtausenden nicht mehr geschehen. Zu sterben, bevor man den *Langen Schlaf* erreichte, ohne die Hoffnung, irgendwann das *Aufsteigen* zu erreichen – unvorstellbar.

Es brachte enorme Verantwortung mit sich, die anderen darum zu bitten, sich auf ein derartiges Risiko einzulassen. Trotzdem glaubte Ban auch weiterhin daran, daß es notwendig war. Zugegeben, es mochte gräßlich sein, bei der Verteidigung der Alten zu sterben, aber Ban hielt es für ebenso schrecklich, wenn sich die Entweiher ungehindert an den heiligen Orten herumtrieben und vielleicht den Tod eines Schläfers verursachten, bevor für ihn das *Erwachen* begann. Wie entsetzlich war so etwas nach Jahrtausenden des Wartens und der Vorbereitungen? Außerdem: Angesichts der bisherigen Konfrontation mit den Fremden vermutete Ban, daß die Frau namens Janeway zumindest in einer Hinsicht die Wahrheit gesprochen hatte: Die Besucher aus dem All wollten wirklich niemandem etwas zuleide tun. Sie kamen keineswegs mit bösen Absichten; die eigentliche Gefahr ging von ihrer Ignoranz aus, die nicht toleriert werden durfte.

Ban versammelte seine Streitmacht um sich herum und beobachtete dabei die Treppe, die den Fremden das Entkommen in die Tiefe ermöglicht hatte. Mit leisen Worten erläuterte er den Plan, der sich gerade erst hinter seiner Stirn formte. Es gab noch immer Hoffnung, begriff er plötzlich. Ihnen standen noch immer einige Vorteile zur Verfügung, die sie nutzen konnten.

Er hatte die elementaren Dinge vergessen. Besser gesagt: Bisher hatte er überhaupt keinen Gedanken an sie verschwendet. Die Verfolgung fand unter der Oberfläche ihres Heimatplaneten statt, in einer Welt, die ihnen vertraut war. Nein, sie brauchten noch nicht zu verzweifeln.

»Die Stimme des Planeten ist jetzt laut«, murmelte Kes, als sie sich langsam umdrehte und versuchte, eine Spur von Ban und seiner Gruppe zu entdecken. »Ich glaube … Ja, sie schlugen diese Richtung ein.«

»Woher wollen Sie das wissen?« fragte Paris und runzelte die Stirn. »Wenn es sich um winzige Fragmente einer großen Lebenskraft handelt – wie können Sie dann zwischen ihnen unterscheiden? Was unterscheidet einen Ton im Akkord vom nächsten?«

»Die Urrythaner, denen wir folgen, bilden eine geringfügige Disharmonie«, erklärte Kes. Leichtfüßig kehrte sie zu Paris zurück. Der kurze Kontakt mit der fremden Entität hatte ihr offenbar neue Kraft gegeben, und ihr Blick reichte noch immer in die Ferne. Sie schien der leeren Luft um sie herum Energie zu entnehmen, während Paris immer mühsamer atmete.

»Ihr Verhalten entspricht nicht dem üblichen Muster«, fuhr Kes fort. »Sie *stören* sogar die natürliche Ordnung der Dinge.«

Sie näherten sich einer Lichtung, und Paris stellte fest, daß in diesem Bereich immer mehr Säulen aufragten. Er glaubte, ebenfalls etwas zu spüren, ein seltsames Prickeln, das ihn erfaßte. Hier erweckte alles den Eindruck, voller Energie zu stecken und auf eine Weise lebendig zu sein, die über das Wahrnehmungsvermögen seiner Sinne hinausging. Einerseits war die sonderbare Vitalität stark genug, um sich selbst bei ihm bemerkbar zu machen, aber sie blieb so fremdartig, daß er keine konkreten Informationen über sie gewinnen konnte.

»Warten Sie.« Kes blieb abrupt stehen und hielt Paris am Arm fest. »Sie sind ganz in der Nähe.«

Der Pilot trat ins Gebüsch auf der einen Seite des Pfades und zog die Ocampa mit sich. Langsamer als vorher setzten sie den Weg zur Lichtung fort. Ruinen zeigten sich dort, älter als die anderen, die sie bereits kannten, tiefer im Boden versunken. Paris wollte die Lichtung betreten, als er plötzlich einen Urrythaner sah, dessen Gestalt sich in einem Fenster der am besten erhaltenen Ruine zeigte. Ein Wächter.

Er wies Kes darauf hin, und die Ocampa nickte. Sie schloß die Augen, konzentrierte sich auf die Harmonie der planetaren Stimme und suchte. Ihr offenbarte sich eine geistige Sphäre aus Mustern, ein Netz aus komplexen Empfindungen, doch es gelang ihr, sich darin zu orientieren. Während Kes Ausschau hielt, achtete sie darauf, keine Störungen zu verursachen – vielleicht genügte den Urrythanern der geringste Hinweis, um sie zu bemerken.

»Sie befinden sich dort drin«, sagte sie nach einer Weile. »Es gibt eine geringfügige Diskrepanz zwischen den hiesigen Urrythanern und der Stimme. Aber Captain Janeway, Tuvok und Kim unterscheiden sich noch stärker von ihr. Sie passen überhaupt nicht in die Harmonie.«

»Also ist soweit alles in Ordnung mit ihnen«, murmelte Paris. »Was unternehmen wir jetzt?«

Kes zögerte, zeigte dann dorthin, wo eben noch der Wächter gestanden hatte. »Sie begeben sich in die Tiefe und folgen der Gruppe des Captains.«

»Ob sie jemanden zurückgelassen haben, der die Ruine bewacht?«

»Das bezweifle ich«, erwiderte Kes. »Sie agieren als eine Einheit, obwohl es junge Urrythaner sind. Ich spüre, daß sie nur teilweise mit der *Einen Stimme* harmonieren. Bei Vok habe ich etwas ganz anderes gefühlt. Aber sie sind *miteinander* in Harmonie und verhalten sich wie ein Bewußtsein, das einen ganz bestimmten Zweck verfolgt.«

»Vok ist nicht bei ihnen?« fragte Paris sehr verwundert.

»Nein. Ich spüre, daß er sich nähert, aber er trägt keine Verantwortung. Er zeichnet sich nur schwach vor einem Hintergrund ab, der aus den Stimmen der Alten besteht – inzwischen gehört er fast zu ihnen.«

Paris erkundigte sich nicht danach, woher Kes ihr Wissen bezog – mit solchen Fragen verloren sie nur Zeit. Er begnügte sich damit, daß sie Bescheid wußte und daß er ihren Informationen vertrauen konnte.

»Sie sind fort«, sagte Kes.

»Also los.« Paris schlich in Richtung Ruine. »Wir sollten auch weiterhin versuchen, zum Captain aufzuschließen. Vermutlich braucht sie Hilfe.«

Kes nickte. Sie näherten sich einem Fenster, kletterten so leise wie möglich ins Innere des Gebäudes und duckten sich in der Düsternis.

»Hier hat ein Kampf stattgefunden«, sagte Paris. Schleifspuren zeigten sich im Staub – große Objekte schienen über den Boden gezogen worden zu sein. Hinzu kamen Fußabdrücke: Einige stammten von Starfleet-Stiefeln, doch die meisten waren länger und schmaler.

»Offenbar haben sie noch keine Möglichkeit gefunden, sich vor unseren Waffen zu schützen«, meinte Paris.

»Sie selbst sind unbewaffnet«, entgegnete Kes nachdenklich. Mit den Fingern strich sie wie zärtlich über eine der seltsamen Säulen. »Bisher gab es keine Gewalt in der urrythanischen Gesellschaft. Die Jungen versuchen nur, die Alten bis zum *Erwachen* zu schützen.«

»Wie auch immer ihre Motive beschaffen sein mögen – sie sind dorthin verschwunden«, sagte Paris.

Ohne ein weiteres Wort wandte sich Paris der Treppe zu und trat die Stufen hinunter. Kes folgte ihm, und die Finsternis verschluckte sie beide.

11

»Commander …« Mühsam unterdrückter Ärger vibrierte in B'Elanna Torres' Stimme. »Ich habe alles versucht – ohne Erfolg. Ganz gleich, welche Frequenzen oder Modulationen bei den verschiedenen Konfigurationen verwendet wurden – die Interferenzen lassen sich einfach nicht durchdringen. Die Lebenskraft auf dem Planeten scheint regelrecht zu brodeln und überzukochen. Sie läßt sich jetzt mit allen Instrumenten erfassen und verursacht Fluktuationen, die sich einfach nicht aus unseren Sensorsondierungen herausfiltern lassen. Mit anderen Worten: Was die Ortungsgeräte betrifft, ist die *Voyager* blind.«

»Also sind Paris und Kes dort unten auf sich allein gestellt«, sagte Chakotay. Leiser fügte er hinzu: »Ich hoffe, er weiß, warauf er sich eingelassen hat.«

»Wie bitte, Sir?« Torres sah auf.

»Schon gut, B'Elanna. Ich habe nur laut gedacht.« Chakotay wollte die Chefingenieurin nicht mit seinen Sorgen belasten – sie hatte schon genug mit den technischen Problemen zu tun. Sicher wäre es besser gewesen, die *Voyager* in einen höheren Orbit zu steuern, um zu vermeiden, daß die Interferenzen zu Fehlfunktionen bei den Bordsystemen führten. Aber der Erste Offizier hatte darauf verzichtet, eine solche Anweisung zu erteilen. Sie kam zu sehr einer Kapitulation gleich, und bisher waren die primären Systeme nicht betroffen.

Die an Bord gebeamten Personen erholten sich allmählich. Fähnrich Fowler bediente die Kontrollen von Kims Konsole und half Torres. Während Chakotay noch über die Situation nachdachte, kam Neelix in den Kontrollraum. Er wirkte aufgeregter als jemals zuvor – den Rat des Doktors, sich auszuruhen, hatte er ganz offensichtlich nicht beherzigt. Das erstaunte Chakotay kaum. Sich zu entspannen, während die geliebte Frau auf einem fremden Planeten festsaß, ohne die Möglichkeit, einen Kom-Kontakt zu ihr herzustellen ... So etwas war praktisch unmöglich.

»Haben Sie Kes und die anderen lokalisiert, Commander Chakotay?« fragte Neelix.

»Derzeit können wir auf dem Planeten überhaupt nichts lokalisieren, Neelix.« Chakotay seufzte. »Die sonderbare Lebenskraft wird immer stärker, und mit unseren Sondierungssignalen können wir die von ihr verursachten Interferenzen nicht durchdringen. Inzwischen haben die Emanationen eine solche Intensität gewonnen, daß Funktionsbeeinträchtigungen bei unseren Bordsystemen drohen.«

»Dann verlange ich, daß Sie mich unverzüglich auf den Planeten beamen.« Neelix' breitbeinige Haltung brachte eine Mischung aus Entschlossenheit und Trotz zum Ausdruck. »Ich kann nicht zulassen, daß sie allein mit den Urrythanern fertig werden muß.«

»Sie ist nicht allein, Neelix«, erinnerte Chakotay den Talaxianer. »Paris leistet ihr Gesellschaft. Er hat Erfahrung mit schwierigen Situationen. Seien Sie unbesorgt.«

»Es ist mir noch immer ein Rätsel, warum Kes nicht zusammen mit uns an Bord gebeamt wurde«, ereiferte sich Neelix. »Sie stand direkt neben mir!«

»Sie hat eine zu enge geistige Verbindung mit der fremden Entität hergestellt«, erklärte Chakotay zum zehnten Mal. »Im einen Moment war sie da, und im nächsten konnte der Computer sie nicht mehr mit dem Transferfokus erfassen – obwohl sie wie alle anderen eine Dosis des Gegenmittels bekam. Ich vermute, daß sie versucht hat, den Aufenthaltsort der Urrythaner festzustellen, wodurch es zu einem tieferen Kontakt mit der Lebenskraft kam. Inzwischen wissen wir, daß solche Kontakte bei ihr abschirmend wirken.«

»Gestatteten Sie mir den Transfer, Commander«, beharrte Neelix. »Ich suche Kes und bringe sie zurück. Und wenn eine Rückkehr unmöglich ist ...« Er holte tief Luft und schob das Kinn vor. »Dann schütze ich sie mit meinem Leben.«

»Ein Transfer ist völlig ausgeschlossen, Neelix«, erwiderte Chakotay sanft. »Ich verstehe Ihren Wunsch, Hilfe zu leisten, aber Sie wären überhaupt nicht imstande, Kes' Situation auf Urrytha zu verbessern. Fünf Besatzungsmitglieder der *Voyager*, unter ihnen der Captain, befinden sich auf dem Planeten, und wir haben keine Möglichkeit, ihren Aufenthaltsort zu bestimmen. Ich kann und darf nicht riskieren, noch jemanden zu verlieren.«

»Ich verstehe.« Es fiel Neelix sichtlich schwer, sich unter Kontrolle zu halten. Er zitterte und schien kurz davor zu sein, in Tränen auszubrechen. »Dann möchte ich mich hier nützlich machen, wenn Sie erlauben. Ich verlasse die Brücke erst, wenn ich Antworten bekommen habe.« Er straffte die Schultern und atmete tief durch.

»Na schön.« Chakotay begriff plötzlich, daß Neelix nicht allein sein wollte. »Vielleicht können Sie Torres und Fowler bei den Scans helfen. Möglicherweise fällt Ihnen etwas ein, das uns doch noch weiterbringt. Wir glauben, alles versucht zu haben, und inzwischen wird die Zeit knapp.«

Neelix nickte und näherte sich der Funktionsstation. Seinen Bewegungen haftete neue Zielstrebigkeit an.

Vielleicht fällt ihm tatsächlich etwas ein, dachte Chakotay. *Es geschähe nicht zum erstenmal, daß er uns überrascht.*

»Wie wär's, wenn wir Sonden zum Planeten schicken?« schlug der Talaxianer vor.

»Wir können keinen Kontakt mit ihnen halten, sobald sie sich der Oberfläche nähern.« Torres schüttelte den Kopf. »Es sollte möglich sein, die Sonden nach unten zu steuern, aber anschließend nützen uns ihre Kom-Module ebensowenig wie die Insignienkommunikatoren der fünf Verschwundenen oder der Kommunikator des Shuttles – es läßt sich einfach keine Verbindung herstellen. Es sei denn ...«

Die Chefingenieurin wandte sich an Fähnrich Fowler. »Kes bezeichnete die *Eine Stimme* als eine Art Harmonie. Das bedeutet, sie besteht aus synchronisierten Komplementärsignalen. Wenn wir feststellen können, wie die Harmonie beschaffen ist und in welchem Frequenzspektrum sie sich erstreckt ... Dann läßt sich vielleicht eine Sonde konstruieren, die sich die fremden Signale zunutze macht. Wenn es keine theoretische Begrenzung für die Anzahl von Tönen in einem Akkord gibt – was spielt einer mehr dann für eine Rolle? Wir haben die ganze Zeit über versucht, das Interferenzmuster irgendwie zu durchdringen, aber vielleicht können wir es für unsere Zwecke nutzen.«

»Ja, warum nicht?« erwiderte Fowler. »Wenn wir der ›Stimme‹ einen einzelnen Ton hinzufügen, ohne die allgemeine Struktur zu beeinträchtigen ... Dann wäre es möglich, die Scanner so zu konfigurieren, daß sie Daten mit einem einfach modulierten Signal übertragen, wobei sie den einzelnen Ton gewissermaßen als Trägerwelle verwenden.«

Chakotay trat zu ihnen. »Wie lange brauchen Sie dafür?« fragte er.

»Ich muß zunächst das Signal analysieren, um anschließend die Sonden und Scanner zu rekonfigurieren.« B'Elannas Finger huschten bereits über die Kontrollen. »Das dauert mindestens zwei Stunden.«

»Ich gebe Ihnen eine«, sagte Chakotay. Er sah, wie es in Torres' Augen blitzte und stellte sich vor, wie hinter ihrer Stirn metaphorische Zahnräder in Bewegung gerieten. »Ich möchte die Sonden so schnell wie möglich starten. Bereiten Sie ein Sondierungsmuster vor, das es uns gestattet, einen großen Bereich zu erfassen. Konzentrieren Sie Ihre Bemühungen auf den mittleren Teil des Dschungels, wo wir den Kontakt mit Captain Janeway verloren, und auf die Siedlung im Ödland. Irgendwann muß sich dort unten etwas rühren, und wenn das der Fall ist, will ich bereit sein.«

Torres antwortete nicht und war bereits ganz mit der Arbeit beschäftigt. Neelix blieb in der Nähe, berührte gelegentlich eine Schaltfläche oder las Instrumentenanzeigen ab.

»Ich kümmere mich um die Sonden«, sagte Fowler und stand auf. »Ich treffe Vorbereitungen dafür, daß wir sofort mit der Programmierung beginnen können, wenn Sie die Frequenz ermittelt haben.«

Torres nickte und blieb auch weiterhin stumm. Die Konzentration hatte sie in eine andere Welt getragen, in einen Kosmos aus Energie, Mikroprozessoren und Zahlen. Fowler verließ die Brücke, und kurze Zeit später ging auch Chakotay. Er suchte den Bereitschaftsraum des Captains auf, um allein zu sein und nachzudenken.

Bei dem Problem auf Urrytha ging es um einen Konflikt zwischen Glaubenssystemen. Die Erfahrungen seines eigenen Volkes lehrten, daß solche Dinge einen überaus starken Einfluß auf die Psyche entfalten konnten. Er war nicht sicher, ob er den Urrythanern einen Vorwurf machen konnte. Sie hatten Kayla entführt, weil sie wirklich daran glaubten, daß die Bajoranerin das größte Privileg ihrer Religion erfuhr, das *Aufstei-*

gen. Andererseits: Niemand hatte das Recht, seine eigenen Glaubensprinzipien anderen Personen aufzuzwingen.

Chakotay wußte nicht recht, was er vom urrythanischen Konzept des *Aufsteigens* halten sollte, aber eins stand für ihn fest: Nach dem physischen Leben, das er jetzt lebte, mußte es noch etwas anderes geben. Seit vielen Jahren war er sich seiner eigenen Seele bewußt, und er glaubte fest daran, daß er seinen Weg nach dem Tod des Körpers fortsetzen würde. Dieser Glaube – dieses *Wissen* – bildete einen der Grundsteine seines Wesens.

Die Urrythaner glaubten, daß sie Harmonie mit den Alten erreichen konnten, jahrtausendelang schliefen und schließlich zu einem neuen, besseren Leben erwachten. Unter anderen Umständen hätte man eine solche Religion für den eher primitiven Versuch halten können, die Mysterien des Lebens zu erklären, doch in diesem Fall sah die Sache anders aus: Immerhin existierte eine geheimnisvolle Lebenskraft auf dem Planeten. *Etwas* dort unten lebte, und zwar jenseits der Erfahrungsgrenzen jener Urrythaner, denen sie bisher begegnet waren. Um was auch immer es sich dabei handeln mochte: Es wurde stärker. Stand eine Art religiöser Höhepunkt bevor? Würde sich gar herausstellen, daß sich die Urrythaner *richtig* verhalten hatten, als sie Kayla verschleppten? Ging es dabei wirklich um ihr Seelenheil?

Nun, eigentlich spielte es keine Rolle. Ob *Aufsteigen* oder nicht – eine bei den Menschen anerkannte fundamentale Wahrheit bestand in der freien Entscheidung. Die meisten Völker in der Föderation teilten dieses Prinzip. Glaubens- und Religionsfreiheit waren heilige Rechte, auf die jedes intelligente Wesen Anspruch erheben konnte. Und sie verdienten es, verteidigt zu werden.

Ob sie recht hatten oder nicht: Die Urrythaner durften sich nicht anmaßen, anderen Leuten die Entscheidung über Leben und Tod abzunehmen. Ebensowenig hatte die *Voyager* das Recht, sich in die Belange des Planeten einzumischen. Es mußte eine Lösung für das Problem geben, die Möglichkeit, zurückzuweichen und die Urrythaner ihrer Welt zu überlassen, ohne ein Besatzungsmitglied zu verlieren. Aber wie? Chakotay hoffte, daß ihm genug Zeit blieb, eine solche Lösung zu finden – bevor es zur Katastrophe kam und alle weiteren Bemühungen nutzlos wurden.

Er legte die Hände auf den Tisch und trachtete danach, sich zu entspannen. Derzeit war er nicht imstande, konkrete Hilfe zu leisten, aber was auch immer die Zukunft brachte: Er hielt es für besser, sich dem Bevorstehenden mit einem ruhigen, ausgeglichenen Selbst zu stellen. Langsam ließ er sein Ich nach innen treiben, ging immer mehr auf Distanz zu der Außenwelt und suchte jenen Ort auf, wo ihn sein Seelenfreund erwartete. Vielleicht hatte jene innere Stimme einen Rat für ihn …

Vok versuchte, so schnell wie möglich voranzukommen, als er durch die uralten Tunnel eilte. Gelegentlich mußte er einen Umweg machen, wenn Zugänge blockiert waren. Die Harmonie wies ihm den Weg. Seit vielen Jahren wurden die alten Tunnel kaum mehr benutzt. Die jungen Urrythaner bevorzugten die neueren; sie vermieden es, den Alten zu nahe zu kommen, suchten den Kontakt erst, wenn sie sich dem *Langen Schlaf* nahe fühlten.

Vok beeilte sich deshalb so sehr, weil er nicht wußte, wie weit Ban bei seiner fehlgeleiteten ›Mission‹ gehen würde – und weil das Zerren an seinem Geist inzwischen so stark geworden war, daß er fürchtete, nicht mehr genug Zeit zu haben. Wenn jetzt für ihn der

Lange Schlaf begann, hier in den Tunneln, ohne daß sich jemand um ihn kümmerte und die notwendigen Rituale durchführte, damit er den Kokon bekam ... Dann blieb er einfach im Dunkeln liegen, bis er schließlich starb. Der Gedanke an den eigenen Tod erschreckte ihn mehr als alles andere. Abgesehen davon dachte er auch an die Bedürfnisse seines Volkes, ans Erbe der Urrythaner und den Umstand, daß er der letzte Älteste war.

Ban verstand das Erbe nicht, zumindest nicht in seinem ganzen Ausmaß. Richtig verstehen konnte er es erst dann, wenn er die Muster der *Einen Stimme* besser kennenlernte. Er dachte noch immer zu sehr an sich selbst, hielt die physische Welt und die Dinge des alltäglichen Lebens für zu wichtig. Den Angelegenheiten der anderen und ihren Meinungen schenkte er mehr Aufmerksamkeit als dem Zustand seiner eigenen Seele.

Dabei handelte es sich um die traditionelle Aufgabe der Jungen. Sie kümmerten sich um die Gärten, sammelten das *Ambiana* und erledigten die täglichen Routinearbeiten, während die Ältesten dem *Langen Schlaf* entgegenstrebten. Deren Pflicht wiederum bestand darin, die Jungen zu unterweisen, ihnen den Weg in ihre Zukunft zu zeigen. So war es immer gewesen, und bisher hatte dieses System ausgezeichnet funktioniert.

Ban glaubte, daß Vok als einzelne Person über den Rest der Gemeinschaft herrschte, seinen Willen allen anderen Urrythanern aufzwang. Deshalb hielt er es für möglich, daß seine eigenen Entscheidungen ebenso sinnvoll oder, unter bestimmten Umständen, sogar besser sein konnten als die des Ältesten. Er übersah folgendes: Wenn Entscheidungen anstanden und Vok das Wort ergriff, so sprachen aus seinem Mund all jene, die vor ihm mit dem *Langen Schlaf* begonnen hatten. Es ging nicht um einen Körper, der einem anderen mitteilte, was getan werden mußte. Eher ließ es sich mit einem gewaltigen Bewußtsein vergleichen, das verschiedenen Organen Signale übermittelte und die Gliedmaßen auf der Grundlage eines einzelnen, gut ausgewogenen Plans bewegte.

Vok wußte, daß er einen Fehler gemacht hatte. Als die anderen darauf bestanden, daß sie die fremde Frau holen mußten … Es war falsch gewesen, diesen Forderungen nachzugeben. Er hatte den Stimmen in seinem Herzen nicht die nötige Aufmerksamkeit geschenkt und sich eine Schwäche erlaubt, wodurch die Dinge außer Kontrolle gerieten. Es gab einige Querköpfe bei den Jungen, aber die meisten von ihnen wären bereit gewesen, sich seiner Entscheidung zu fügen. Mit nur einigen wenigen Gefolgsleuten hätte es Ban wohl kaum gewagt, sich auf eine Konfrontation mit den Besuchern aus dem All einzulassen.

Statt dessen kam es zu einer Aufeinanderfolge von Ereignissen, die alle im Widerspruch zu der Harmonie standen. Vok hoffte, daß er einen Weg fand, seinen Fehler zu korrigieren und es den Fremden zu ermöglichen, an Bord ihres Raumschiffs zurückzukehren und die lange Reise zwischen den Sternen fortzusetzen. Außerdem wollte er die Jungen auf den richtigen Pfad zurückführen, bevor seine Zeit ablief und er nicht mehr lehren konnte. Er hatte die eigene Zeremonie schon zu lange hinausgeschoben und begriff nun, daß er bald nicht mehr selbst über den Zeitpunkt entscheiden konnte – die Kontrolle darüber entglitt ihm immer mehr.

So sehr sich Vok auch wünschte, mit den Ahnen eins zu werden, so oft er vom *Langen Schlaf* und dem Frieden träumte, den er daran finden würde – er wollte nicht der letzte sein, der diesen Weg nahm. Er sträubte sich gegen die Vorstellung, zum letzten Glied in der Kette zu werden, die Trennung von Alt und Neu zu markieren.

Während er tief unter der hellen Oberfläche des Planeten durch einen Tunnel nach dem anderen hastete, näherte er sich dem Zentrum, wodurch die Präsenz der Alten fast überwältigend wurde. Es fiel Vok immer schwerer, sich darauf zu konzentrieren, den Weg fortzusetzen. Er mußte sich regelrecht dazu zwingen. Jene, die ihm folgen würden, nachdem sie zu Ältesten geworden waren, sollten ebenfalls einen Platz in der *Einen Stimme* finden, und um der Kontinuität willen durften sie keine Disharmonie in die Verschmelzung mitbringen. Nur Voks Anleitung und seine Fähigkeit, den gegenwärtigen Fluß der Ereignisse umzukehren, konnten das gewährleisten.

Nach einer Weile spürte er die Gärten über sich, und er wußte auch, wann er die Lichtung passiert, auf der er Janeway und den anderen Fremden zum erstenmal begegnet war. Sie strebten nicht nach der Harmonie, aber trotzdem zeichneten sie sich durch eine starke innere Kraft aus. Vielleicht verfügten sie über eine eigene Art von Harmonie, die er ebensowenig verstand wie ihre seltsame Zielstrebigkeit, die in Voks Erfahrungswelt kein Äquivalent hatte.

Wieso war ihm ein möglicherweise fataler Fehler unterlaufen? Vielleicht hieß der Grund Aufgeblasenheit angesichts des Umstands, Ältester zu sein, der nächste Kandidat für den *Langen Schlaf* und das *Aufsteigen*. Vok begriff plötzlich, selbst nicht ganz frei zu sein von individuellen Empfindungen, und dieses Verstehen verstärkte den Wunsch, Ban zu helfen, den von ihm eingeschlagenen Weg als falsch zu erkennen. Alle jene Dinge, die ihm wichtig waren, spielten für die Besucher aus dem All überhaupt keine Rolle. Es gab auch keinen logischen Grund dafür, warum das anders sein sollte.

Vok dachte über die Arroganz seines Glaubens nach. Er war Personen begegnet, die nicht an die gleichen

Prinzipien glaubten wie er, und deshalb hatte er angenommen, wichtiger und überlegen zu sein. Statt dessen hätten er und alle anderen Angehörigen seines Volkes wissen sollen, daß ›anders‹ nicht ›falsch‹ bedeutete. Jeder von ihnen begann sein Leben auf eine eigene Art und Weise. Ban unterschied sich von Vok und den anderen, doch dabei handelte es sich um oberflächliche Unterschiede, die vor allem die physische, materielle Welt betrafen. Weitaus mehr Bedeutung kam der Einheit zu, jenem Punkt, an dem sie sich nicht mehr voneinander unterschieden, sondern zu unterschiedlichen Komponenten des Ganzen wurden. In einem einzelnen Ton gab es keine Harmonie.

Langsam wurde sich Vok einer Veränderung in der *Einen Stimme* bewußt. Sie war die ganze Zeit über stärker geworden und zog ihn zu sich, aber jetzt geschah auch noch etwas anderes. Sie dehnte sich aus und vereinnahmte alles. Er spürte eine Vibration unter den Füßen, ein leichtes Beben im Boden. Was mochte es bedeuten? Er hatte die stärkere Kraft der Harmonie bemerkt, jedoch angenommen, daß dieser Eindruck vor allem auf sein eigenes Wachsen zurückging. Jetzt begriff er, daß es tatsächlich zu einer Intensitätssteigerung gekommen war, und so etwas erlebte er nun zum erstenmal.

Er nahm die Präsenz der anderen wahr. Immer mehr näherte er sich dem Zentrum, jenem Ort, den Captain Janeway und ihre beiden Begleiter aufgesucht hatten. Vok fragte sich plötzlich, ob er von falschen Voraussetzungen ausgegangen war. Hatten die Besucher aus dem All ebenfalls die Macht der Alten gespürt und beschlossen, ihrem Ruf zu folgen? Je stärker die *Eine Stimme* und je intensiver die Harmonie, desto leichter konnte er jene Geräusche und Gefühle erkennen, die nicht ins Muster paßten.

Plötzlich geriet die Lebenskraft namens Ban in Voks

geistigen Fokus, und jähe Kälte erfaßte ihn. In seinem Innern kam das Anschwellen der Harmonie und des Friedens fast zum Stillstand. Etwas stimmte nicht. Ban hatte nie in sehr enger Verbindung mit der *Einen Stimme* gestanden, doch Vok war der Hoffnung gewesen, daß er irgendwann zur Einheit mit ihr fand. Doch jetzt zeichnete er sich wie ein Tumor vor der Schönheit dessen ab, was wuchs.

Etwas Schreckliches bahnte sich an, und Vok wußte: Wenn er nicht schnell handelte, wenn er nicht rechtzeitig eingriff, war es zu spät. Zu spät für Ban, für Captain Janeway, vielleicht auch zu spät für Urrytha und für die Alten. Etwas Wundervolles geschah um sie herum, aber durch Voks Nachlässigkeit konnte eine Katastrophe daraus werden.

Er wurde noch schneller, obwohl ihn das viel Kraft kostete, konzentrierte sich dabei auf jenes Empfinden, das ihm den Weg zu Janeway zeigte. Während Vok durch die Tunnel eilte, betete er zu jenen, die vor ihm den Weg des *Langen Schlafs* und des *Aufsteigens* beschritten – er durfte nicht zu spät kommen.

»Fertig!« Torres sah von ihrer Konsole auf und lächelte zufrieden. Als sie feststellte, daß Chakotay nicht auf der Brücke weilte, aktivierte sie ihren Insignienkommunikator. »Torres an Chakotay. Ich habe die Frequenz gefunden und begebe mich jetzt zum Maschinenraum, um Fähnrich Fowler bei den Sonden zu helfen. In etwa fünfzehn Minuten sollten sie startbereit sein.«

Die Stimme des Ersten Offiziers erklang fast sofort. »Treffen Sie alle notwendigen Vorbereitungen. Ich bin auf der Brücke und warte darauf, mit dem Scan zu beginnen.«

Chakotay erhob sich und atmete tief durch, um wieder ganz in die externe Welt zurückzukehren. Dann verließ er den Bereitschaftsraum. Der Hauptschirm im

Kontrollraum zeigte einen mehrfarbigen Globus in der Schwärze des Alls. Chakotay begriff, daß er den Planeten nun aus einem anderen Blickwinkel sah. Der anfängliche vertraute Eindruck von Urrytha hatte ihn vergessen lassen, daß fremde Welten viele Überraschungen bereithielten.

Zwischen verschiedenen Völkern gab es nicht viele Gemeinsamkeiten, und wenn das doch der Fall zu sein schien, so mußte man später oft die Erkenntnis akzeptieren, sich getäuscht zu haben. Ihre Perspektive und die der Urrythaner konnten nie ganz in Übereinstimmung gebracht werden, und dieser Umstand verlieh dem Planeten eine Aura der Gefahr. Bestenfalls konnten sie gegenseitigen Respekt erreichen, die Bereitschaft, beide Glaubenssysteme und Lebensstile anzuerkennen.

»Torres an Chakotay. Wir sind soweit.«

»Starten Sie die Sonden«, erwiderte Chakotay, ohne den Blick vom Hauptschirm abzuwenden. »Es wird Zeit, die auf dem Planeten festsitzenden Crewmitglieder heimzubringen.«

12

Ban begriff, daß er die Fremden mit Waffen oder einer auf direkter Konfrontation basierenden Strategie nicht besiegen konnte. Sie waren ihnen sowohl in der einen als auch in der anderen Hinsicht überlegen. Er sah seine anfängliche Vermutung bestätigt: Ihre einzige Hoffnung bestand im Überraschungsmoment. Zwar würde es schwer sein, die Entweiher noch einmal zu überraschen, aber genau darin mußte sein Ziel bestehen. Er konnte die Fremden noch so lange durch die Tunnel jagen: Sie würden ihr Ziel erreichen, ohne daß es für ihn eine Möglichkeit gab, sie daran zu hindern. Letztendlich mußten seine Bemühungen vergeblich bleiben. Nur mit Überraschung ließ sich daran etwas ändern.

Es existierten auch einige Faktoren, die Ban und seinen Gefolgsleuten zum Vorteil gereichten. Zum Beispiel verbrachten sie den größten Teil ihres Lebens unter der Oberfläche des Planeten. Ihre Augen brauchten nicht so viel Licht wie die der Außenweltler. Für eine gewisse Zeit kamen sie sogar ganz ohne visuelle Informationen aus und konnten sich mit Hilfe des Tast- und Geruchssinns orientieren. Bisher hatte Ban so etwas nicht für einen Vorteil gehalten, sondern für ganz normal.

Hinzu kam die Tatsache, daß sie sich auf Bans Heimatwelt befanden. Die besonderen Tunnel, durch die sie gerade unterwegs waren, kannte er nicht, aber er war mit vielen anderen vertraut. Er kannte die Denkweise der Ahnen, die diese Stollen konstruiert hatten. Deshalb glaubte er, das System aus unterirdischen Gängen auf eine Weise zu verstehen, zu der die Fremden nie in der Lage sein konnten. Sein Wissen blieb instinktiver Natur, aber er zweifelte nicht an der Möglichkeit, den Gegner irgendwo in die Enge zu treiben.

Und wenn sie das geschafft hatten, war es nur eine Frage der Zeit, bis sich ihre zahlenmäßige Überlegenheit auszahlte. Wenn Ban die Fremden überraschte und ihnen keine Zeit zu einer Reaktion ließ ... Dann kam es vielleicht gar nicht zu einem Kampf. Sein Wunsch nach einer direkten Konfrontation hatte inzwischen nachgelassen; er wollte die Entweiher nur noch von den Alten vertreiben.

Er teilte seine Streitmacht auf, schickte einzelne Gruppen in die Tunnel auf der linken und rechten Seite, wies seine Leute an, parallel zur zentralen Passage vorzustoßen. Ban hoffte, daß eine der Gruppen die Fremden überholen und vor sie gelangen konnte. Einige der Gänge erwiesen sich vermutlich als Sackgassen, und es gab keine Möglichkeit für ihn zu erfahren, wie viele seiner Gefolgsleute es schafften, einen vor den Fremden gelegenen Tunnel zu erreichen. Hoffentlich waren es genug, um für das nötige Überraschungsmoment zu sorgen.

Ban selbst führte eine kleinere Gruppe an, die den Weg durch den zentralen Stollen fortsetzte. Die Fremden waren alles andere als leise und hinterließen eine klare Spur im Staub, der sich auf dem Boden angesammelt hatte. Ohne helles Licht blieben ihre Bewegungen unsicher, und sie kamen nicht sehr schnell voran.

Ban folgte ihnen sehr langsam. Er wollte sich nicht verraten, bevor eine der anderen Gruppen die Fremden überholt hatte und die Falle zuschnappen konnte. Wenn er den Außenweltlern zu nahe kam, gerieten sie vielleicht in Panik und liefen einfach los. Dann ließ sich nicht vorhersagen, welche Richtung sie einschlugen. Möglicherweise verletzte sich sogar jemand. Schlimmstenfalls erreichten sie innerhalb kurzer Zeit die Ruhestätte der ältesten Alten, und das mußte unter allen Umständen verhindert werden.

Janeway ging dicht hinter Kim. Ihnen stand nur wenig Licht zur Verfügung, und sie mußten es so gut wie möglich nutzen. Vor ihnen erstreckten sich weitere Tunnel, alle stockfinster. Mit jedem Schritt wirbelten sie Staub auf, der nicht nur das Atmen behinderte: Die dichten Wolken erschwerten es, in der Düsternis irgendwelche Einzelheiten zu erkennen. Offenbar befanden sie sich hier an einem Ort, den die Urrythaner nur sehr selten aufsuchten. Janeway vermutete, daß in diesem besonderen Tunnel seit Jahrhunderten – vielleicht gar seit Jahrtausenden – niemand mehr unterwegs gewesen war. Möglicherweise hätte sie Ehrfurcht empfunden, wenn sie nicht von einer Horde fanatischer Urrythaner verfolgt worden wären, die irgendwo hinter ihnen durch die Finsternis stapften.

Der Gang war erstaunlich gut erhalten. Die Wände wiesen Nischen auf, die wahrscheinlich einmal Fackeln oder andere Lichtquellen aufgenommen hatten. Janeways Blick glitt über makelloses Mauerwerk: Jeder einzelne Stein war geschickt ausgemeißelt und ziseliert. Sie kamen an einer Zisterne vorbei, die sich als tiefe Mulde in der rechten Wand zeigte und von einer verborgenen Quelle gespeist wurde. Das Wasser war kühl und verlockend. Jeder von ihnen nutzte die Gelegenheit, sich den Staub aus dem Gesicht zu waschen und zu trinken.

Janeway warf einen besorgten Blick in die Richtung, aus der sie kamen. Sie hörte nichts, aber das hatte kaum etwas zu bedeuten.

»Glauben Sie, daß man uns folgt, Captain?« fragte Kim.

»Da bin ich sicher«, erwiderte die Kommandantin. »Sie haben bei den Ruinen nicht mit solcher Entschlossenheit versucht, uns zu überwältigen, nur um uns dann einfach so entkommen zu lassen. Sind inzwischen Sondierungen möglich, Mr. Tuvok?«

»Negativ, Captain. Die Lebenskraft scheint unter der Oberfläche des Planeten noch stärker zu sein als darüber. Alle Frequenzen sind blockiert – derzeit lassen sich mit den Tricordern keine Ortungsdaten gewinnen. Außerdem wächst die Intensität der Emanationen auch weiterhin.«

Janeway beugte sich zur Wand vor, berührte sie vorsichtig und spürte dabei eine leichte Vibration. Sie glaubte auch, ein dumpfes Summen zu vernehmen. Was ging hier vor? Bahnten sich Veränderungen an, die neue Gefahren heraufbeschworen? Wenn die Vibrationen im gleichen Maße stärker wurden wie die Lebenskraft, so dauerte es vermutlich nicht mehr lange, bis hier alles einstürzte.

Kim ging zur anderen Seite des Tunnels, wo der untere Teil einer Säule aus der Wand ragte. Mit dem Tricorder in der Hand kniete er davor. Einige Sekunden später stand er wieder auf und drehte sich um.

»Captain!«

»Ja?« Janeway trat rasch zu ihm. Tuvok kam nicht näher, ging langsam im Kreis und behielt beide Richtungen des Tunnels im Auge.

»Sehen Sie sich das an.« Kim hob den Tricorder, damit Janeway einen Blick aufs Display werfen konnte. »Die Botschaft dieser Säule unterscheidet sich von der der anderen. Sie ist vollständiger. Und dann das Datum. Wenn ich richtig übersetzt habe, wurde diese Säule vor über zehntausend Jahren errichtet.«

Janeway versuchte, dem jungen Fähnrich aufmerksam zuzuhören, aber es fiel ihr schwer, sich auf seine

Ausführungen zu konzentrieren *und* wegen der Urrythaner besorgt zu sein, die sie verfolgten.

Sie sah aufs Display und las: »Hier ruht Lin, Sohn von Les, Bruder von Mat. Mit offenen Armen nähert er sich dem *Großen Erwachen* durch den Tunnel des *Langen Schlafs*. Er träumt und bereitet sich auf das kommende Wunder des *Aufsteigens* vor. So wie sein Vater vor ihm und in der Hoffnung, daß sein Bruder ihm folgt, wird Lin eins mit dem Boden. In Ruhe strebt er nach den Sternen, so wie er im *Großen Erwachen* nach ihnen streben wird.«

Janeway sah auf. »Das klingt so ähnlich wie bei den anderen Inschriften. Warum halten Sie dies für etwas Besonderes?«

»Lesen Sie weiter, Captain«, sagte Kim aufgeregt. »Was Sie bisher gelesen haben, stammt von der Säule. Aber es gibt noch mehr Text, und er betrifft die Hieroglyphen in dem Stein *neben* der Säule. Offenbar hat Vok uns nicht die ganze Wahrheit gesagt, oder er wußte es nicht besser. Ich bin ziemlich sicher, daß sich seit vielen Jahren niemand an diesem Ort aufgehalten hat. Vielleicht bekam Vok nie Gelegenheit, sich mit diesen Aufzeichnungen zu befassen. Derartige Botschaften erfreuen sich bei den hiesigen Geschichtenerzählern sicher keiner großen Beliebtheit.«

Janeway sah erneut aufs Display und ließ die Darstellung scrollen.

»Hiermit wird Zeugnis gegeben vom Dahinscheiden Mats, Sohn von Les, Bruder von Lin. Am heutigen Tag legte man ihn zur letzten Ruhe. Der *Lange Schlaf* blieb ihm vorenthalten, und ihm wurde der Segen des *Ambiana* genommen. Er wird nicht aufsteigen und nie in die Fußstapfen von Lin treten. Möge seine Seele in Frieden ruhen.«

»›Und ihm wurde der Segen des *Ambiana* genommen‹«, wiederholte Janeway. »Es gibt – oder gab – also eine Möglichkeit, die Wirkung umzukehren. Vielleicht ist sie inzwischen in Vergessenheit geraten … Im Kontext der urrythanischen Kultur scheint so etwas eine sehr harte Strafe zu sein.«

»Für eine Kultur, die ans Aufsteigen zu einer höheren Existenzebene glaubt, muß der Tod auf dieser Ebene ewige Verdammnis bedeuten«, kommentierte Tuvok.

Bevor sie ihr Gespräch fortsetzen konnten, hörten sie plötzlich leise Stimmen und das Geräusch von Schritten, sowohl vor als auch hinter ihnen. Die Urrythaner eilten durch den Tunnel, jeweils drei nebeneinander. Irgendwie hatten sie es geschafft, nicht nur zu Janeway und ihren beiden Begleitern aufzuschließen, sondern in den vor ihnen liegenden Bereich zu gelangen und den Verfolgten dadurch den Fluchtweg abzuschneiden.

Janeway stand Rücken an Rücken mit Tuvok, und Kim preßte sich an die Wand neben ihnen. Sie eröffneten sofort das Feuer und versuchten, möglichst viele Urrythaner außer Gefecht zu setzen. Doch die Kommandantin wußte, daß es auf diese Weise nicht lange weitergehen konnte. Die Ladeanzeige ihres Phasers wies auf ein energetisches Potential von nur noch fünfundzwanzig Prozent hin. Bei den Waffen von Kim und Tuvok sah die Sache bestimmt ähnlich aus.

Sie hielten sich nicht damit auf, Worte zu verlieren. Die Angreifer näherten sich, nutzten gefallene Kameraden als Deckung, kamen einem endlosen Strom gleich aus der Dunkelheit: eine Flut aus schmalen, kummervollen Gesichtern und langen, mehrgelenkigen Gliedern.

Jene Vibrationen, die Janeway zuvor gespürt hatte, wurden nun stärker. Staub rieselte von der Decke, gefolgt von kleinen Steinen. Janeway, Kim und Tuvok hielten es für besser, ein wenig von der Wand fortzuweichen.

»Captain!« rief Tuvok. »Mir ergeht es jetzt wie Kes – ich spüre etwas. Die Lebenskraft wird so stark, daß ihre Ausstrahlungen bis in mein Bewußtsein reichen.«

Plötzlich übertönte eine Stimme den Lärm des Kampfes und das Summen, das mit den Vibrationen einherging. Zwar war sie nicht sehr laut, aber Autorität erklang in ihr.

»Aufhören!« Zuerst schien die Stimme zu leise zu sein, aber irgendwie verschmolz sie mit den Vibrationen und wurde dadurch stark genug, um weit durch den Tunnel zu hallen. »Hört sofort auf!«

Janeway drehte sich um und versuchte, über die Angreifer auf ihrer Seite hinwegzublicken. Eine einzelne Gestalt stand aufrecht und stolz weiter hinten im Tunnel, ignorierte sowohl das Phaserfeuer als auch die Gefahr, daß der unterirdische Gang einstürzte. Seltsames Licht flackerte in den Augen des Urrythaners und glühte durch die Finsternis.

Die Kommandantin erkannte Vok. Langsam trat er vor und hob die Arme zu einer Geste, die zur Ruhe mahnen sollte. Das Licht in seinen Augen wurde jäh heller, und Falten der Konzentration zeigten sich in seinem Gesicht – in Voks Innern schien eine heftige Auseinandersetzung stattzufinden.

»Ban!« rief er. »Sie glauben, das urrythanische Erbe zu schützen, aber da irren Sie sich. Lassen Sie die Besucher aus dem All gehen. Wir stehen unmittelbar vor ...« Vok unterbrach sich, taumelte und trachtete danach, nicht die Kontrolle über sich zu verlieren. »Wir stehen unmittelbar vor dem *Erwachen*. Es findet hier und jetzt statt. Nichts darf die Harmonie und die *Eine Stimme* stören, denn sonst könnte sich Hoffnung in Verderben verwandeln. Verstehen Sie? Ihre Aktion könnte ... das *Erwachen* ... verhindern.«

Er trat noch einen Schritt vor, ließ den Blick über die ihm zugewandten Personen schweifen und sank dann auf ein Knie. Seine Augen schienen sich zu trüben, und plötzlich befanden sich andere Urrythaner an seiner Seite, jene, die eben noch versucht hatten, Janeway, Kim und Tuvok zu überwältigen. Sie stützten Vok, hoben ihn vorsichtig hoch und winkten ihren Gefährten zu.

Der Angriff war so schnell vergessen, wie er begonnen hatte, und Janeway fand sich einem hochgewachsenen, schlanken Fremden gegenüber. Er starrte sie groß an, setzte sich dann unsicher in Bewegung. Als er näher kam, erkannte sie ihn: Vok hatte ihr diesen Urrythaner als Ban vorgestellt.

»Das *Erwachen*«, sagte er voller Ehrfurcht. »Ich hätte nie gedacht, einmal so etwas zu erleben. Vok forderte uns auf, Sie in Ruhe zu lassen. Er meinte, es genügte völlig, die Frau aus Ihrer Gruppe zur Erleuchtung zu führen. Aber ich hörte nicht auf ihn. Eigentlich wollte er gar nicht, daß wir sie holten – das verstehe ich nun. Ich war so versessen darauf, Anführer zu sein und mit dem Schutz der Ahnen Ehre zu erwerben, daß ich die Lehren eben jener Ahnen vergaß.«

Janeway steckte ihren Phaser ein und sah ihre beiden Begleiter an. »Ich glaube, uns bleibt nicht mehr viel Zeit, um Antworten zu finden. Ich bin nicht sicher, ob dieser Tunnel stabil ist, und deshalb sollten wir hier so wenig Zeit wie möglich verbringen. Setzen wir die Suche fort. Wenn wir nichts finden, müssen wir darauf vertrauen, daß dem Doktor etwas einfällt. Wie dem auch sei: Ich möchte nicht mit leeren Händen zurückkehren.«

Kim nickte und richtete seine Aufmerksamkeit wieder auf die Wände mit den sonderbaren Symbolen. Tuvok hingegen wirkte wie in Trance. Völlig reglos stand er da und beobachtete, wie die jüngeren Urrythaner Vok auf ihre Schultern hoben.

»Tuvok«, sagte Janeway leise. Und noch einmal, mit etwas mehr Nachdruck: »Tuvok!«

Langsam drehte er sich um, und sein Blick reichte dabei in die Ferne. Dann schüttelte er den Kopf und öffnete den Mund.

»Ich ...« Er sprach nicht weiter, wandte sich halb ab und sah zu Kim.

»Was ist los, Tuvok?« fragte Janeway. »Was haben Sie gesehen? Was haben Sie ... gespürt?«

»In mir entstand der ausgesprochen unlogische Wunsch, mich hinzulegen und zu schlafen, Captain«, antwortete der Vulkanier und mied dabei Janeways Blick. »Es war ein sehr *angenehmes* Empfinden. Ich halte es für besser, mich zu beschäftigen und durch die derzeitige Aufgabe abzulenken. Andernfalls bin ich vielleicht nicht imstande, dem Drang zu widerstehen, sollte er mich noch einmal heimsuchen. Die Harmonie ist ein sehr attraktives Phänomen. Ich verstehe jetzt, warum die Bewohner dieser Welt so sehr danach streben.«

Janeway musterte Tuvok. Mangel an Kontrolle über das eigene Selbst war alles andere als typisch für den Vulkanier. Sie beschloß, nicht näher darauf einzugehen, folgte ihren beiden Begleitern zur Wand. Die Zeit wurde knapp; es kam nun darauf an, möglichst viel herauszufinden und das unterirdische Tunnelsystem anschließend zu verlassen.

Als Janeway vortrat, schien ihr das Schicksal einen Streich spielen zu wollen. Ein langer Riß, der irgendwo in den dunklen Tiefen des Tunnels begann, dehnte sich knackend und knirschend im Boden aus. Innerhalb weniger Sekunden entstand eine tiefe Schlucht, die alle Anwesenden zu verschlingen drohte. Janeway sprang zurück und versuchte am Rand der Passage das Gleichgewicht zu wahren. Plötzlich bildete sich in der Wand hinter ihr eine Öffnung, und sie wankte hinein. Dunkelheit umhüllte sie und verwehrte ihr den Blick zum Hauptgang. Sie fiel, und Schmerz entflammte hinter ihrer Stirn, als sie mit dem Kopf an einen Stein stieß. Janeway versuchte, nicht darauf zu achten, stemmte sich wieder hoch und taumelte zum Zugang des Nebentunnels zurück.

Im Hauptgang streckte Tuvok die Hand aus, um Kim festzuhalten, aber er reagierte nicht schnell genug. Als der tiefe Spalt im Boden noch breiter wurde, rutschte der junge Fähnrich über seinen Rand hinweg. Geröll löste sich unter ihm, und verzweifelt versuchte er, sich irgendwo festzuhalten.

Janeway hatte inzwischen die Öffnung in der Seitenwand erreicht und rief Kims Namen. Tuvok beugte sich weit über den Rand des Spalts, aber er bekam keine Gelegenheit, den Fähnrich hochzuziehen. Kims Hände fanden keinen Halt, und er rutschte endgültig ab, verschwand in der dunklen Tiefe. Sein entsetzter Schrei verklang irgendwo in der Finsternis.

»Captain!«

Es fiel Janeway schwer, sich auf Tuvok zu konzentrieren, der auf der anderen Seite des tiefen Spalts stand und in ihre Richtung sah.

»Folgen Sie dem Verlauf des Nebentunnels und versuchen Sie, die Oberfläche zu erreichen. Ich mache mich von hier aus auf den Weg.«

Janeway nickte benommen und konnte es noch immer nicht fassen. Kim war so jung gewesen, so voller Leben und Enthusiasmus. Ein Gefühl von Schuld nagte in ihrem Innern, wie immer, wenn sie ein Besatzungsmitglied verlor. In diesem Fall kam hinzu, daß sie Kim sehr gemocht hatte. Mühsam verdrängte sie diese Empfindungen. Ein guter Captain mußte imstande sein, derartige Gefühle beiseite zu schieben und sich ganz der Pflicht zu widmen. Der Tod eines einzelnen Crewmitglieds änderte nichts an ihrer Verantwortung, wie intensiv auch immer der damit einhergehende Schmerz sein mochte. Janeway erinnerte sich daran, daß die anderen sie brauchten, um alles heil zu überstehen, unter ihnen auch Tuvok.

Sie wandte sich rasch ab, um der Versuchung zu widerstehen, in den Spalt hinabzuklettern und dort nach Kim Ausschau zu halten. Statt dessen eilte sie durch den Nebentunnel, lief durch die Dunkelheit und stieß dabei immer wieder gegen Hindernisse. Bei Abzweigungen wählte sie jeweils den Tunnel, der nach oben zu führen schien.

Irgendwann streckten sich ihr plötzlich Arme entgegen. Janeway gab einen erschrockenen Schrei von sich und zog ihren Phaser.

»Bitte«, tönte es aus der Finsternis. »Ich möchte Ihnen helfen. Ich zeige Ihnen einen Weg zur Oberfläche.«

Janeway konnte in der Schwärze keine Einzelheiten erkennen, aber die Stimme klang vertraut.

»Wer sind Sie?« fragte sie.

»Ich bin Ban«, lautete die Antwort. »Ich bin für all dies verantwortlich, für die Angriffe und die Zerstörung. Bitte, lassen Sie mich Ihnen helfen.«

Janeway sah nur Dunkelheit, doch der Urrythaner vor ihr schien sie problemlos sehen zu können. Sie zögerte einige Sekunden lang und nickte dann. »Ich wäre Ihnen sehr dankbar, wenn Sie mich nach draußen bringen könnten«, erwiderte sie. »Vielleicht bin ich dann imstande, eine Kom-Verbindung mit dem Raumschiff herzustellen.«

Ban gab keine Antwort, aber Janeway spürte, wie sich lange, dünne Finger sanft um ihren Arm schlossen und sie behutsam in die Richtung zogen, in die sie bereits unterwegs gewesen war.

Während der nächsten Minuten wechselte ihr Führer so oft die Richtung, daß Janeway schon bald die Orientierung verlor. Sie dachte an die Möglichkeit, daß Ban sie vielleicht tiefer ins Tunnelsystem führte, um sie dann dem Tod auszuliefern. Doch irgend etwas in seinem Tonfall wies darauf hin, daß er es ernst meinte, daß er ihr wirklich helfen wollte, aus welchen Gründen auch immer. Janeway war ziemlich sicher, daß sie ihm vertrauen durfte.

Schließlich sah sie weiter vorn ein vages Glimmen, das kurze Zeit später heller wurde – ein Ausgang.

»Dort gelangen Sie in die Nähe des Ortes, wo Sie auf dem Planeten erschienen«, erklärte Ban und ließ Janeways Arm los. »Ich muß zurück. Wenn wirklich das *Erwachen* bevorsteht, möchte ich es auf keinen Fall verpassen. Obwohl ich mich einer solchen Freude als unwürdig erwiesen habe.«

»Meine beiden Begleiter ...«, brachte Janeway hervor. »Zwei meiner Offiziere befinden sich noch im Tunnelsystem. Einer ist vermutlich tot. Außerdem befindet sich Fähnrich Kayla nach wie vor in Ihrer Gewalt.«

»Die Frau namens Kayla wird auf den *Langen Schlaf* vorbereitet«, erwiderte Ban. Er seufzte leise. »Inzwischen ist es vielleicht zu spät, um ihren *Schlaf* zu verhindern. Was Ihre beiden Gefährten in den Tunneln betrifft ... Ich habe einige meiner Freunde beauftragt, nach ihnen zu suchen. Leider weiß ich nicht, ob sie es geschafft haben, ins Freie zu gelangen.«

Das Knirschen in der Tiefe schwoll an, wurde zu einem fast ohrenbetäubenden Donnern. Janeway drehte sich und blickte ins Sonnenlicht jenseits des Tunnels. Sie begriff plötzlich, was die Geräusche und Vibrationen bedeuteten: Die *Eine Stimme* begann mit einem überaus beeindruckenden Crescendo.

Janeway sah dorthin, wo eben noch Ban gestanden hatte, doch der Urrythaner war verschwunden.

Die Kommandantin gab sich einen Ruck, setzte erneut einen Fuß vor den anderen und eilte dem Ausgang des Tunnels entgegen. Sie hoffte inständig, daß die anderen eine Möglichkeit gefunden hatten, den

Planeten zu verlassen – und daß sie selbst dazu imstande war.

Und dann blieb der Tunnel hinter ihr zurück. Plötzlich befand sich Janeway wieder an der Oberfläche, sank ins Gras und schnappte nach Luft, während der Boden unter ihr immer heftiger vibrierte.

Sie klopfte auf ihren Insignienkommunikator. »Janeway an *Voyager*.«

Zuerst hörte sie gar nichts. Dann drang statisches Knistern aus dem Lautsprecher, und sie glaubte, eine Stimme zu vernehmen, die allmählich lauter wurde. Oder bildete sie sich das nur ein?

Sie setzte sich auf.

»Captain!« Es war Chakotays Stimme. »Wir haben Sonden gestartet, deren Kommunikationsrelais die harmonischen Resonanzen der Lebenskraft ausnutzen. Bleiben Sie an Ort und Stelle. Wir sollten gleich in der Lage sein, den Transferfokus auf Sie zu richten.«

»Ich warte«, erwiderte Janeway. Sie sank ins Gras zurück und versuchte, nicht an Kim und Tuvok zu denken – gerade jetzt durfte sie auf keinen Fall die Kontrolle über sich verlieren.

Kurze Zeit später spürte sie das Prickeln der Entmaterialisierung, und sie fand sich auf der Transporterplattform an Bord der *Voyager* wieder.

Janeway bekam eine Dosis des vom Doktor entwickelten Gegenmittels, und anschließend wollte man sie zur Krankenstation bringen. Doch sie schüttelte den Kopf und straffte die Schultern.

»Ich muß zur Brücke«, sagte sie ernst.

13

Als Paris und Kes tiefer in den dunklen Tunnel vorstießen, wehten ihnen Geräusche des Kampfes durch die Finsternis entgegen. Sie beeilten sich, aber gleichzeitig mußten sie vorsichtig sein, um nicht entdeckt zu werden, bevor sie Hilfe leisten konnten. Außerdem waren sie nicht mit dieser völlig fremdartigen Umgebung vertraut, und auch deshalb kamen sie nicht so schnell voran, wie sie es sich wünschten. Immer wieder leuchtete Paris mit seiner Lampe, und in ihrem Schein sahen sie deutliche Spuren im Staub: Einige stammten von Starfleet-Stiefeln, andere nicht. Recht viele Urrythaner schienen hier unterwegs gewesen zu sein, und Paris bemerkte zwei Stellen, an denen sich die Einheimischen geteilt hatten: Je eine Gruppe wandte sich nach rechts und links, während die dritte den Weg durch den zentralen Gang fortsetzte.

»Die Urrythaner lernen schnell«, kommentierte Paris. Er richtete den Lichtstrahl auf die Fußspuren, die auf der einen Seite in die Dunkelheit führten. »Einige von ihnen sind vorausgeeilt, um Captain Janeway, Kim und Tuvok in die Zange zu nehmen.«

Er wandte sich wieder der mittleren Passage zu und ging weiter. »Hoffentlich ließ sich der Captain nicht in eine Falle locken.«

Weder er noch Kes wollten über die andere Möglichkeit nachdenken. Es war eine Sache, zur Gruppe des Captains aufzuschließen und ihr beim Kampf zu helfen. Ganz anders sah die Sache aus, wenn Janeway, Kim und Tuvok in Gefangenschaft geraten oder vielleicht sogar getötet worden waren.

Die Geräusche des Kampfes weckten neue Zuversicht in ihnen. Immer wieder zischten Phaser – der Captain und ihre beiden Begleiter waren also noch nicht überwältigt worden.

Der steinerne Boden und die Wände begannen zu vibrieren. Staub und Steinfragmente rieselten von der Decke, sorgten dafür, daß Paris' Nervosität wuchs. Die Vibrationen schienen sich in seinen Beinen fortzupflanzen, von dort aus durch den ganzen Körper zu tasten und schließlich auch das Gehirn zu erreichen.

»Es klingt so, als würde hier alles einstürzen«, brummte der Pilot. Er stieß die Worte fast wie einen Fluch hervor. »Vielleicht erleben wir gerade den Beginn eines Erdbebens, das uns lebendig begräbt.«

»Es ist kein Beben«, erwiderte Kes wie verträumt. »Wir werden Zeugen des Erwachens. Die Stimme des Planeten wird stärker und umfassender. Sie ist voller Freude und Glück. Was Sie jetzt fühlen, Tom ... Jede Zelle, jede einzelne Komponente der Harmonie dehnt sich aus, mit dem Ziel, alles zu einem einzigen Ton zu verschmelzen.«

»Nun«, sagte Paris, »wenn wir das Tunnelsystem nicht schleunigst verlassen, haben *wir* bald keinen Grund zur Freude mehr. Von mir aus kann es auf dieser Welt so viel Harmonie geben, wie sich die Urrythaner wünschen. Aber sie sollten die Lautstärke ein wenig herunterdrehen.«

Weiter vorn verstummten die Phaser plötzlich, und plötzlich bestand die akustische Kulisse nur noch aus dem Summen der Wände und dem leisen Zischen ihrer Atemzüge. Das Herz klopfte Paris bis zum Hals empor. Waren Janeway und die anderen den Angreifern zum Opfer gefallen? Kamen sie zu spät? Er lief los und versuchte, die restliche Distanz so schnell wie möglich zurückzulegen. Dabei war er so sehr auf seine Schritte und den Rhythmus des eigenen Atmens konzentriert, daß er den Spalt im Boden überhaupt nicht bemerkte.

»Tom!« rief Kes hinter ihm. »Passen Sie auf!«

Im letzten Augenblick warf er sich zur Seite und vermied dadurch einen fatalen Sturz in die Tiefe. Kes hielt ihn am Rand des Abgrunds fest, aber dadurch geriet sie selbst ins Taumeln und brauchte ihrerseits Paris' Hilfe, um nicht das Gleichgewicht zu verlieren. Sie ließen sich beide zur Seite kippen, in eine Öffnung, die sich in der rechten Wand gebildet hatte. Hinter ihnen wogte Staub und bildete eine dichte Wolke, die das Licht von Paris' Lampe verschluckte und keine Details mehr erkennen ließ.

Er hörte Schreie, die aus einem weiter vorn gelegenen Bereich des Haupttunnels zu kommen schienen. So sehr er auch die Ohren spitzte – er konnte keine einzelnen Worte verstehen. Die Stimmen kamen aus zu weiter Ferne, und das Knirschen und Knacken im berstenden Felsgestein war noch immer viel zu laut. Paris wußte nicht einmal, ob die Schreie von Menschen oder Urrythanern stammten.

Er hielt Kes dicht an sich gepreßt und bemühte sich, sie mit seinem eigenen Körper zu schützen, während um sie herum Steine herabfielen. Schließlich verebbte das Donnern allmählich. Die summenden Vibrationen ließen nicht nach, aber die Tunnel und ihre Umgebung fanden offenbar zu einem neuen Gleichgewicht. Noch immer wogten dichte Staubwolken, und gelegentlich lösten sich weitere Steine aus den Wänden, aber die Decke erweckte nicht mehr den Eindruck, jederzeit einstürzen zu können.

»Gehen wir«, sagte Paris. Er stand auf und kehrte mit einigen raschen Schritten zum Hauptgang zurück.

Am Rand des Spalts, der vom früheren Tunnelboden fast gar nichts mehr übrig ließ, verharrte er und leuchtete nach unten. Der Abgrund war wesentlich tiefer, als er zunächst angenommen hatte. Paris schauderte. Wenn sie auch nur eine Sekunde gezögert hätten, in den Seitengang zu springen ... Dann wäre es um sie geschehen gewesen.

An den Wänden der neu entstandenen Schlucht bemerkte er die unteren Segmente uralter Säulen. Wie riesige, stumme Wächter ragten sie auf. Der tiefe Spalt endete an ihren Sockeln. Man hätte fast meinen können, daß Absicht dahintersteckte, daß jemand – etwas – bestrebt gewesen war, die Säulen freizulegen.

Weitere Ruinen wurden sichtbar, und ihre Mauern reichten in die Tiefe. Das weit verzweigte Tunnelsystem schien auf den Resten einer früheren Zivilisation errichtet worden zu sein. Dunkle Hohlräume erstreckten sich hinter halb verschütteten Türen, und Paris sah auch Treppen, die sich zwischen den Säulen hin und her wanden. Fenster gewährten Einblick in Säle und Kammern.

Die Szene erinnerte Paris an Darstellungen, die er in alten Aufzeichnungen gesehen hatte. Die Datenbanken der *Voyager* enthielten auch viele Bilder von terranischen Kunstwerken. Ein Name fiel ihm ein: Escher. Manche Treppen führten zu keinem bestimmten Ort und endeten an Stellen, wo sich vor der Öffnung des Spalts die nächste Ebene befunden hatte. Hinter einigen Türen wartete Leere. Seltsame architektonische Mischungen zeigten sich dort, wo die Ruinen einer Generation in die der nächsten übergingen.

Paris beugte sich noch etwas weiter vor und spähte in die Düsternis hinab. Etwas hatte sich bewegt. Der Pilot versuchte, die Dunkelheit mit seinen Blicken zu durchdringen und an jener Stelle Einzelheiten zu erkennen, wo ihm gerade eine Bewegung aufgefallen war.

»Sehen Sie dort etwas, Kes?« fragte Paris.

Er deutete in die entsprechende Richtung, und die Ocampa beugte sich ebenfalls vor. Sie sah die Gestalt auf dem Sims weiter unten nicht in dem Sinn, *spürte* eher ihre Präsenz. Als sie einen Teil ihres Selbst danach ausstreckte, wurde das Bild deutlicher. *Kim.* Es war Kim, und er hatte Probleme.

»Harry ist dort unten«, sagte Kes und wich vom Rand zurück. »Wir müssen ihn da rausholen. Er befindet sich auf einem kleinen Sims, und ich weiß nicht, wie stabil er ist. Einen Sturz bis zum Boden des Spalts könnte Kim bestimmt nicht überleben.«

Paris begriff, daß er sich so schnell wie möglich etwas einfallen lassen mußte. Er war nicht direkt auf einer Kletterpartie vorbereitet, aber er führte mehr Ausrüstungsgegenstände mit sich, als es normalerweise der Fall war. Bevor sie das Shuttle verließen, hatte er ein Überlebenspaket mitgenommen – immerhin konnten sie zu jenem Zeitpunkt nicht wissen, was sie erwartete. Es enthielt auch ein Kunststoffseil, das sich hoffentlich als lang genug erwies. Darüber hinaus verfügte Paris über einige Bergsteigererfahrungen – obwohl er nie damit gerechnet hatte, unter Umständen wie diesen darauf zurückgreifen zu müssen.

Einmal mehr beugte er sich über den Rand der Schlucht. »Hören Sie mich, Harry? Ist alles in Ordnung mit Ihnen?«

In den Schatten weiter unten bewegte sich erneut etwas. »Ich ... ich glaube schon«, erklang eine leise Antwort. »Können Sie mich hier herausholen?«

»Das werde ich zumindest versuchen!« rief Paris. »Halten Sie durch.«

Er wandte sich an Kes. »Wir müssen an der Wand entlangklettern und eine Stelle direkt über Kim erreichen, um dann das Seil zu ihm herabzulassen – in der Hoffnung, daß es lang genug ist. Wenn nicht ... Dann bleibt mir keine andere Wahl, als einen Abstieg zu versuchen, um die Entfernung zu Kim zu verringern. Sie müssen oben bleiben, um uns beiden aus dem Spalt zu helfen.«

Kes nickte, und ein wacher Glanz kehrte in ihre Augen zurück, als sie sich ganz auf die gegenwärtige Aufgabe konzentrierte. Die Ocampa spürte deutlich, was um sie herum geschah, aber sie unterlag nicht dem Einfluß des Planeten. Paris atmete auf. Zuvor, bei ihren Schilderungen in Hinsicht auf das ›Erwachen‹, hatte Paris ihren besonderen Gesichtsausdruck bemerkt und befürchtet, daß sie sich endgültig in den Emanationen der fremden Lebenskraft verlor. Kim hockte hilflos auf einem Felssims, und um sie herum schien eine ganze Welt bersten zu wollen. In einer solchen Situation fühlte man sich besser, wenn man nicht allein war.

Vorsichtig schoben sich Paris und Kes im Haupttunnel am Rand des Spalts entlang. Vom Boden war hier gerade genug Platz geblieben, um die Füße nebeneinander zu stellen. Sie trachteten danach, sich so gut es ging an der Wand festzuhalten. Gleich mehrmals drohte Paris abzurutschen, als sich Steine unter ihm lösten und in die Tiefe polterten. Sein Herz schlug immer schneller, und das Haar klebte ihm an der feuchten Stirn fest. Schweiß rann ihm übers Gesicht und brannte in den Augenwinkeln.

Weit vorn, am Zugang eines anderen Seitentunnels, bemerkte er einen Sims, etwas breiter als der schmale Vorsprung, auf dem sie derzeit unterwegs waren: ein geeignetes Ziel. Paris sehnte sich danach, endlich wieder festen Boden unter den Füßen zu haben und sich nicht irgendwo festklammern zu müssen. Die schweißfeuchten Finger glitten immer wieder an der Felswand ab, und hinzu kamen die Vibrationen, die seine Hände allmählich taub werden ließen.

Kes folgte ihm mit einer Mühelosigkeit, die Paris verblüffte. Ihre zarte Statur erwies sich nun als großer Vorteil, denn dadurch fiel es ihr leichter, Halt zu finden. Mit erstaunlicher Anmut trat sie über den schmalen Vorsprung hinweg, mied dabei jene Stellen, die teilweise unter dem größeren Gewicht des Piloten nachgegeben hatten. Offenbar konnte sie sich selbst dort festhalten, wo für Paris die Felswand völlig glatt war. Nach einer halben Ewigkeit standen sie schließlich auf dem breiteren Vorsprung und blickten wieder in den Spalt. Paris atmete mehrmals tief durch, um sich zu beruhigen. Mit dem Ärmel wischte er sich den Schweiß von der Stirn.

Von ihrer gegenwärtigen Position aus konnten sie Kim deutlich erkennen. Er stand nun, blickte nach oben und schirmte sich mit erhobenen Händen die Augen ab, um sie vor herabrieselndem Staub zu schützen. Paris stellte fest, daß sich der junge Fähnrich an die Wand preßte – er schien zu befürchten, daß der Sims unter ihm abbröckelte, wodurch ihm ein fataler Sturz in die Tiefe drohte. Kim bemühte sich offenbar, das eine Bein nicht zu belasten, und dieser Umstand weckte noch mehr Besorgnis in Paris.

Rasch machte er sich ans Werk, öffnete das mitgebrachte Überlebenspaket und kramte darin herum, bis er das Seil fand. Es war dünn und wog nicht sehr viel, beanspruchte nur wenig Platz in dem Paket. Auf den ersten Blick wirkte die Kunststoffaser nicht besonders strapazierfähig, aber dieser Eindruck täuschte: Sie hielt das Gewicht von zwei erwachsenen Männern aus, wie Paris aufgrund seiner Akademie-Ausbildung wußte. In dieser Hinsicht gab es also keine Probleme. Die Frage lautete nur: War das Seil lang genug?

Erneut beugte er sich über den Rand des Spalts und rief: »Ich lasse jetzt ein Seil zu Ihnen hinab, Harry. Geben Sie mir Bescheid, wenn es Sie erreicht.«

Er begann damit, die Kunststoffaser Hand über Hand hinabzulassen. Das eine Ende band er sicherheitshalber an seinem Gürtel fest. Während er auf diese Weise beschäftigt war, setzten sich die Vibrationen fort. Zwar lösten sich derzeit keine Steine aus den zitternden Wänden, aber trotzdem wuchs die Besorgnis des Piloten. Plötzliche Erschütterungen konnten zu einem Fehler führen, der Kim das Leben kostete – und ihn ebenfalls.

Schließlich hatte er das ganze Seil hinabgelassen, ohne etwas von Kim zu hören. Kes blickte in die Tiefe, leuchtete mit ihrer Lampe in Richtung Sims und stellte fest: Das Ende des Seils baumelte über Kim, außerhalb seiner Reichweite.

»Es fehlen etwa zwei Meter«, sagte sie und wich zurück. »Wir müssen irgendeine Möglichkeit finden, es noch tiefer hinabzulassen.«

»Harry!« rief Paris. »Mehr Seil steht uns leider nicht zur Verfügung. Haben Sie die Möglichkeit, mindestens zwei Meter weit nach oben zu klettern?«

Kurze Stille folgte, und dann antwortete Kim: »Ich glaube nicht, Tom. Ich sehe einen anderen Sims, etwa zehn Meter über mir, aber bis dahin schaffe ich es bestimmt nicht. Mein rechtes Knie ist verletzt – das betreffende Bein kann ich derzeit nicht belasten.«

Kims Stimme klang eigentlich ganz normal, aber ein kaum hörbares Zittern darin teilte Paris mit, daß es dem jungen Fähnrich ziemlich mies ging.

Paris fluchte leise, holte das Seil ein, blickte über den Rand und beobachtete die sich unter ihm erstreckende Felswand. In einer Tiefe von fünf Metern bemerkte er einen Sims, der breit genug zu sein schien, um zwei Personen genug Platz zu bieten. Er wußte nicht, ob der Vorsprung stabil war, aber das wußte er auch nicht von dem Vorsprung, auf dem Kes und er gerade standen. Außerdem: Die Vibrationen konnten praktisch von einem Augenblick zum anderen neue Instabilität schaffen, und wenn in diesem Bereich viele Tonnen Felsgestein in Bewegung gerieten, blieb ihnen kaum eine Überlebenschance. Paris mußte einfach darauf vertrauen, daß jener Sims nicht unter ihm nachgab.

»Ich klettere zu dem Vorsprung dort unten hinab«, sagte er zu Kes. »Bitter sichern Sie mich für den Fall, daß ich abrutsche.« Er sah sich um, entdeckte einen runden Felsen und schlang das Seil zweimal um ihn herum. Dann reichte er das eine Ende der Kunststofffaser Kes und wickelte sich das andere um die Taille. Er achtete darauf, daß das Seil über seine Schulter hinwegreichte und zwischen den Beinen hindurchführte – das eigene Gewicht und die Schwerkraft sollten gewährleisten, daß er nicht zu schnell nach unten sank.

»Ziehen Sie es fest«, wies er Kes an. Als alle Vorbereitungen getroffen waren, winkte er der Ocampa kurz zu, lächelte nervös, trat rückwärts zum Rand und begann mit dem Abstieg.

»Tom!« rief ihm Kes nach. Er zögerte kurz, hob den Kopf und begegnete ihrem Blick. »Seien Sie vorsichtig.«

Er nickte und konzentrierte seine Aufmerksamkeit dann wieder auf das Bemühen, mit heiler Haut in die Tiefe zu gelangen. Während seiner Zeit an der Akademie war er dann und wann geklettert, doch später fand er kaum mehr Gelegenheit dazu. Jetzt bedauerte er es, sich die damals erworbenen Fähigkeiten nicht mit Hilfe von Holodeck-Training bewahrt zu haben. Diesen Fehler wollte er auf keinen Fall wiederholen, wenn – falls – er zur *Voyager* zurückkehrte.

Paris bewegte sich vorsichtig, ohne dabei zu langsam zu werden. Durch die besondere Anordnung des Seils wirkte sein eigenes Körpergewicht als Bremse. Kes leistete gute Dienste am anderen Ende des Seils: Immer gab sie genau im richtigen Augenblick nach, um ihm einen kontinuierlichen Abstieg zu ermöglichen. Es dauerte nicht lange, bis er den anvisierten Sims erreichte.

Als er von dort aus in die Tiefe blickte, fühlte er sich von Schwindel erfaßt. Um ihn herum ragten Felswände und Säulen empor, und tief unten vereinten sie sich mit der Dunkelheit eines schier bodenlosen Abgrunds. Er konnte Kim jetzt deutlicher erkennen: Der Fähnrich stand auf einem schmaleren Sims.

Paris hatte nur wenig Platz, aber daran ließ sich nichts ändern. Er tastete umher und fand nach kurzer Suche eine geeignete Auswölbung in der Felswand. Selbst wenn er mit aller Kraft zog: Kim mußte seine Bemühungen unterstützen. Andernfalls schafften sie es nicht, ihn aus dem Spalt zu holen.

»Also gut«, sagte Paris. »Ich lasse jetzt erneut das Seil zu Ihnen hinab. Schlingen Sie es sich um die Taille, verstanden?«

Kim nickte. Schmerz zeigte sich in seinem kalkweißen Gesicht, und er stützte sich an der Wand ab, um das verletzte Bein zu entlasten. Er versuchte ganz offensichtlich, sich sowenig wie möglich anmerken zu lassen, aber die sonst fast unerschöpfliche Kraft des jungen Mannes neigte sich jetzt dem Ende zu.

Paris ließ das Seil hinab und hoffte, daß Kim noch über genug Energie und Entschlossenheit verfügte, um emporzuklettern, sobald er sich angeseilt hatte. Wenn nicht ... Der Pilot bezweifelte, ob er ohne Unterstützung in der Lage war, Kim nach oben zu ziehen. Außerdem reichte die Länge der Kunststoffaser nicht aus, um Kes die Möglichkeit zu geben, sie zu sichern und ihn noch tiefer hinabklettern zu lassen.

Es schien Stunden zu dauern, bis das Seil Kim erreichte. Fast noch einmal soviel Zeit brauchte der Fähnrich, um es an seiner Taille zu befestigen. Schließlich rief er Tom zu, er sei fertig. Weiter oben holte Paris tief Luft und schloß die Hände fest um das Seil. Es war bereits um einen anderen Felsvorsprung geschlungen, der dem Piloten stabil genug erschien. Kes hatte den ganzen Rest des Seils zu ihm herabgeworfen – jetzt stand ihm also genug zur Verfügung.

»In Ordnung«, sagte Paris und versuchte, zuversichtlich zu klingen. »Ich brauche Ihre Hilfe, Harry ... Sind Sie schon mal geklettert?«

»Gelegentlich«, antwortete der Fähnrich mit brüchiger Stimme.

»Jetzt haben Sie die Chance, noch mehr Übung zu bekommen. Verzichten Sie auf plötzliche Bewegungen. Achten Sie darauf, daß Sie sich nur dort festhalten, wo keine Abrutschgefahr besteht – das ist um so wichtiger, da Sie Ihr verletztes Bein nicht belasten können.«

Paris sprach weiter, obwohl er wußte, daß Kim eigentlich gar keine Kletterhinweise brauchte. Aber er wußte auch, daß sich der junge Mann fürchtete und einen zumindest leichten Schock erlitten hatte. Vielleicht kamen noch weitere Verletzungen hinzu, von denen er selbst nichts wußte. Der beständige Wortstrom sollte sie beide beruhigen und Kim daran hindern, an die Möglichkeit eines Sturzes in die Tiefe zu denken. Gleichzeitig versuchte Paris, sich damit selbst Mut zu machen.

Er konzentrierte sich auf das Seil und spürte, wie es erschlaffte – offenbar hatte Kim mit dem Aufstieg begonnen. Er zog es wieder straff und wartete dann darauf, daß es erneut nachgab. Alles in ihm drängte danach, einen Blick über den Simsrand zu werfen und festzustellen, welche Fortschritte Kim erzielte, aber das kam natürlich nicht in Frage. Dadurch hätte er das Gleichgewicht verlieren und es riskieren können, daß sie beide in die Tiefe stürzten. Er stemmte sich an die Wand in seinem Rücken, zog und hoffte, daß alles gut ging.

Auf eine derartige Situation fühlte er sich kaum vorbereitet. Er war daran gewöhnt, auf sich allein gestellt zu sein. Jetzt trug er nicht nur für sich selbst Verantwortung, sondern auch für zwei andere Personen, für Kim und Kes: Er mußte sie in Sicherheit bringen, zurück zur *Voyager*.

Kim kam nur sehr langsam voran. Die Zeit schien sich zu dehnen, als Paris immer wieder am Seil zog. Irgendwann hörte er, wie Stiefel über Felsgestein kratzten, und gleichzeitig vernahm er dumpfes Keuchen.

»Nur noch ein bißchen mehr!« rief der Pilot. »Ganz ruhig, ganz ruhig. Wir haben Zeit.«

Er fragte sich, wieviel Zeit sie tatsächlich hatten. Die Vibrationen in den Wänden nahmen wieder zu, und vielleicht dauerte es nur noch einige wenige Sekunden, bis sich der Sims, auf dem er stand, von der Wand löste und in die dunkle Tiefe fiel. Sofort verbannte er diesen Gedanken aus seinem bewußten Selbst und beobachtete, wie Kim zuerst mit der einen Hand über den Rand des Felsvorsprungs griff und dann auch mit der anderen. Paris zog das Seil ein letztes Mal straff, band es dann fest und bückte sich, um dem Fähnrich auf den Sims zu helfen.

Kim blieb liegen und bebte vor Erschöpfung am ganzen Leib. Paris verlor keine Zeit.

»Ich werfe das Seil jetzt zu Ihnen hoch, Kes!« Er löste es von seiner Taille, holte aus und warf das freie Ende nach oben. Es fiel zurück, und er warf es erneut.

»Ich hab's!« rief Kes.

»Kim kommt zuerst an die Reihe.« Paris wandte sich an den jüngeren Mann. »Es ist jetzt nicht mehr weit, alter Knabe. Sie haben es gleich geschafft – der Rest ist ein Kinderspiel. Sind Sie bereit?«

Kim sah ganz und gar nicht bereit aus, aber er rang sich ein Lächeln ab. »Ich werde mir alle Mühe geben«, erwiderte er. »Immerhin habe ich es bis hierher geschafft.«

Er stand auf, und Paris stützte ihn, als der Fähnrich nach den ersten Haltepunkten an der Felswand suchte. Mühsam zog er sich in die Höhe.

Der Pilot beobachtete den Vorgang stumm. Jetzt lag alles bei Kim – und bei Kes, die oben wartete und das Seil immer wieder straffte. Die zierliche Ocampa war sicher nicht imstande, den Fähnrich über den Rand des Spalts zu ziehen, und Kim schien inzwischen dem Kollaps nahe zu sein. Die letzten fünf Meter mochten sich als unüberwindliches Hindernis erweisen. Damit noch nicht genug. Paris spürte deutlich, daß der Faktor Zeit eine immer größere Rolle spielte: Die Vibrationen waren so stark geworden, daß der Boden unter seinen Füßen bebte.

»Nur weiter so, Harry«, ermutigte er den Fähnrich. »Sie können es schaffen. Da bin ich ganz sicher.«

Und Kim schaffte es tatsächlich. Irgendwie fand er die Kraft, sich ganz nach oben zu ziehen, über den Rand hinweg. Plötzlich baumelte das Seil leer über Paris, und er zögerte nicht, band es sich einmal mehr um die Taille und begann dann selbst mit dem Aufstieg. Dabei hatte er es so eilig, daß er zweimal abrutschte und sich nur im letzten Augenblick festhalten konnte. Schließlich brachte auch er die fünf Meter hinter sich und verharrte kurz neben einem Kim, der schwer atmend auf dem Bauch lag.

»Los geht's, Kumpel«, sagte Paris. Er stemmte sich hoch, half dem Fähnrich auf die Beine und führte ihn in den Seitentunnel. Natürlich hatte er keine Ahnung, wohin dieser Gang führte, doch er hielt es für besser, nicht darauf hinzuweisen. Entweder schafften sie es, das Tunnelsystem rechtzeitig zu verlassen, oder sie schafften es nicht. Paris sah keinen Sinn darin, die negativen Situationsaspekte auch noch zu betonen.

Sie waren seit etwa zehn Minuten unterwegs, als sie eine Abzweigung erreichten – und eine Stimme hörten.

Paris drehte sich um und zog gleichzeitig den Phaser, verzichtete jedoch darauf, den Auslöser zu betätigen.

»Bitte«, sagte der große Urrythaner sanft und hob beide Hände zu einer beschwichtigenden Geste. »Es bleibt nur wenig Zeit. Ich bringe Sie zur Oberfläche und zu Ihrem Raumschiff, wenn Sie gestatten.«

»Zeigen Sie uns den Weg«, erwiderte Paris und hoffte, daß er keinen Fehler machte. »Wir können Hilfe gebrauchen.«

Das große Wesen nickte knapp und wählte bei der Abzweigung den linken Tunnel. Paris folgte ihm und stützte Kim. Kes hielt sich dicht an seiner Seite. Sie schwieg, beobachtete das Geschehen jedoch mit großer Aufmerksamkeit. Die Ocampa wirkte sehr wachsam, was der Pilot mit Dankbarkeit zur Kenntnis nahm – obgleich er nicht wußte, wie Kes ihnen helfen sollte. Nun, sie konnte die ›Stimme des Planeten‹ hören und mit ihren besonderen Fähigkeiten vielleicht auch feststellen, ob es der Urrythaner ehrlich meinte oder versuchte, sie in eine Falle zu locken.

Das Sonnenlicht weiter vorn kam einem Traum gleich, und Paris fühlte sich davon angezogen. Er ging ein wenig schneller und hörte, wie der Urrythaner etwas sagte. Doch er achtete kaum darauf, entnahm den Worten nur die wichtigsten Informationen: Sie schickten sich jetzt an, das Tunnelsystem zu verlassen, und zwar in der Nähe des Shuttles. Dadurch bot sich ihnen tatsächlich die Chance, zur *Voyager* zurückzukehren.

Dann verklang die Stimme, und als sich Paris umsah, war der Urrythaner verschwunden. Es spielte keine Rolle. Wenige Sekunden später befanden sie sich wieder im Grün der zum Dschungel gewordenen Gärten, und der Pilot jubelte kurz. Kim stimmte halbherzig mit ein, und Kes starrte ihn nur groß an.

Paris eilte über den Weg, der zum Shuttle führte,

spürte dabei, wie die Vibrationen im Boden zunahmen. Etwas bahnte sich an. Aber was? Er wußte nicht, ob er sich wirklich eine Antwort auf diese Frage wünschte. Was auch immer geschah: Er wollte nicht in der Nähe sein, wenn es soweit war. Er sehnte sich nur danach, an der Navigationskonsole Platz zu nehmen, zu starten und den Planeten zu verlassen.

Mit dem einen Arm stützte er nach wie vor Kim, und mit der freien Hand klopfte er auf seinen Insignienkommunikator.

»*Voyager*, hören Sie mich?« fragte er, obwohl er kaum zu hoffen wagte, daß sich wirklich eine Verbindung herstellen ließ.

Die aus dem Lautsprecher dringende Stimme verblüffte ihn so sehr, daß er Kim fast losgelassen hätte.

»Sind Sie das, Mr. Paris?« fragte Captain Janeway.

»Ja, Captain«, bestätigte er. »Und ich habe einige Fragen.«

»Die müssen noch etwas warten, Mr. Paris. Gehen Sie an Bord des Shuttles und kehren Sie unverzüglich zurück.«

»Ja, Captain.« Paris lächelte. Dann fiel ihm etwas ein, und er fügte hinzu: »Übrigens bin ich nicht allein. Ein gewisser junger Fähnrich und eine hübsche blonde Medo-Assistentin leisten mir Gesellschaft.«

Kes schmunzelte, und Kim lächelte schief.

»Kommen Sie«, sagte Paris. »Lassen Sie uns heimkehren.«

14

Eine Sonde hatte den Kom-Kontakt zwischen Paris und Janeway ermöglicht. Sie war nicht die einzige ihrer Art. Es gab noch andere, und ihr Verteilungsmuster sollte gewährleisten, daß auf einem möglichst großen Teil von Urrytha nach den vermißten Besatzungsmitgliedern gesucht werden konnte. Der letzte Kontakt lag schon eine ganze Weile zurück, und angesichts der besonderen Situation auf dem Planeten ließ sich kaum feststellen, was mit den Verschwundenen geschehen war. Wo befanden sie sich jetzt? Wohin hatte man sie gebracht?

Während Chakotay dem Captain ausführlich Bericht erstattete, setzte Torres die Suche nach den anderen fort. Einen großen Teil ihrer Arbeit hätte sie delegieren können – praktisch alle Angehörigen der technischen Abteilung waren imstande, die Sondierungsgeräte ebensogut zu bedienen wie sie. Doch B'Elanna hielt es für ihre Pflicht, sich selbst darum zu kümmern. Harry Kim und Tom Paris befanden sich auf Urrytha – zwei Freunde, die sie auf keinen Fall im Stich lassen wollte.

Immer wieder veränderte sie die Frequenzen, und schließlich entdeckte sie eine Fluktuation unweit der Siedlung im Ödland, wo die Urrythaner zum erstenmal entdeckt worden waren. Torres peilte das Störungsmuster an und steuerte eine Sonde näher. Sie suchte insbesondere nach den ID-Signalen eines Insignienkommunikators. Die Emanationen der Lebenskraft verhinderten, daß der Transferfokus auf einzelne

Personen oder Lebensformen gerichtet werden konnte. Aber wenn es gelang, einen Insignienkommunikator anzupeilen ... Dann ließ sich ein Transfer durchführen. B'Elanna brauchte Koordinaten und war entschlossen, sie zu ermitteln.

Der Empfang wurde ein wenig besser, und daraufhin gelang es ihr, zwischen mehreren unterschiedlichen Signalen zu unterscheiden. Doch wenn sie versuchte, eins von ihnen zu erfassen, kam es im Muster der Interferenzen zu Veränderungen. Im Ödland waren die Störungen noch stärker als im Dschungel bei Janeway. Die Entfernung zum Ursprung der Signale schien größer zu sein als zunächst angenommen – als sich Captain Janeway gemeldet hatte, war es innerhalb weniger Sekunden möglich gewesen, den Transferfokus auszurichten und sie an Bord zu beamen.

Vielleicht ließen sich die harmonischen Resonanzen im Bereich des Dschungels besser ausnutzen, weil sich dort das Signal der Lebenskraft – die ›Harmonie‹, wie Kes sie nannte – durch eine größere Reinheit auszeichnete. Unter solchen Voraussetzungen fiel es B'Elanna viel leichter, einen Frequenzabgleich vorzunehmen, die Signalschwingungen anzupassen und bei den Sondierungen nicht mehr Störungen zu verursachen als die Urrythaner durch ihre Bewegungen. Die von ihr ausgesandten Signale wurden nur gedämpft, nicht völlig verzerrt.

Für einen Sekundenbruchteil glaubte Torres, auf dem Monitor ein vertrautes Muster zu sehen, doch es löste sich sofort wieder auf. Die Chefingenieurin beugte sich ruckartig vor, als könnte sie dadurch die Empfindlichkeit der Ortungsinstrumente erhöhen und zuverlässigere Sondierungsergebnisse erzielen. Das vertraut wirkende Muster wiederholte sich nicht, aber B'Elanna wußte, wovon es verursacht worden war: von Kaylas Insignienkommunikator.

»Captain«, sagte sie, »ich weiß jetzt, wo sich Kayla befindet.«

»Leiten Sie den Transfer ein«, erwiderte Janeway sofort.

»So einfach ist das leider nicht.« Torres erklärte die Probleme mit den wechselnden Frequenzen und Interferenzstrukturen. »Wir können Kayla nur dann an Bord beamen, wenn ihr jemand eine Dosis des Gegenmittels verabreicht und sie dadurch vom Einfluß der *Einen Stimme* befreit hat.«

Die Chefingenieurin zögerte kurz und fuhr dann fort: »Selbst wenn ich Kaylas Aufenthaltsort genau bestimmen könnte: Die Gefahr eines Signalverlusts beim Transfer ist zu groß. Hinzu kommen die Emanationen der Lebenskraft. Sie werden stärker, was eine exakte Fokusausrichtung immer schwieriger macht.«

Janeway biß sich auf die Lippe. »Ich möchte vermeiden, noch jemanden auf den Planeten zu schikken«, sagte sie schließlich. »Wir haben bereits zu viele Leute verloren. Besteht noch Kom-Kontakt mit Paris?«

»Ja, Captain«, antwortete Fowler, der nach wie vor die Kontrollen der Funktionsstation bediente. »Der Start des Shuttles steht unmittelbar bevor.«

»Öffnen Sie einen Kom-Kanal.« Janeway wandte sich dem Hauptschirm zu.

Wenige Sekunden später drang die Stimme des Piloten aus dem Lautsprecher der externen Kommunikation. »Hier Paris.«

»Wären Sie zu einer weiteren Mission bereit, Mr. Paris?« fragte Janeway. »Wir haben inzwischen herausgefunden, wo sich Fähnrich Kayla befindet, und nur Sie sind in der Lage, sie zurückzuholen. Ohne das Gegenmittel gibt es für uns keine Möglichkeit, den Transferfokus auszurichten.«

»Bevor ich mich auf den Weg mache, sollten Sie Kim

an Bord beamen«, entgegnete Paris. »Sein rechtes Knie ist verletzt, und er hat starke Schmerzen.«

»Haben Sie ihn mit dem vom Doktor entwickelten Serum behandelt?« fragte Janeway.

»Das hat Kes sofort erledigt, als wir das Shuttle erreichten«, erwiderte Paris. »Sie sollten gleich imstande sein, ihn für den Transfer zu erfassen.«

Torres nickte.

»Janeway an Transporterraum«, sagte die Kommandantin. »Holen Sie Kim an Bord. Doktor, wir beamen Fähnrich Kim direkt zur Krankenstation.« Ihre Aufmerksamkeit kehrte zu Paris zurück. »Was ist mit Kes?«

»Ich würde Tom gern begleiten, Captain«, ließ sich die Ocampa vernehmen. »Er braucht meine Hilfe, um Kayla das Gegenmittel zu verabreichen, und außerdem bin ich in der Lage, die Präsenz der Urrythaner wahrzunehmen, seit die *Eine Stimme* so stark geworden ist. Mit den Tricordern können wir nichts anfangen, und deshalb kommt meinen Fähigkeiten besondere Bedeutung zu.«

»Nun gut.« Der neben Janeway stehende Neelix wurde immer unruhiger, aber sie schenkte ihm zunächst keine Beachtung. »Mr. Paris, mit Hilfe der Sonden ist es uns gelungen, den ungefähren Aufenthaltsort Kaylas zu bestimmen, aber wir halten den Versuch, einen Transfer durchzuführen, für zu riskant. Fliegen Sie zu ihr und nehmen Sie Fähnrich Kayla an Bord. Oder geben Sie ihr das Gegenmittel, damit wir den Fokus ausrichten können. Wenn Sie eine der Sonden mitnehmen und sie nahe genug an Kayla heranbringen, müßte für uns eine genaue Erfassung möglich sein.«

»In Ordnung«, sagte Paris.

»Wir übermitteln Ihnen die Koordinaten. Und noch etwas, Mr. Paris.«

»Ja, Captain?«
»Viel Glück.«
Neelix konnte sich nicht länger beherrschen.
»Captain, ich *bestehe* darauf, daß Sie mich zum Shuttle beamen. Kes glaubt vielleicht, für eine so gefährliche Mission bereit zu sein, aber ich versichere Ihnen, daß ich mich weitaus besser dafür eigne. Was diesen Quadranten betrifft, habe ich mehr Erfahrung als sonst jemand, und ich ...«
»Diesmal müssen Sie mir vertrauen, Neelix«, unterbrach Janeway den Talaxianer. »Ich bin sicher, daß sich Kes keinen unnötigen Gefahren aussetzen wird. Was Sie betrifft: Ihr Mut ist bewundernswert, aber ich glaube, Ihre Dienste werden vor allem hier an Bord der *Voyager* benötigt. Außerdem kann ich es nicht riskieren, noch jemanden auf den Planeten zu schicken. Nun, ich weiß nicht, was in den Tunneln passiert ist, aber ich glaube, von den Urrythanern geht inzwischen keine Gefahr mehr aus. Sie sind so sehr mit dem *Erwachen* beschäftigt, daß sie uns kaum mehr Aufmerksamkeit schenken können.«
»Aber, Captain ...«, begann Neelix.
»Tut mir leid. Angesichts der starken Interferenzen ist jeder Transfer riskant. Wir könnten nicht einmal sicher sein, Sie in einem Stück an Bord des Shuttles rematerialisieren zu lassen. Kims Transfer war nur möglich, weil sich Sonden in der Nähe befanden und eine genaue Fokusausrichtung ermöglichten – und weil das Shuttle noch nicht gestartet war. Inzwischen fliegt es, und dadurch wird die Anpeilung noch schwieriger. Ich bedauere sehr, Mr. Neelix, aber Sie müssen warten und sich in Geduld fassen, so wie wir alle.«
Der Talaxianer neigte den Kopf und konnte seinen Ärger kaum unter Kontrolle halten. Schließlich nickte er.
»Und noch etwas, Mr. Neelix«, fügte Janeway mit sanfterer Stimme hinzu.

»Ja, Captain?«

Sie sah ihm in die Augen, zeigte ihm dadurch ihre eigene Aufrichtigkeit. »Ich weiß nicht viel über den Glauben Ihres Volkes, aber ich denke, unter den gegenwärtigen Umständen könnte ein Gebet nicht schaden.«

Paris neigte den Bug des Shuttles nach unten und ging tiefer. Kes saß neben ihm und schwieg, lauschte wieder der Stimme des Planeten.

»Etwas geschieht«, sagte sie leise. »Etwas Wundervolles steht bevor. Spüren Sie es nicht?«

Paris blickte auch weiterhin auf die Kontrollen. »Nein. Ich spüre nichts, was jedoch nicht bedeutet, daß ich die Authentizität Ihrer Wahrnehmungen bezweifle. Ich habe die Vibrationen im Tunnel gefühlt und auch die Risse im Gestein gesehen, aber ich *spüre* die Dinge nicht so wie Sie.«

»Vielleicht kann ich Ihnen einen Eindruck vermitteln«, sagte Kes. »Die Luft selbst scheint lebendig zu sein. Ich nehme Ihr Bewußtsein wahr, wenn Sie in der Nähe sind, doch die Präsenz Ihrer Selbstsphäre bleibt nur ein vager Eindruck, solange ich mich nicht darauf konzentriere. Bei der urrythanischen Lebenskraft liegt der Fall ganz anders. Es fühlt sich an, als näherte sich ein großes Ich von allen Seiten, um in die Welt meiner Sinne vorzustoßen, ohne daß es Konzentration von mir erfordert.«

»Geben Sie bloß keinem fremden Einfluß nach«, erwiderte Paris. »In einigen Minuten brauche ich Ihre Hilfe.«

Sie flogen über die Baumwipfel des Dschungels hinweg, und vor dem Shuttle stoben immer wieder Vögel auf. Die ehemaligen Gärten erstreckten sich noch ein ganzes Stück, und die Siedlung der Urrythaner befand sich im Ödland. Paris erhöhte die Geschwindigkeit und flog in einer Höhe, die es ihm gelegentlich erlaubte, einen Blick auf die Ruinen im Grün zu werfen. Er fragte sich, wodurch jene Gebäude zerstört worden waren – vielleicht durch einen Vorgang wie den, der sich jetzt auf dem Planeten abspielte?

Kes wurde immer stiller und schien zu meditieren. Paris beschloß, sie nicht bei ihrem Kontakt mit der Stimme von Urrytha zu stören. Statt dessen konzentrierte er sich auf die Navigation des Shuttles, betrachtete die Anzeigen und stellte fest, daß die Entfernung zum Zielbereich immer mehr schrumpfte.

Kayla lag still und stumm, wirkte wie eine Skulptur aus Alabaster. Das bleiche Gesicht wies auf einen stark verlangsamten Stoffwechsel hin. Die Bajoranerin ruhte auf einem Altar, umgeben von frischen, duftenden *Ambiana*-Blumen. Wenn sie austrockneten und verwelkten, wurden sie sofort durch neue ersetzt. Blütenstaub erfüllte die Luft.

Zwölf Urrythaner saßen mit überkreuzten Beinen und geneigtem Kopf am Altar. Sie sangen leise, jeder von ihnen in einem anderen Ton und mit unterschiedlicher Kadenz. Die einzelnen Stimmen verschmolzen miteinander, bildeten ein einheitliches Ganzes. So war es immer gewesen. Der letzte Älteste hatte vor vielen Jahren den *Langen Schlaf* erreicht, und zum erstenmal schickte sich nun eine Fremde an, in jenes Stadium zu wechseln, noch dazu eine sehr junge. Selbst wenn noch mehr Zeit verstrichen wäre – das Ritual hätte nicht darunter gelitten. Es verfügte über tiefe Wurzeln in der urrythanischen Kultur.

Die Aufgabe der Sänger bestand darin, Kayla zur *Einen Stimme* zu geleiten, sie mit der Harmonie zu umhüllen und in ihre Struktur zu integrieren. Das ließ sich nur mit der Zeremonie und dem *Ambiana* bewerkstelligen. Die Nahe zu den Blumen und lange Meditation hatten die zwölf Urrythaner den Alten sehr nahe gebracht. Eine solche Nähe würden sie erst wieder erleben, wenn es für sie selbst Zeit wurde, mit dem *Langen Schlaf* zu beginnen.

Die einzelnen Kadenzen des rituellen Lieds hatten die Sänger als Kinder gelernt, und jede von ihnen war nötig, um das Ganze zu vervollständigen. Ohne die Kombination der anderen blieb jeder Teil unvollkommen. Zusammen ergaben sie perfekte Einheit mit der *Einen Stimme*. Mit ihrem Gesang woben die Urrythaner Kayla in das Gespinst ihrer gemeinsamen Stimme.

Das zentrale Ich von Fähnrich Kayla, Besatzungsmitglied der *Voyager*, hatte sich in einen fernen Winkel des inneren Kosmos zurückgezogen, in ein Versteck in den metaphorischen Kellergewölben ihres Selbst. Dort versuchte es, dem verlockenden Zerren zu widerstehen, das von dem Lied ausging. Ein Teil von Kayla wünschte sich, endlich nachzugeben und sich von der *Einen Stimme* aufnehmen zu lassen. Gleichzeitig fürchtete sie, sich dadurch zu verlieren.

Instinktiv begriff sie: Wenn sie wirklich nachgab, wenn sie der Verlockung erlag, so kam es dadurch zu einem Ende ihrer Existenz. Dann gab es nicht ihre eigene Stimme und die *Eine Stimme*, sondern nur noch die *Eine Stimme*. Von Kayla blieb dann nichts mehr übrig. Sie wußte, daß es sich um eine vorübergehende Phase handelte, um den Übergang zwischen altem und neuem Sein, doch das spielte keine Rolle. Was später aus der Harmonie hervorging, konnte nicht mehr das sein, was zuvor von ihr aufgenommen worden war. Wenn es zum *Aufsteigen* kam, würde die neue Kayla keine Ähnlichkeit mehr mit der alten haben. Vermutlich erinnerte sie sich nicht einmal daran, jemals *Kayla* gewesen zu sein.

An diesem letzten Fragment von Rationalität hielt Kayla fest, an ihrem Wunsch, die Individualität beizubehalten und sich nicht im Ganzen – in einem fremden

Ganzen – aufzulösen. So wundervoll die Harmonie auch wirken mochte – sie betraf die Angehörigen eines anderen Volkes. Sie selbst war nicht für dieses Ganze bestimmt, und deshalb leistete sie auch weiterhin Widerstand.

Die Urrythaner merkten nichts davon. Für sie war alles zauberhaft: Sie bekamen Gelegenheit, etwas kennenzulernen, das sie in Zukunft selbst erwartete. Sie konnten gewissermaßen einen Blick ins Paradies werfen. Sie saßen da und sangen, würden den Gesang fortsetzen, bis das Ritual zu Ende ging und Kayla endgültig mit dem *Langen Schlaf* begann.

Jene Feststellung stand nicht ihnen zu, sondern Vok. Nur Vok war den Alten nahe genug, um die Wahrheit im Herzen eines Initiierten zu erkennen. Es dauerte nicht mehr lange, bis auch für ihn die Reise begann; die meiste Zeit über weilte er schon nicht mehr bei den anderen Urrythanern und kommunizierte mit den Schlafenden.

Die Sänger wußten nichts von Voks Abwesenheit. Jene anderen Urrythaner, die nicht am Gesang teilnahmen, Wache standen und auf die Rückkehr von Ban und Vok warteten … Sie wurden allmählich nervös, denn die Oberhäupter ihres Volkes blieben zu lange fort. Ban war mit der Überzeugung aufgebrochen, das ›Problem‹ der Fremden schnell zu lösen. Die anderen hatten ihm geglaubt, denn er sprach wie jemand, der sich auskannte und Bescheid wußte.

Als immer mehr Zeit verstrich, ohne daß er zurückkehrte, fragten sich seine in der Siedlung gebliebenen Anhänger, was passiert sein mochte. Hatte er die Besucher aus dem All vielleicht unterschätzt? War es zu einem Kampf gekommen, bei dem Ban eine Niederlage hinnehmen mußte? Diese Fragen schufen Unruhe bei den Urrythanern, und sie wagten es nicht, über ihre praktische Bedeutung nachzudenken.

Der Boden begann zu zittern. Sie alle spürten den Grund – die Alten –, aber nur die Sänger, deren Aufmerksamkeit allein dem rituellen Lied galt, wußten um die wahre Bedeutung der Vibrationen. Sie wurden stärker, erschütterten nicht nur die Fundamente der Häuser, sondern auch die des Berges. Die wartenden Urrythaner fürchteten, daß sich Unheil anbahnte, angerichtet vielleicht von den Fremden. Als Paris' Shuttle am Horizont erschien und wie ein großer metallener Vogel übers Ödland flog, gerieten die Wächter außer sich und liefen schreiend umher.

In der Siedlung befand sich niemand mehr, der die Verantwortung des Anführers wahrnahm. Es gab keinen Urrythaner, der den Fremden gegenübertreten wollte. Ban mußte tatsächlich eine Niederlage erlitten haben – das schien die einzige Erklärung zu sein. Möglicherweise war er den echten, endgültigen Tod gestorben. Dieser Gedanke entsetzte die Zurückgebliebenen.

Während sich die Urrythaner duckten und miteinander flüsterten, setzten die Sänger das Ritual fort. Paris landete außerhalb der Siedlung und stieg aus, gefolgt von Kes. Er spürte, wie der Boden heftiger bebte, Steine von den Gebäuden im Dorf herabfallen ließ. Töpfe und andere Gegenstände rutschten von Regalen und Tischen.

Selbst wenn die Urrythaner zuerst Paris und das Shuttle für den Auslöser des Bebens hielten: Kurze Zeit später mußten sie aufgrund ihrer besonderen Wahrnehmung zu dem Schluß gelangen, daß eine andere Ursache existierte. Dennoch blieb ihre Furcht, und die Disharmonie unter ihnen nahm immer mehr zu. Sie waren von der *Einen Stimme* isoliert, fühlten sich hilflos und allein. Paris und Kes näherten sich der Siedlung langsam, und die Urrythaner wichen in Richtung der Höhlenzugänge zurück, gaben ihre Posten auf und begnügten sich damit, die Fremden zu beobachten.

Paris traute dem Frieden nicht. Inzwischen befand sich eine Sonde auf halbem Weg zwischen Shuttle und Siedlung, und bei ihrer Installation hatte der Pilot nicht einen einzigen Urrythaner gesehen. Während er die Kontrollen der Sonde bediente, glitt sein Blick immer wieder zum Dorf, doch dort rührte sich nichts. Sammelten sich die Einheimischen für einen Angriff? Lagen sie vielleicht im Hinterhalt? Was auch immer der Fall sein mochte: Sie zeigten sich nicht.

»Sie sind in der Nähe«, sagte Kes. Ihr Blick glitt langsam über den sichtbaren Bereich des Dorfes. »Ich spüre ihre Präsenz, ihre Furcht, aber es gibt Unterschiede zur vereinten Stimme des Planeten. Sie alle erscheinen wie etwas, das nicht ganz komplett ist, oder nicht ganz auf der gleichen Wellenlänge. Dadurch heben sie sich von der *Einen Stimme* ab – wodurch ich sie entdecken kann. Man könnte es mit fehlerhaften Fäden in einem Gewebe vergleichen.«

»Aber warum zeigen sie sich nicht?« fragte Paris. »Wir beide wirken sicher nicht so bedrohlich, daß sich die Einheimischen fürchten und verstecken.«

»Sie sind tatsächlich voller Furcht«, sagte Kes so plötzlich, als hätte sich ihr gerade die Lösung eines Rätsels offenbart. »Die Oberhäupter ihres Volkes sind nicht zugegen. Offenbar müssen sie erst noch aus dem Tunnelsystem zurückkehren – falls sie dort nicht aufgrund des Bebens feststecken, dem Kim und die anderen fast zum Opfer gefallen wären. Die hiesigen Urrythaner wissen nicht, was es mit den starken Vibrationen auf sich hat. Möglicherweise halten sie uns für die Verursacher.«

»Was ist mit Kayla?« fragte Paris. »Spüren Sie auch die Bajoranerin?«

»Nein.« Kes runzelte die Stirn. »Ich spüre sie nicht, aber … Hören Sie das Geräusch?«

Paris blieb stehen, neigte den Kopf ein wenig zur

Seite und lauschte. Er vernahm etwas, das er zunächst für ein Brummen hielt, dann aber als Cantus oder eine sehr regelmäßige, sich ständig wiederholende Melodie erkannte. Das dumpfe Grollen im Boden blieb ohne jeden Einfluß darauf. Der Rhythmus des Erdbebens schien irgendwie mit der sonderbaren Melodie synchronisiert zu sein. Singende Stimmen ... Und sie erklangen irgendwo in der Siedlung vor Paris und Kes.

»Vermutlich handelt es sich um die von Vok erwähnte Zeremonie«, sagte die Ocampa. »Er sprach davon, daß Kayla auf den *Langen Schlaf* vorbereitet wird. Wir müssen das Ritual unterbrechen, bevor sich Kaylas Ich vollständig aufgelöst hat. Kommen Sie.«

Kes setzte sich in Bewegung und ging mit selbstbewußten, zielstrebigen Schritten. Sie schien überhaupt nicht daran zu denken, daß sie sich anschickten, ein fremdes Dorf zu betreten, in dem vielleicht Feinde auf sie warteten. Paris streckte den Arm aus, so als wollte er sie aufhalten, überlegte es sich dann aber anders, zuckte mit den Achseln und folgte der Ocampa. Ihre furchtlose Ungezwungenheit wirkte irgendwie ansteckend. Außerdem wußte Paris nicht, wie sie sonst vorgehen sollten. Es fiel nicht leicht, sich an die Gesellschaft einer Person zu gewöhnen, die über zusätzliche Sinne verfügte.

Kurze Zeit später traten sie durch ein kleines Tor in der niedrigen Mauer, die das Dorf umgab, setzten den Weg über staubige Straßen fort. Die Gebäude zu beiden Seiten erschienen Paris sofort sehr seltsam. Alle waren hoch und schmal, wirkten dadurch fast wie Karikaturen ›normaler‹ Bauten. Der Pilot stellte sich vor, man hätte die Häuser erhitzt, bis sie halb geschmolzen waren – um sie dann nach oben zu ziehen. Die Fenster erstreckten sich über der Augenhöhe von Menschen, und die Türen ragten fast vier Meter weit empor. Das

Muster wies genug vertraute Aspekte auf, um gespenstische Züge zu gewinnen. Paris kannte natürlich den Grund für das, was ihm als perspektivische Verzerrung erschien: die Größe der Urrythaner. Er bemerkte auch, daß die Wände recht dick waren und die Fenster über erstaunlich massive Läden verfügten. Offenbar scheuten die Urrythaner selbst dann das Licht, wenn sie an die Oberfläche kamen.

Der Gesang wurde allmählich lauter. Ab und zu glaubte Paris, in der Melodie eine einzelne Stimme zu erkennen, aber wenn er sich darauf zu konzentrieren versuchte, wurde sie wieder eins mit dem Ganzen. Es waren erstaunliche Laute: Sie berührten etwas in ihm, auf eine Weise, die er bisher nicht für möglich gehalten hätte. Verblüfft stellte er fest, welche *Macht* von Musik ausgehen konnte.

Dann rochen sie die Blumen. Kes erkannte den Duft sofort und hielt Paris fest. »Das *Ambiana*«, sagte sie. »Auf mich scheint es keine Wirkung zu haben, und aufgrund des Gegenmittels sollten Sie selbst vor einer hohen Konzentration geschützt sein.«

Paris nickte, atmete tief durch und blickte kurz zum Himmel empor, als könnte er dort die *Voyager* und den Doktor erkennen, von dem das Serum stammte. Er war mit dem Shuttle aufgebrochen, um das Gegenmittel auf den Planeten zu bringen, damit infizierte Besatzungsmitglieder behandelt werden konnten. Jetzt schickte er sich an, einen direkten und unmittelbaren Kontakt mit der toxischen Substanz herbeizuführen, ganz im Vertrauen darauf, daß der Impfstoff ausreichend Schutz gewährte. Was mochte geschehen, wenn das Serum bei ihm nicht wirkte, wenn es zu einer ›Ansteckung‹ kam?

Es wird sich gleich herausstellen, dachte Paris grimmig. *Hoffentlich haben Sie gute Arbeit geleistet, Doktor …*

Als sie sich dem Zentrum der Siedlung näherten,

führte die Straße, deren Verlauf sie folgten, zu einem Platz. Der Gesang schien von dort zu kommen.

»Da drüben?« fragte Paris.

Kes nickte. Die Melodie wehte ihnen entgegen, zerrte an ihren Gedanken. Selbst der Pilot spürte es. Für Kes schien die Musik sogar Substanz zu gewinnen: Sie ging so, als müßte sie bei jedem Schritt einen subtilen Widerstand überwinden. Paris schob sich etwas näher an sie heran und beschloß, besonders wachsam zu sein.

Er wollte die Ocampa fortbringen, wenn es Anzeichen dafür gab, daß sie dem Einfluß der Melodie oder des Blütenstaubs erlag. Kes reagierte weitaus empfindlicher auf das, was hier geschah – was nicht nur ein Vorteil, sondern auch ein Nachteil sein konnte. Hinzu kam, daß er selbst fühlte, wie der eigentümliche Gesang auf ihn wirkte, den Wunsch in ihm weckte, einfach stehenzubleiben und sich in der Melodie zu verlieren. Vermutlich war die Wirkung auf Kes noch viel stärker.

Dennoch schien mit ihr alles in Ordnung zu sein, und einige Sekunden später betraten sie den Platz. Die Sensibilität der Ocampa dem fremden Einfluß gegenüber war tatsächlich größer als die des Piloten, aber gleichzeitig konnte sie ihn auch besser kontrollieren.

Paris blieb abrupt stehen, als er Kayla sah: Sie lag auf einem steinernen Altar, umgeben von gelben Blumen. Urrythaner umringten sie und waren so sehr auf den Gesang konzentriert, daß sie ihre Umwelt überhaupt nicht mehr wahrnahmen.

Die Szene erweckte den Eindruck, aus einem Alptraum zu stammen. Die Urrythaner am Altar schwankten in einem hypnotischen Rhythmus hin und her, während sie sangen. Unter ihnen zitterte der Boden, und das Grollen des Bebens erweiterte das Lied, wurde zu einem Teil davon. Die ganze Zeit über lag

Kayla völlig reglos, wie eine schlafende Prinzessin oder eine Jungfrau, die geopfert werden sollte. Ein anderes Vorstellungsbild drängte sich Paris auf, und er sah Kayla als Leichnam, der auf seine Bestattung wartete.

Er schauderte innerlich, gab sich einen Ruck und ging weiter.

Als er sich dem Altar näherte, wuchs sein Ärger. Paris konzentrierte sich darauf und merkte, wie Zorn daraus wurde – ein Zorn, der den hypnotischen Zauber der Melodie verringerte. Entschlossen trat er vor und achtete ganz bewußt darauf, seine Schritte nicht dem Takt des Liedes anzupassen. Offenbar half es, denn er glaubte, klarer denken zu können.

Kes blieb an seiner Seite, doch in ihrem Gesicht zeichneten sich nicht die intensiven Emotionen ab, die jetzt in Paris brodelten. Die Züge der Ocampa verrieten nur Neugier und auch Faszination.

Als sie den ersten Urrythaner erreichten, zögerte Paris nicht. Er streckte den Arm aus und schob die Gestalt einfach beiseite. Das Geschöpf kippte zur Seite und blieb auf dem Boden liegen, ohne zu reagieren. War es überhaupt noch imstande, äußere Reize zur Kenntnis zu nehmen?

Der Urrythaner sang auch weiterhin, während er am Boden lag und aus trüben Augen ins Leere starrte. Paris schauderte erneut. Irgend etwas ging hier nicht mit rechten Dingen zu. Wieso waren die Bewohner dieses Planeten bereit, für die *Eine Stimme* ihr eigenes Selbst aufzugeben?

Der Pilot trat *Ambiana*-Blumen beiseite, als er sich dem Altar näherte. Erneut erschien Kes an seiner Seite, so leichtfüßig und leise, daß er sie gar nicht gehört hatte. Sie griff in einen Beutel an ihrem Gürtel und holte eine Dosis des Gegenmittels daraus hervor. Paris hoffte inständig, daß es auch bei Kayla wirkte.

Als sich Kes vorbeugte, um der reglosen jungen Bajoranerin das Serum zu verabreichen, erklang eine fast schrille Stimme hinter ihnen: »Nein!«

Sie drehten sich beide um und beobachteten, wie eine seltsame Gruppe etwa dreißig Meter entfernt aus einem unterirdischen Gewölbe kam. Kes zögerte, den Injektor mit dem Gegenmittel in der einen Hand. Paris starrte wortlos.

Plötzlich öffnete sich der Boden, und Geräusche wogten ihnen entgegen, ließen für alles andere keinen Platz.

15

Tuvok kam auf dem kalten Steinboden zu sich, kurz nachdem im Haupttunnel der tiefe Spalt entstanden war. Er erinnerte sich daran, in den Nebengang gesprungen zu sein, ganz auf die Absicht konzentriert, der Gefahr zu entkommen. Nach drei oder vier Metern knickte die Passage abrupt nach rechts ab, was er in der Dunkelheit zu spät bemerkte. Das Ergebnis: Er war mit dem Kopf an die Wand gestoßen und hatte das Bewußtsein verloren.

Der Vulkanier stand langsam auf und hob die Hand zur Schläfe, um einen Eindruck vom angerichteten Schaden zu bekommen. Der Schmerz wirkte zunächst desorientierend, doch aus einem Reflex heraus schuf er eine mentale Barriere, um das bewußte Denken vor derartigen Ablenkungen zu schützen. Schmerz war derzeit seine geringste Sorge.

Es fiel ihm sicher nicht weiter schwer, das Stechen und Pochen unter Kontrolle zu halten, bis er zur *Voyager* zurückkehren und die Verletzung vom Doktor behandeln lassen konnte. Bei der kurzen Überprüfung hatte er keinen permanenten Schaden entdeckt, und deshalb wandte er seine Aufmerksamkeit wichtigeren Dingen zu: Es galt, einen Weg aus dem Tunnelsystem an die Oberfläche zu finden und anschließend einen Kontakt zum Schiff herzustellen.

Tuvok kehrte in die Richtung zurück, aus der er gekommen war, ließ diesmal weitaus mehr Vorsicht walten. Im dünnen Lichtstrahl seiner Lampe konnte er kaum etwas erkennen. Zweimal rief er und horchte, doch in dem tiefen Spalt, der sich im Boden des Haupttunnels gebildet hatte, blieb alles still. Nirgends zeigten sich Leichen oder Anzeichen von Leben. Von Captain Janeway und Kim fehlte jede Spur.

Kim …

Tuvok entsann sich plötzlich daran, daß der junge Fähnrich in die Tiefe gestürzt war. Eine sonderbare Leere entstand im Innern des Vulkaniers, und er lehnte sich schwer an die Wand. Er hatte Kim sehr geschätzt und war davon überzeugt gewesen, daß ihn eine glänzende Zukunft erwartete.

Die ganze Mission auf Urrytha stellte eine Folge von Katastrophen dar – obwohl er wachsam gewesen war und alle erforderlichen Sicherheitsmaßnahmen ergriffen hatte. So sehr man sich auch bemühte: Manchmal mußte man sich mit der Tatsache abfinden, schlicht und einfach Pech zu haben.

Tuvok bedauerte, daß Captain Janeway nicht auf seine Warnungen gehört hatte, aber er verstand auch die Logik ihrer Motive: Sie brauchten neuen Proviant. Vielleicht hätten sie beim Sammeln der Vorräte umsichtiger vorgehen sollen, aber es bestand kein Zweifel an der Notwendigkeit eines solchen Einsatzes. Und wenn es wirklich nur um Lebensmittel und Wasser gegangen wäre … Vielleicht befänden sie sich dann längst wieder im All, mit vollständiger Crew.

Doch der Planet übte eine große Anziehungskraft aus. Er bot Pflanzen, Tiere, Sonnenschein – all das, was die *Voyager* nicht bieten konnte. Und die Besatzungsmitglieder des Schiffes, unter ihnen auch Janeway, hatten zu lange auf eine echte Welt verzichten müssen.

Tuvok kehrte durch den dunklen Tunnel zurück, ging in Gedanken alle Einzelheiten durch und versuchte festzustellen, ob er zu irgendeinem Zeitpunkt nicht wachsam genug gewesen war. Er erhob keine

Vorwürfe gegen sich selbst, wollte nur sicher sein, daß er wirklich verstand, warum die Ereignisse in diese Richtung geführt hatten. Wenn ihm tatsächlich Fehler unterlaufen waren, so durften sie sich nicht wiederholen.

Die Vibration in den Tunnelwänden erwies sich als recht störend. Der Vulkanier blieb stehen, preßte die Hand ans Gestein und nahm ein rhythmisches Pulsieren wahr. Er konzentrierte sich, erweiterte vorsichtig seine Sinne und tastete geistig nach dem Grund für die Veränderungen. Er fühlte etwas – vermutlich die *Eine Stimme,* von der Kes gesprochen hatte –, aber es gelang ihm nicht, Details zu erkennen. Während er sich bemühte, eine engere Verbindung zur Lebenskraft zu knüpfen, beeinträchtigte der Kopfschmerz seine Konzentration, und dadurch wurde der kurze Kontakt unterbrochen. Tuvok wandte sich von der Wand ab und setzte den Weg fort. Er wollte es erneut versuchen, wenn der Schmerz nachließ, oder wenn er glaubte, der fremden Entität näher zu sein. Derzeit kam es in erster Linie darauf an, das Tunnelsystem zu verlassen.

Die Logik sagte ihm, daß es viele verschiedene Ausgänge gab. Einen davon mußte er finden, und zwar so schnell wie möglich. Vok war aus einer anderen Richtung gekommen als er und die anderen. Die Struktur der Tunnel schien nicht dazu bestimmt zu sein, etwas zu verbergen oder Fremde in die Irre zu führen. Tuvok war ziemlich sicher, daß er nur dem Verlauf des Ganges folgen mußte, in dem er sich gerade befand – irgendwann würde er einen zur Oberfläche führenden Tunnel entdecken.

Er mußte zur *Voyager* zurück. Ohne Captain Janeway brauchte die Crew jemanden, zu dem sie aufblicken konnte, der ihr das Gefühl von Sicherheit vermittelte. Chakotay war ein guter Offizier, doch ihm waren Grenzen gesetzt. In diesem Zusammenhang gab es noch einen anderen Aspekt. Chakotay und Tuvok hatten sich nicht immer gut verstanden. Bei der Zusammenarbeit blieb ihnen nichts anderes übrig, als Kompromisse zu schließen und die Grenzen ihrer Zuständigkeiten neu zu bestimmen.

Tuvok ging schneller durch den Tunnel und leuchtete immer wieder mit seiner Lampe. Diese spezielle Passage wies nur wenige Kurven oder Abzweigungen auf; es bestand also kaum die Gefahr, gegen ein plötzlich aus der Finsternis auftauchendes Hindernis zu stoßen. Der Vulkanier verließ sich auf das, was Menschen vielleicht als ›Instinkt‹ bezeichnet hätten, um einen Weg nach oben zu finden. Er erhoffte sich Hinweise in Form eines Luftzugs oder dergleichen.

Nach einer Weile bemerkte er Geräusche, die offenbar nicht von den Vibrationen hervorgerufen wurden. Allem Anschein nach handelte es sich um Stimmen. Tuvok ging langsamer und in unmittelbarer Nähe der Wände, um so lange wie möglich in ihren Schatten verborgen zu bleiben. Inzwischen schien es keine Feindseligkeiten mehr zu geben, doch er hielt es für besser, auf jedes Risiko zu verzichten.

Er wußte nicht, wie die Urrythaner auf seine Präsenz reagieren mochten. Bei der letzten Begegnung mit ihnen hatte Vok der Konfrontation ein Ende bereitet, was jedoch nicht bedeutete, daß die Einheimischen den Vulkanier mit offenen Armen empfangen würden. Vielleicht war es Vok überhaupt nicht darum gegangen, die Besucher aus dem All vor Schaden zu bewahren. Möglicherweise ging es ihm um das, was die Wände vibrieren ließ. Tuvok entsann sich an den Hinweis auf ein rätselhaftes *Erwachen*.

Wenn die Urrythaner ihn jetzt sahen … Vielleicht genügte sein Anblick, um sie erneut aggressiv werden zu lassen. Die Ladekapsel des Phasers enthielt inzwischen weniger als fünfundzwanzig Prozent Energie, was bedeutete: Bei einem Angriff konnte er sich nur für kurze Zeit zur Wehr setzen. Ihm lag nichts an einem Kampf gegen die Bewohner dieses Planeten, aber trotzdem wandte er sich in die Richtung, aus der ihre Stimmen kamen, in der Hoffnung, einen Ausgang zu finden.

Vorsichtig spähte er um die nächste Ecke und sah sie. Es waren etwa fünfzehn Urrythaner, die langsam und in einer Gruppe gingen. Dabei hielten sie ein langes weißes Objekt in die Höhe – Vok. Ja, die Einheimischen trugen den reglosen Leib des Ältesten. War er beim Beben verletzt worden? In der Dunkelheit fiel es ihm schwer, Einzelheiten zu erkennen. Vok schien zu schlafen, aber er konnte auch tot sein. Der alte Urrythaner gab keinen Ton von sich und blieb völlig unbewegt. Was die anderen betraf, die ihn trugen ... Ihre Worte konnte Tuvok nicht verstehen, aber sie schienen sehr besorgt, fast verzweifelt zu sein.

Sie sangen, und die Melodie sollte vermutlich mit der *Einen Stimme* verschmelzen. Doch die Aufregung der Urrythaner erwies sich dabei als ein immer größeres Hindernis. Je mehr ihre Besorgnis wuchs, desto weniger waren sie imstande, mit der *Einen Stimme* zu harmonieren. Was auch immer ihnen Sorge bereitete – es mußte eine ziemlich ernste Angelegenheit sein.

Tuvok blieb im Hintergrund und folgte der Gruppe in sicherem Abstand. Er wollte sich von ihr den Weg zur Oberfläche zeigen lassen und dann zum Dschungel zurückkehren, in der Hoffnung, daß die *Voyager* noch immer nach ihm suchte. Vielleicht hätte der Plan auch funktioniert – wenn Ban nicht gewesen wäre.

Der große Urrythaner hatte Paris und seine Begleiter nach oben gebracht, kehrte nun zurück und erschien plötzlich hinter dem Vulkanier. Der Zufall wollte es, daß er ihn zuerst sah. Als er sich näherte, wirbelte Tuvok herum und hielt den Phaser schußbereit.

Ban hob beschwichtigend die Hände.

»Bitte«, sagte er. »Lassen Sie uns nicht erneut kämpfen.«

Tuvok hielt die Waffe auch weiterhin auf den Urrythaner gerichtet, aber er verzichtete darauf, den Auslöser zu betätigen. Wenn es eine Möglichkeit gab, den Weg des Friedens zu beschreiten, so verlangte die Logik, daß er sie nutzte. Außerdem gab es in Bans Stimme etwas, das auf Ehrlichkeit hinwies. Der Vulkanier glaubte, in seinen Worten eine seltsame Müdigkeit zu hören, und die traurige Miene schien jetzt noch mehr Kummer zum Ausdruck zu bringen. Daraus schloß Tuvok, daß der Urrythaner zumindest derzeit keine Gefahr darstellte.

»Die Wanderung durch das Höhlensystem scheint für Vok zuviel gewesen zu sein«, sagte Tuvok und deutete zur Prozession, die den Weg durch die Hauptpassage fortsetzte, ohne ihnen Beachtung zu schenken. Er beobachtete Bans Miene und hoffte, irgendwelche Hinweise darauf zu erkennen, was der Urrythaner dachte oder empfand. Die Mühe hätte er sich sparen können. Ban versuchte nicht, irgendwelche Informationen zurückzuhalten, und ganz offensichtlich war er mindestens ebenso besorgt wie die anderen.

»Nein«, erwiderte er leise. »Für ihn ist die Zeit gekommen. In meinem Egoismus bin ich so sehr bestrebt gewesen, ein Held zu sein und zu beweisen, recht zu haben, daß ich den Ereignissen um mich herum nicht die nötige Aufmerksamkeit schenkte. Ich begriff nicht, was sich anbahnt, obwohl es für uns alle nichts Wichtigeres geben kann.

Ich habe mit Vok gesprochen, bevor ich mit meinen Leuten aufbrach, um Sie anzugreifen. Er wollte nicht, daß wir losziehen. Er forderte uns auf, Sie in Ruhe zu lassen und uns damit zufriedenzugeben, der Frau namens Kayla die Freude des *Langen Schlafs* zu schenken.

Er meinte, Sie seien gar nicht imstande, irgendeinen Schaden anzurichten. Ich hätte sehen müssen, wie schwach er auf dieser Existenzebene geworden ist und wie nahe er bereits der *Einen Stimme* stand.

In den vergangenen Tagen und Wochen zog er sich immer mehr in sich selbst zurück. Er meditierte häufig, suchte die Gemeinschaft mit jenen, die vor ihm den Weg zum *Aufsteigen* beschritten. Die Angelegenheiten des alltäglichen Lebens verloren für ihn immer mehr an Bedeutung. Mein törichtes Verhalten hat ihn jetzt vielleicht um jene eine Sache gebracht, die er sich mehr wünschte als alles andere: die Chance, vor dem Beginn seines *Langen Schlafs* ein *Erwachen* zu erleben, das *Aufsteigen* der Alten.«

»Ein *Erwachen*?« wiederholte Tuvok. »Gehe ich recht in der Annahme, daß die Beben von dem ›*Erwachen*‹ verursacht werden? Im Kontext Ihrer Kultur mag es ein wundervoller Vorgang sein, aber ganz offensichtlich birgt er auch ein großes destruktives Potential.«

»Lassen Sie uns zu den anderen aufschließen«, sagte Ban. »Sie sind zur Oberfläche unterwegs, die vermutlich auch Ihr Ziel ist. Es gibt keinen schnelleren Weg, um nach oben zu gelangen.«

Tuvok sah kurz in die Richtung zurück, aus der er kam, dachte an den tiefen Spalt, an Captain Janeway und Kim.

Ban schien die Gedanken des Vulkaniers zu erraten. »Ich habe Ihre Gefährten bereits in Sicherheit gebracht.«

»Meine Gefährten? Meinen Sie den Captain?« Überrascht wölbte Tuvok eine Braue. Hatte Janeway überlebt?

»Ja, den Captain«, bestätigte Ban. »Und drei andere: zwei Männer und eine Frau.«

Erneut hinderte bohrender Kopfschmerz den Vulkanier daran, sofort zu verstehen. Zwei Männer und eine andere Frau ... Wen meinte Ban damit? Und mochte einer der beiden Männer Kim sein? Derzeit gab es keine Möglichkeit, Gewißheit zu erlangen, doch Tuvok spürte, wie ein schweres Gewicht von seinen Schultern wich und der Druck zwischen den Schläfen ein wenig nachließ.

»Ich folge Ihnen«, sagte er. »Es ist die einzige logische Entscheidung. Ohne Ihre Hilfe schaffe ich es vielleicht nicht bis zur Oberfläche.«

Ban nickte, drehte sich um und eilte los. Die anderen Urrythaner waren inzwischen außer Sicht geraten. Tuvok setzte sich ebenfalls in Bewegung und merkte, wie die Vibrationen stärker wurden. Das Zittern der Wände war inzwischen deutlich sichtbar, und Tuvok hielt die ganze Zeit über nach weiteren tiefen Spalten im Felsboden Ausschau. Ban hatte ihm neue Hoffnung in Hinsicht auf das Überleben der anderen Besatzungsmitglieder gegeben, und dadurch erschien es noch wünschenswerter, aus dem Tunnelsystem zu entkommen.

Ban schien sich in diesem Zusammenhang kaum Sorgen zu machen. Er ging mit langen, gleichmäßigen Schritten, und es dauerte nicht lange, bis sie die Gruppe erreichten; vielleicht hörte er die ›Stimme des Planeten‹ und wußte daher, wann Gefahr drohte und wann nicht. Die anderen Urrythaner nahmen Bans Rückkehr mit einem knappen Nicken zur Kenntnis und bedachten den Fremden an seiner Seite mit verstohlenen Blicken. Einige von ihnen flüsterten miteinander, als sie Tuvoks Phaser sahen. Offenbar erinnerten sie sich an die lähmenden Strahlen der Waffe, und es schien ihnen nicht zu behagen, daß ein Außenweltler, der über solche Macht verfügte, in ihrer Nähe weilte.

Tuvok sah keinen Sinn mehr darin, den Phaser schußbereit in der Hand zu halten. Er schob ihn ins Halfter und blieb dicht an Bans Seite. Auf keinen Fall wollte er mit seinem Verhalten dafür sorgen, daß die Urrythaner erneut zum Mittel der Gewalt griffen. Eigentlich fürchtete er bei diesen Überlegungen nicht um seine eigene Sicherheit, sondern vor allem um die der Gruppe: Sie durften keine Zeit verlieren, mußten das Höhlensystem so schnell wie möglich verlassen, bevor die Erschütterungen dafür sorgten, daß ganze Tunnel einstürzten.

Die Urrythaner schienen Tuvok schon nach kurzer Zeit zu vergessen. Andere Dinge erforderten ihre Aufmerksamkeit, und sie berichteten Ban, was während seiner Abwesenheit mit Vok geschehen war.

Der Älteste hatte zunächst aus eigener Kraft gehen können. Zwar war er recht schwach gewesen, aber er blieb sich seiner Umgebung bewußt, gab Anweisungen und sorgte dafür, daß sich die Urrythaner zu einer Gruppe zusammenschlossen, um gemeinsam die Oberfläche zu erreichen. Mit anderen Worten: Er übernahm wieder die Verantwortung eines Anführers. Andernfalls wäre Ban nicht aufgebrochen, um den Fremden zu helfen. Sein eigenes Volk hatte Vorrang; er durfte die Seinen nicht im Stich lassen, um Besuchern aus dem All Hilfe zu gewähren.

Doch jetzt reagierte Vok nicht mehr auf das, was um ihn herum geschah – sein Selbst schien sich ganz in eine andere Welt zurückgezogen zu haben. Ihn hilflos und ohne Bewußtsein zu sehen, während um sie herum das Wunder aller Wunder geschah … Es brach Ban fast das Herz. Er wünschte sich, der *Einen Stimme* nahe genug zu sein, um zu fühlen, was sein Mentor jetzt empfand, um zu wissen, daß alles in Ordnung war.

»Besteht nicht die Aussicht, daß er rechtzeitig das Bewußtsein wiedererlangt?« fragte Tuvok und versuchte zu verstehen. »Eigentlich ist doch eine Zeremonie erforderlich, oder? Als Sie unser Besatzungsmitglied entführten, Fähnrich Kayla, erwähnten Sie Vorbereitungen. Müßten die nicht auch für Vok stattfinden?«

»In seinem Fall müßten die Vorbereitungen bereits abgeschlossen sein«, erwiderte Ban kummervoll. »Vielleicht ist es für ein richtiges Ritual zu spät – Eile ist geboten, wenn wir ihm den Weg weisen wollen. Ich hoffe, daß ich ihm zumindest auf diese Weise zu Diensten sein kann. Als er spürte, daß er endgültig zur Harmonie gezogen wurde, hätten wir damit beginnen sollen, ihn auf die Reise vorzubereiten. Es kostete ihn zusätzliche Kraft, uns in den Höhlen zu erreichen – dadurch verlor er vielleicht die einmalige Chance, das *Erwachen* zu erleben.«

»Bringen Sie mich zu dem Ort, an dem sich Kayla befindet?« fragte Tuvok.

»Ja«, entgegnete Ban leise. »Aber glauben Sie nicht, daß Sie ihr Ritual unterbrechen können. Ein großes Geschenk wurde ihr zuteil, und es gibt keine Rückkehr aus dem *Langen Schlaf*. Sie hat bereits einen zu weiten Weg zurückgelegt, und jene, die sie begleiten – die für sie singen –, können nur zurückkehren, wenn Kayla das Ziel erreicht.«

»Ich glaube, Sie gehen von falschen beziehungsweise unvollständigen Informationen aus«, sagte Tuvok. »Vor Ihrem Angriff haben wir die Hieroglyphen bestimmter Säulen übersetzt und dabei folgendes festgestellt: In der Vergangenheit Ihres Volkes gibt es Beispiele dafür, daß man angeblich unwürdigen Personen den *Langen Schlaf* und das *Aufsteigen* vorenthielt. Ihre Vorfahren wußten, worauf es dabei ankam.«

Ban starrte den Vulkanier verblüfft und schockiert an. »Man hat unwürdigen Personen den *Langen Schlaf* und das *Aufsteigen* vorenthalten? Ich kann mir kein Vergehen vorstellen, daß eine so gräßliche Strafe verdient. Wie soll es möglich sein, ohne die Verheißung eines anderen Lebens zu existieren?«

»Ich versichere Ihnen, daß es für mich nicht den geringsten Grund gibt, Sie zu belügen«, erwiderte Tuvok. »Unter anderen Umständen könnte ich Ihnen die Säulen mit den betreffenden Schriftzeichen zeigen, aber angesichts der Vibrationen ist der Aufenthalt im Tunnelsystem zu gefährlich. Nun, wichtig ist folgendes: Es *gibt* eine Möglichkeit, die Wirkung des *Ambiana* zu neutralisieren. Sie könnten Kayla mir überlassen. An Bord des Raumschiffs stehen uns hochentwickelte medizinische Hilfsmittel zur Verfügung. Ich bin sicher, daß wir Kaylas Selbst in die Realität zurückholen könnten.«

»Aber damit erwiesen Sie ihr keinen Gefallen«, betonte Ban. »Der *Lange Schlaf* ist etwas Wundervolles. Durch ihn wird man eins mit der Harmonie der Alten, kann über das bevorstehende *Aufsteigen* meditieren und sich auf eine ganz neue Existenz vorbereiten. Warum sollten Sie beabsichtigen, ihr so etwas zu nehmen?«

»Ihre Traditionen sind anders als unsere«, sagte Tuvok. »Meine eigenen unterscheiden sich erheblich von denen Kaylas, obgleich wir zur Crew des gleichen Raumschiffs gehören. Es ist durchaus möglich, daß Sie recht haben und Fähnrich Kayla etwas Wundervolles erlebt. Aber es ist auch möglich, daß sie einfach nur stirbt. Sie können in dieser Hinsicht keine Gewißheit haben, denn Kayla gehört nicht zu Ihrem Volk. Was sich bei Urrythanern auf eine bestimmte Weise auswirkt, könnte bei der von Ihnen entführten Frau zu ganz anderen Resultaten führen. Sie wollen Kayla Erleuchtung bringen, aber Sie riskieren dabei, ihr den Tod zu bescheren.«

»Den Tod?« wiederholte Ban. »Meinen Sie damit den *Endlosen Schlaf*?«

»Das könnte in Ihrem Sprachgebrauch eine passende Bezeichnung sein«, meinte Tuvok. »Ich möchte Kayla zu ihrem Volk zurückbringen. Es hat eine eigene Religion, eigene Überzeugungen. Sie sind doch nicht so vermessen anzunehmen, Ihr Glaube sei der einzig mögliche im Universum, oder?«

Ban runzelte die Stirn und schwieg. Während er nachdachte, setzten sie den Weg durch den Tunnel fort, und nach einer Weile merkte Tuvok, wie die Dunkelheit allmählich zurückwich. Frische Luft strich ihm übers Gesicht. Sie näherten sich der Oberfläche, und das bedeutete für den Vulkanier: Bald galt es zu entscheiden, was er unternehmen sollte. Derzeit schien er Ban und den anderen vertrauen zu können, doch die Situation mochte sich schnell ändern. Er mußte feststellen, ob Kayla noch lebte – und dann eine Möglichkeit finden, sie zur *Voyager* zu bringen. Tuvok wollte auf keinen Fall jemanden aus der Crew auf dem Planeten zurücklassen.

Die Vok tragenden Urrythaner sangen erneut, und diesmal klang es anders als zuvor. Tuvok vernahm einen monotonen und gleichzeitig melodischen Chorus, der zuerst den Eindruck erweckte, sich endlos zu wiederholen. Doch nachdem der Vulkanier eine Zeitlang aufmerksam gelauscht hatte, bemerkte er subtile Variationen. Die Unterschiede blieben minimal und offenbarten sich nur dann, wenn man sich ganz auf den Gesang konzentrierte.

Die Melodie verschmolz nicht in dem Sinne mit den Vibrationen in den Wänden, wirkte vielmehr wie eine Erweiterung davon. Energie knisterte in der Luft – eine Energie, die fast Substanz gewann. Tuvok spürte, wie sie in den Wahrnehmungsbereich seiner Sinne vordrang. Seine früheren kurzen Kontakte mit der fremden Entität waren nichts im Vergleich zu dem, was er jetzt erlebte. *Etwas* versuchte, sich einen Weg in sein Bewußtsein zu ertasten. Dem Vulkanier gelang es, die Kontrolle über sein Ich zu bewahren und mentale Barrieren zu errichten, die ihn schützten, aber jenseits der geistigen Mauern spürte er ganz deutlich eine gewaltige Kraft.

Viele Stimmen formten den Chorus, aber es handelte sich nicht um unterschiedliche Faktoren eines Liedes, sondern vielmehr um Segmente eines Ganzen. Erstaunt stellte Tuvok fest, daß auch Kayla dazugehörte. Sie leistete keinen so starken und kompetenten Beitrag wie die anderen, und es war nicht schwer, ihre ›Stimme‹ zu erkennen, wenn man einige Sekunden lang horchte. Tuvok, für den überhaupt keine Vorbereitungen stattgefunden hatten, harmonierte besser mit der *Einen Stimme* als sie.

Kayla schien eine kleine Nische im Ganzen gefunden zu haben, einen Platz am Rand – aber mehr nicht. Die von Tuvok empfangenen Eindrücke deuteten darauf hin, daß sie nicht integriert war, nur toleriert wurde. Er fragte sich, wie lange diese Toleranz dauern mochte. Hatte Kayla vielleicht die Möglichkeit, im Lauf der Zeit zu lernen und dadurch zu einer vollständigeren Verbindung mit den anderen zu finden? Wenn ihr das nicht gelang … Tuvok wagte es nicht, über die möglichen Konsequenzen nachzudenken.

Weiter vorn endete der Tunnel an der Oberfläche des Planeten. Tuvok griff tief in seinen inneren Kosmos und fand dort genug Kraft, um eine noch stabilere Barriere vor den Stimmen und der Melodie zu errichten. Er schirmte sich ab, blieb darauf konzentriert, einen Fuß vor den anderen zu setzen und nach draußen ins Licht zu treten. Die Macht des Liedes wuchs und dehnte sich, übte einen ähnlichen Druck aus wie schnell dahinströmendes Wasser. Er isolierte sich davon. Je länger er die Kontrolle über sein Selbst wahrte, desto unerschütterlicher wurde er und desto mehr nahm die Distanz zu dem zu, was um ihn herum geschah.

Im Innern der *Einen Stimme* hatte er etwas gehört, das sich als nützlich erweisen konnte. Tuvok wandte sich an Ban und nahm ihn beiseite.

»Vielleicht bin ich in der Lage, Ihnen zu helfen«, sagte er. »Ich habe Voks Bewußtsein gespürt, seinen Teil der *Einen Stimme*, und ich glaube, daß ich ihn erreichen kann. Vielleicht bin ich imstande, ihn weit genug zurückzuholen, um ihm die Möglichkeit zu geben, das *Erwachen* zu erleben. Wenn er nicht so sehr in die Lebenskraft verstrickt wäre, die uns umgibt, hätte er vermutlich genug Kontrolle über sich, um das ganze Ritual stattfinden zu lassen.«

»Können Sie ihm wirklich helfen?« fragte Ban. »Vok behauptete von sich selbst, über entsprechende Fähigkeiten zu verfügen, aber von uns jungen Urrythanern ist niemand der Harmonie nahe genug gekommen, um ins Selbst der anderen zu blicken. Normalerweise findet eine solche Entwicklung nur dann statt, wenn der *Lange Schlaf* unmittelbar bevorsteht.«

»Voks Ich entfernt sich immer mehr vom Hier«, sagte Tuvok. »Der Versuch, es zurückzuholen, muß bald stattfinden, und ich kann den Erfolg nicht garantieren. Was meine Fähigkeiten betrifft ... Ich bin mit ihnen aufgewachsen; sie sind Teil meines Wesens. Alle Angehörigen meines Volkes sind von Geburt an damit ausgestattet. Wie Sie sehen, habe ich Ihnen die Wahrheit gesagt: Ich bin tatsächlich ganz anders als Kayla.«

Sie verließen den Tunnel und traten auf eine Straße der Ödland-Siedlung – sie hatte der *Voyager* den ersten Hinweis darauf geliefert, daß Urrytha bewohnt war.

Der Anblick, der sich ihnen draußen darbot, beendete das Gespräch zwischen Ban und Tuvok.

»Nein!« rief der Urrythaner. Er löste sich von Tuvoks Seite, eilte mit langen, kraftvollen Schritten über die Straße. Tuvok nahm die Szene mit einem weiteren Blick in sich auf und folgte dann dem hochgewachsenen Einheimischen. Ban lief zu einer steinernen Plattform, deren Form an einen Altar erinnerte, und darauf lag Kayla, umgeben von gelben *Ambiana*-Blumen. Vor ihr standen Paris und Kes – beide hatten Bans Stimme gehört und drehten sich um.

Die Blüten bildeten eine dicke Schicht, die alles bedeckte, auch den Boden ringsum. Andere, sitzende Urrythaner bildeten einen Kreis, der sowohl den Altar als auch Paris und Kes umgab. Ihre Augen waren geschlossen, und sie sangen auf eine ähnliche Weise wie Bans Gefolgsleute, deren Melodie noch immer irgendwo hinter Tuvok erklang. In diesem Fall wirkte das Lied kunstvoller, mehr in sich geschlossen. Die sitzenden Urrythaner schienen nicht einmal zu bemerken, daß zwei Fremde in ihren Kreis vorgestoßen waren. Sie gingen völlig in ihrem Gesang auf.

Kes hielt etwas in der Hand, und als Ban sich näherte, wandte sie sich rasch wieder Kayla zu und preßte ihr den Gegenstand kurz an den Hals.

Der Boden unter Tuvok zuckte wie der Leib eines lebenden Wesens. Er taumelte, und eine besonders heftige Erschütterung raubte ihm das Gleichgewicht. Der Vulkanier fiel und rollte sich ab – seine Reflexe bewahrten ihn vor Verletzungen. Als er wieder aufzustehen versuchte, stellte er fest, daß es Ban ebenso ergangen war wie ihm. Mühsam versuchte der große Urrythaner, wieder auf die Beine zu kommen.

Ban trachtete noch immer danach, den Altar zu erreichen. Er rief Paris und Kes etwas zu, winkte dabei mit beiden Armen und lief dadurch Gefahr, erneut das Gleichgewicht zu verlieren. Der Boden hob und senkte sich immer wieder, was Ban daran hinderte, auf die steinerne Plattform zu klettern. Oben klammerten sich Paris und Kes am Rand des Altars fest, um nicht zur Seite geschleudert zu werden.

Tuvok schaffte es, Ban zu erreichen. »Es hat keinen

Zweck«, sagte er ruhig. »Kes hat Kayla das Gegenmittel verabreicht. Es wird nicht mehr lange dauern, bis sie das Bewußtsein wiedererlangt.«

»Und die anderen ...« Ban deutete auf die Urrythaner des singenden Kreises. »Es gibt keine Möglichkeit, sie zurückzuholen. Sie werden ihre Bemühungen fortsetzen und auch weiterhin singen, bis sie spüren, daß sich das Bewußtsein der Schlafenden den Alten hinzugesellt. Wenn Kayla erwacht ... Dann bleiben sie in der Melodie gefangen, bis sie schließlich sterben.«

Tuvok starrte Ban ungläubig an. Nach einigen Sekunden kam ihm eine Idee.

»Kommen Sie«, sagte er rasch. »Wir bringen Vok hierher und wecken ihn. Er dürfte Ihrer *Einen Stimme* nahe genug sein, um die Sänger zu erreichen. Vielleicht gelingt es ihm, sie aus der Trance zu befreien.«

Ban gab keine Antwort, aber er folgte Tuvok. Kurze Zeit später ließ das Beben nach, und dadurch kamen sie schneller voran.

Die anderen hatten gerade erst den Tunnel verlassen, als die Erschütterungen begannen. Tuvok beobachtete, wie sie durch den Staub wankten, ohne ihren Gesang zu unterbrechen. Das Beben setzte ihnen nicht so sehr zu wie dem Vulkanier und Ban, denn ihre Selbstsphären waren mit den Vibrationen synchronisiert. Sie schienen ebenso ausschließlich auf das Lied konzentriert zu sein wie die Sänger am Altar. Tuvok begriff plötzlich, daß es sich um zwei Versionen der gleichen Zeremonie handelte – sie fanden nur auf unterschiedlichem Niveau statt.

Er erreichte die Urrythaner einige Sekunden vor Ban und drehte sich zu ihm um.

»Es dauert ein wenig«, schnaufte Ban. »Ich muß mit jenen kommunizieren, die sich an der Spitze der Gruppe befinden. Anschließend suchen wir den Altar auf. Es ist kein richtiges Ritual, aber vielleicht haben Sie recht. Vielleicht klappt es tatsächlich.«

Er drehte sich um und begann ebenfalls zu singen. Tuvok hörte eine Kontrapunkt-Melodie und fühlte, wie sie die Symmetrie der anderen Stimmen durchdrang. Sie unterbrach das Lied nicht etwa, sondern *veränderte* es, fügte erst höhere und dann auch tiefere Töne hinzu, zog einige Phrasen in die Länge. Tuvok dachte in diesem Zusammenhang an einen Damm, der den Lauf eines Flusses oder Baches änderte.

Die Kommunikation mit den anderen Urrythanern funktionierte offenbar. Die Gruppe setzte den Weg fort, wandte sich jetzt aber dem Altar zu. Irgendwie gelang es den Singenden, das Gleichgewicht zu wahren und auf den Beinen zu bleiben. Sie paßten sich den Erschütterungen auf eine Weise an, die Tuvok für unmöglich gehalten hätte, wenn er nicht Zeuge dieses Wunders gewesen wäre. Er folgte ihnen, stolperte mehrmals, fiel und erhob sich wieder.

Paris und Kes standen noch immer auf der steinernen Plattform, und Tuvok begriff, daß er sie irgendwie vor Ban und den anderen erreichen mußte. Es ging darum, Kayla fortzubringen und Platz für Vok zu schaffen. Und vielleicht sollten Sie das Durcheinander jenes Augenblicks nutzen, um die Flucht zu ergreifen. Tuvok war nicht sicher, ob Ban Kayla wirklich aufgegeben hatte; zwar erweckte er einen solchen Eindruck, aber der Vulkanier wollte kein Risiko eingehen.

Die übrigen Urrythaner – jene, die nicht am Gesang beteiligt waren – liefen schreiend umher. Einige hatten sich versteckt, als Paris und Kes eintrafen, und jetzt kehrten sie auf den Platz zurück, eilten Bans Gruppe entgegen. Allem Anschein nach verstanden sie die aktuellen Ereignisse kaum besser als Tuvok, und ihre Panik nagte an Bans Selbstbeherrschung.

Der Vulkanier versuchte, seine eigenen Bewegungen

der Melodie anzupassen, und dadurch schaffte er es schließlich, zum Altar zu *laufen*. Unterwegs taumelte er einmal, blieb jedoch auf den Beinen, erreichte die Plattform und eilte ihre Stufen empor.

»Wir müssen Kayla von hier fortbringen!« rief er Paris und Kes zu. »Die Urrythaner wollen sie durch Vok ersetzen, ohne das Ritual zu unterbrechen, doch dazu muß der Altar frei sein.«

Paris nickte und half dem Vulkanier dabei, die reglose Bajoranerin von dem Bett aus gelben Blumen zu heben. Ganz vorsichtig schritten sie mit ihr über die Stufen der hinteren Treppe. Kes hielt sich dabei dicht an Kaylas Seite, als könne ihre Nähe die Rekonvaleszenz beschleunigen. Bisher deutete nichts darauf hin, daß die junge Frau bald wieder zu sich kommen würde. Kes glaubte, daß sich Kayla nur dann erholen konnte, wenn sie sofort zur *Voyager* gebracht wurde, um dort in der Krankenstation vom Doktor behandelt zu werden.

Sie erreichten die Straße und wankten in Richtung Stadttor. Unterwegs versuchten sie, sich so gut es ging den Vibrationen anzupassen. Gleichzeitig achteten sie darauf, den vielen kleinen Rissen auszuweichen, die hier und dort im Boden entstanden.

Tuvok beobachtete, wie sich Ban aus der Menge löste. Die anderen Urrythaner setzten den Weg zum Altar fort, legten Vok auf die Blumen und verhielten sich so, als sei die Welt um sie herum ganz und gar nicht aus den Fugen geraten. Ban schenkte ihnen keine Beachtung mehr und näherte sich Tuvok, dem es nicht weiter schwerfiel, Kayla zu tragen – Vulkanier waren wesentlich kräftiger als Menschen.

»Warten Sie!« rief Ban, stolperte und wäre fast gefallen. »Bitte warten Sie. Vorhin wiesen Sie darauf hin, uns helfen zu können ...«

Tuvok zögerte. Er war kurz davor gewesen, Hilfe zu

versprechen, als sie den Tunnel verlassen hatten und der Anblick von Paris und Kes Ban ablenkte. Jetzt sah er sich mit einer schwierigen Entscheidung konfrontiert. Kayla mußte zur *Voyager* gebracht werden, und angesichts der Beben war Eile geboten: Wenn der Boden unter dem Shuttle nachgab, saßen sie auf Urrytha fest. Für die Bajoranerin konnte das den Tod bedeuten.

»Wir müssen zu unserem Raumschiff«, erwiderte Tuvok und ging weiter. »Kayla benötigt dringend medizinische Hilfe, und Ihre Welt schickt sich an, regelrecht auseinanderzubrechen.«

»Es ist das *Erwachen*«, erklärte Ban. Seine Stimme gewann einen fast flehentlichen Klang. »Alles wird wieder normal, sobald das *Erwachen* beendet ist. Ich brauche Ihre Hilfe, um Vok zu erreichen, um die Sänger aus der Trance zu befreien.«

»Ich sehe mich außerstande, Ihnen eine derartige Hilfe zuzusagen«, antwortete Tuvok. »Ich bin vor allem der Crew des Schiffes verpflichtet.«

»Die Sänger sterben, wenn Sie ihnen nicht helfen«, sagte Ban, und seine Augen blickten noch kummervoller als sonst. »Dann können sie nie das *Aufsteigen* erleben und verlieren sich im *Endlosen Schlaf*. In dem Fall bleiben nur ich selbst und einige wenige andere übrig.«

Kes trat vor. »Wir schaffen es auch allein, Kayla zum Shuttle zu bringen und zu starten.« Sie griff nach den Füßen der Bajoranerin. »Wenn Sie hier helfen können, Tuvok ...«

Einige Sekunden lang stand der Vulkanier stumm da, fühlte sich innerlich hin und her gerissen. Dann drehte er sich langsam um und ging in Richtung Altar, mit Ban an seiner Seite, während Paris und Kes zum Shuttle eilten. Nur noch etwa hundert Meter trennten sie davon, doch die Erschütterungen des Bebens und das Knistern von Energie in der Luft schien diese Entfernung auf mehrere Kilometer zu dehnen.

Nach einigen Metern stöhnte Kayla leise, neigte den Kopf langsam von einer Seite zur anderen und erzitterte in den Armen von Kes und Paris.

Der Pilot drehte den Kopf und sah zur Siedlung zurück, doch die Gestalt des Vulkaniers war irgendwo in dem Chaos verschwunden, das nun auf Urrytha herrschte.

16

Auf dem Weg von der Tunnelöffnung zum Altar und dann von dort aus zum Tor hatte Tuvok Gelegenheit gefunden, sich einigermaßen an das Beben zu gewöhnen. Deshalb wirkten seine Schritte weitaus sicherer, als er zum steinernen Podium zurückkehrte. Immer wieder hob und senkte sich der Boden unter ihm, schien mit jeder verstreichenden Sekunde noch instabiler zu werden. Normalerweise herrschten Ruhe und Ordnung hinter der Stirn des Vulkaniers, doch diesmal prickelte Unruhe in ihm. Er hatte etwas versprochen, aber gleichzeitig fühlte er sich verpflichtet, an Bord des Shuttles zu sein, mit Paris, Kes und Kayla zur *Voyager* zurückzukehren. Die an Ban gerichteten Worte schufen eine neue Bürde aus Verantwortung, die nun schwer auf den Schultern des Vulkaniers lastete.

Ein Teil seiner Motive bestand in dem Wunsch, unter den hiesigen besonderen Umständen herauszufinden, was er leisten konnte. Außerdem wollte er einen unmittelbaren Eindruck davon gewinnen, was Vok und die übrigen Urrythaner anstrebten. Er wußte, daß es eine Chance gab, Vok zu erreichen und ihn in diese Existenzebene zurückzuholen, zumindest für kurze Zeit. Er hatte bereits das Bewußtsein des Ältesten gespürt, ohne eine nennenswerte geistige Anstrengung. Eine vulkanische Mentalverschmelzung sollte ihn dem urrythanischen Ich wesentlich näher bringen und es ihm ermöglichen, Vok zurückzubringen.

Wenn es dabei einzig und allein um Vok gegangen wäre, hätte Tuvok keine derartige Entscheidung getroffen.

Er dachte dabei in erster Linie an die anderen. Er konnte nicht einfach fortgehen und zahlreiche intelligente Wesen in einem geistigen Gefängnis zurücklassen, in dem sie ohne seine Hilfe gefangen blieben. Wer nicht über spezielle mentale Fähigkeiten verfügte, war kaum imstande, so etwas zu verstehen: Es gab nichts Schlimmeres, als im eigenen Selbst gefangen zu sein, ohne Hoffnung.

Doch Tuvok mußte auch eingestehen, neugierig zu sein. Sein eigenes psychisches Potential war ziemlich groß, und nie zuvor hatte er etwas so Ausgeglichenes wahrgenommen wie die urrythanische Lebenskraft. Damit einher ging eine enorme Macht, die alles umfaßte, ohne dabei bedrohlich zu wirken. Die Entität vermittelte Eindrücke von hohem Alter und Permanenz. Wenn Tuvok es nicht schaffte, die betroffenen Urrythaner aus einer Verbindung zu lösen, die für sie viel zu früh kam, so mochte das Ende hier und jetzt stattfinden. Dann endete eine Kette, die Jahrzehntausende – oder gar noch weiter – in die Vergangenheit reichte, und er, Tuvok, war dafür verantwortlich.

Es fiel ihm schwer, sich eine so alte Zivilisation vorzustellen, ein Volk, das eine sehr eindrucksvolle mentale Entwicklung hinter sich hatte, ohne dabei auch technische Fortschritte zu erzielen. Ohne Furcht begannen die Urrythaner mit der Zeremonie, im Vertrauen darauf, daß Vok sie zurückholte. Sie dachten weder an Gefahr noch an die Möglichkeit, daß irgend etwas schiefgehen konnte.

Ban half Tuvok, das Gleichgewicht zu wahren, als sie an den Sängern vorbeitraten und anschließend zum Altar emporstiegen. Die *Ambiana*-Blüten bildeten eine glatte Schicht auf dem Boden, und dadurch kamen sie noch schwerer voran. Tuvok befürchtete, daß die dauernden Erschütterungen den Altar bersten ließen, bevor er Gelegenheit bekam, Vok zu erreichen. Deutlich spürte er, daß die pulsierenden Vibrationen auch weiterhin zunahmen.

»Es gibt kein lebendes Geschöpf, das ein *Erwachen* erlebt hat«, brachte Ban hervor, als er Tuvok über die letzten Stufen nach oben half. »Wir haben nur Legenden und Geschichten, die von unseren Vorfahren stammen und in denen sie die Ereignisse beschreiben. Es ist noch viel eindrucksvoller, als ich dachte. Ich fühle sie – sie alle –, die Alten vergangener Generationen. In einer großen Gemeinschaft sind sie eins geworden, und jetzt steigen sie auf. Es ist ein wundervoller Augenblick.«

»Ich bin mir nicht sicher, ob Ihr Planet den ›wundervollen Augenblick‹ übersteht«, sagte Tuvok. »Er könnte auseinanderbrechen, wenn es so weitergeht wie bisher.« Er hielt sich mit aller Kraft am Rand des Altars fest, so daß die Fingerknöchel weiß hervortraten. Die Knie hatte er gebeugt, um die Erschütterungen abzufedern.

»Es ist schon einmal geschehen«, erwiderte Ban. »Und unsere Welt existiert nach wie vor. Nach den Legenden ist dies das fünfte *Erwachen*, seit es Urrythaner auf dem Planeten gibt. Darum geht es bei dem *Erwachen*, Tuvok: Unsere Vorfahren streifen die letzten Fesseln ab, erwachen zu einem neuen Leben und zu einer neuen Existent bei den Sternen.«

Tuvok verzichtete auf einen Kommentar. Dies war nicht der geeignete Zeitpunkt für eine philosophische Debatte, und ihm fiel ohnehin die Vorstellung schwer, daß die gegenwärtigen Beben etwas anderes darstellten als das Bestreben einer Welt, sich selbst zu vernichten. Er richtete seine Aufmerksamkeit auf Vok, stützte sich am Altar ab und berührte den blassen alten Urrythaner behutsam an der Stirn. Dann schloß er die

Augen und konzentrierte sich, dehnte das eigene Bewußtsein aus und tastete nach den vertrauten Barrieren, die das andere Ich umgaben. Er suchte nach einer Lücke in dieser mentalen Mauer, nach einer schwachen Stelle, die er durchstoßen konnte.

Vage Schuldgefühle regten sich in ihm. Normalerweise führte er eine Mentalverschmelzung nur mit ausdrücklicher Erlaubnis der anderen Person herbei. Sie brachte Gefahren mit sich, und es gab keine größere Verletzung der Privatsphäre. Außerdem erinnerte sich Tuvok in diesem Zusammenhang an einen Befehl von Captain Janeway: »Keine weiteren Mentalverschmelzungen ohne meine Genehmigung – ist das klar?«

Aber er hatte gehört, wie der alte Urrythaner den größten Wunsch seines Lebens zum Ausdruck brachte: Er wollte Zeuge des *Erwachens* werden. Aus Voks eigenem Mund hatte er es gehört, und jene Worte interpretierte er nun als notwendige Erlaubnis. Inzwischen hatte der Älteste eine andere Existenzebene erreicht, und vielleicht hielt er nicht viel davon, ins Diesseits zurückgeholt zu werden. Wie dem auch sei: Grundlage für Tuvoks Handeln blieb zunächst ein von Vok geäußerter Wunsch.

Und dann die anderen, jene Urrythaner, die sangen und noch immer den Altar umgaben. Sie sollten die lange Tradition fortsetzen, während der nächsten zehntausend Jahre. Vok hatte durch Wort und Tat zu erkennen gegeben, daß ihm die jüngeren Urrythaner viel bedeuteten. Er selbst war bereit gewesen, seiner Verantwortung unter allen Umständen gerecht zu werden. Eigentlich sollte er es nicht bedauern, vorübergehend aus dem *Langen Schlaf* zurückgeholt zu werden, damit er die Sänger aus der Trance befreien und ihnen damit das Leben retten konnte.

Schließlich blieb keine Zeit mehr für Sorgen – Tuvok

mußte sich voll und ganz auf die Aufgabe konzentrieren. Er spürte, wie seine Gedanken durch die periphere Membran von Voks Bewußtsein glitten, und dann befand er sich plötzlich in der urrythanischen Selbstsphäre. In ihrem Innern gewann das Lied der *Einen Stimme* eine schier überwältigende Qualität. Es übertönte und überlagerte alles andere, wob fast auch Tuvok ein in ihr akustisches Geflecht. Er kämpfte dagegen an und blieb auf seine Absichten konzentriert, um Herr über das eigene Ich zu bleiben. Er brauchte etwas, um das urrythanische Selbst mit der physischen Hülle zu verbinden, in der es sich befand – etwas, das den Ruf der Harmonie beiseite drängte und *Individualität* schuf.

Zuerst suchte er vergeblich. Vok schien überhaupt nicht mehr als separate Identität zu existieren, sondern völlig Teil der zentralen Melodie zu sein, die von seinen Ahnen gesungen wurde. Tuvok drang noch weiter vor, in die fernen Ichgewölbe jener Person, der er – vor einer Ewigkeit – im Dschungel begegnet war. Hier und dort, genau an den richtigen Stellen, setzte er disharmonische mentale Energie frei. Doch nichts geschah. Er wollte schon aufgeben und zurückweichen, als er plötzlich etwas entdeckte.

Es war kaum mehr als ein Gedankenfragment, etwas, das sich noch nicht völlig angepaßt hatte und erst noch seine Struktur ändern mußte, um sich dem Ganzen hinzuzufügen. Vielleicht betraf die Zeremonie, der Kayla unterzogen worden war, genau diesen Vorgang. Vielleicht ging es bei dem Ritual darum, die letzten Verbindungen zur Welt des Physischen zu unterbrechen. Tuvok streckte die mentalen Hände nach dem Fragment aus und zog es fort von dem fremden Einfluß, der seine Struktur zu verändern versuchte.

Er trachtete danach, es in einen Kokon zu hüllen, den er aus seinen eigenen Gedanken spann. Der Vulkanier projizierte Bilder jener Welt, in der er stand: die Ruinen, der Dschungel, *Ambiana*-Pflanzen mit ihren großen, safrangelben Blumen; Bilder der Urrythaner, die nach wie vor einen Kreis bildeten und sangen, denen jetzt der Tod drohte. Er fügte Eindrücke vom *Erwachen* hinzu, von den Tunneln, in denen er unterwegs gewesen war, von den Vibrationen und Erschütterungen, von Spalten und Rissen, die sich überall im Leib der Welt bildeten.

Tuvok wußte nicht, welche Mittel sich besser eigneten als andere, und deshalb probierte er alle aus. Er beobachtet, wie sich das Fragment aus dem akustischen Geflecht zu lösen begann. Er begriff, daß es ihm gelungen war, den Vorgang der Aufnahme und Absorption zu stören, vielleicht sogar aufzuhalten. Aber er spürte auch, wie seine Kräfte allmählich nachließen.

Mit einer letzten Anstrengung, für die er seine geistigen Kraftreserven mobilisierte, schloß er die mentalen Hände fester um das Fragment und zerrte noch entschlossener. Tuvok ließ es nicht los, als er in Richtung Membran zurückkehrte und sie erneut durchstieß, um wieder nach draußen zu gelangen. Er kippte nach hinten, aber Arme hielten ihn fest und stützten ihn.

Der Vulkanier wußte nicht, ob er es geschafft hatte, Vok in die reale Welt zurückzuholen, oder ob jenes letzte Fragment endgültig Teil des Liedes geworden war, was den unwiderruflichen Beginn des *Langen Schlafs* bedeutete. Wie dem auch sei: Tuvok hatte alles getan, was in seiner Macht stand.

Neuerlicher Kopfschmerz erinnerte ihn daran, daß er im Tunnel an die Wand gestoßen war, und seine Augen zeigten ihm nur ein verschwommenes Bild der Umgebung. Er ruhte auf zitterndem Boden, und starke Arme stützten ihn. Überall um ihn herum lagen *Ambiana*-Blumen, und ganz deutlich nahm Tuvok ihren

Duft wahr. Noch immer erfüllte Gesang die Luft. Er glaubte, Worte zu vernehmen, aber wenn das tatsächlich der Fall war, so blieben sie ohne Bedeutung.

Er trachtete danach, die Benommenheit aus sich zu verbannen und aufzustehen.

Die einzelnen Fasern seines Bewußtseins fanden sich wieder zusammen und ergaben ein vollständiges Selbst. Jene Stimme, die er gehört hatte … Sie stammte von Ban. Der junge Urrythaner rüttelte ihn an den Schultern, richtete weitere Worte an ihn. Tuvok wandte sich ihm zu und versuchte zu antworten, aber es wurde nur ein Krächzen daraus. Er bemerkte, wie Erleichterung den Kummer aus Bans Gesicht verdrängte, wie die dünnen Lippen des Urrythaners ein Lächeln andeuteten, das irgendwie seltsam wirkte.

»Ich dachte schon, für Sie hätte ebenfalls der *Lange Schlaf* begonnen«, sagte Ban.

»Vok?« brachte Tuvok hervor und setzte sich langsam auf. »Ist er zurück?«

»Nein«, antwortete Ban leise. »Er blieb fort. Ich fürchte, für die anderen gibt es jetzt keine Rettung mehr.«

»Aber … Ich habe gespürt, wie er sich aus dem Muster der *Einen Stimme* löste. Sind Sie ganz sicher?«

Plötzlich ließ sich im Gesang noch etwas anderes vernehmen: ein leises Stöhnen. Tuvok und Ban blickten nach oben. Tuvoks Arme hatten bisher überkreuzt auf der Brust geruht, doch ein Arm geriet nun in Bewegung und rutschte über den Rand des Altars.

Tuvok stand auf, was ihn erhebliche Mühe kostete. Dutzende von kleinen Hämmern schienen an die Innenseite seines Kopfes zu pochen, und der Schmerz beeinträchtigte die Konzentration des Vulkaniers. Er zwang sich dazu, näher an den Altar heranzutreten. Ban war bereits an der Seite des Ältesten und schüttelte ihn vorsichtig.

»Was ... was ist geschehen?« fragte Vok und hob die Lider. »Wo bin ich? Was brachte mich hierher? Ban?«

»Es ist alles in Ordnung«, sagte der junge Urrythaner in einem beruhigenden Tonfall. »Wir haben Sie aus dem *Langen Schlaf* zurückgebracht. Sie werden noch gebraucht, für kurze Zeit.«

»Ich bin ... zurück?« Vok setzte sich, sank jedoch sofort wieder auf das Bett aus *Ambiana*-Blüten zurück. Er versuchte es noch einmal, mit mehr Erfolg.

»Dieses Ritual ... ist für mich bestimmt?« Erst jetzt bemerkte der Älteste Tuvok, und Erstaunen zeigte sich in seiner Miene. »Was geht hier vor, Ban?«

»Sie brachen im Tunnel zusammen«, erklärte Ban. »Als Sie uns folgten und die Katastrophe verhinderten ... Stolz blendete mich. Und Sie verbrauchten Ihre letzte Kraft, um Unheil zu verhüten.«

Erneut kam es zu einer heftigen Erschütterung, die Tuvok, Ban und Vok fast von der steinernen Plattform geworfen hätte.

Ein seltsames, von innen kommendes Licht glühte in Voks Augen.

»Das *Erwachen*«, hauchte er voller Ehrfurcht. »Sie haben mich rechtzeitig genug zurückgeholt, damit ich es erleben kann.«

»Es bleibt nicht mehr viel Zeit, bis das derzeitige Geschehen – was auch immer es bedeuten mag – die kritische Phase erreicht«, warf Tuvok ein. »Wir sollten *jetzt sofort* etwas unternehmen, um die Sänger vom Einfluß der *Einen Stimme* zu befreien.«

»Er hat recht«, sagte Ban und deutete zu den jungen Urrythanern, die noch immer auf dem Boden saßen und die Plattform umringten, dem um sie herum herrschenden Chaos überhaupt keine Beachtung schenkten. Die anderen Urrythaner, die zuvor durchs Tunnelsystem unterwegs gewesen waren, hatten ihren Gesang längst beendet. Sie bildeten keine Gruppe mehr, standen zwischen den Gebäuden der Siedlung und sahen von dort aus zum Altar.

Vok nahm die Szene rasch in sich auf. Er wirkte nicht etwa besorgt, sondern lächelte erfreut.

»Sie sind eins mit dem *Erwachen*«, sagte er. »In ihrem Leben hat es keinen glücklicheren Moment gegeben. Selbst das Ritual des *Langen Schlafs* hätte sie nicht zu einer solchen Einheit führen können. Auch wenn Kayla in der Lage gewesen wäre, ihre Reise zu beenden … Für die Sänger hätte sich dadurch nichts geändert. Sie bleiben bei dem, was ihnen Erfüllung schenkt.«

»Sie sind nicht in der Lage, sich zu befreien!« entfuhr es Ban. »Wie sollen sie mit dem *Langen Schlaf* beginnen, wenn sie dort sitzen und singen, bis sie sterben?«

»Keine Sorge.« Vok legte dem jüngere Urrythaner die Hand auf die Schulter. »Wenn es zum *Erwachen* kommt, kehren sie zurück. Erinnern Sie sich nicht an die Legenden? Wenn die Alten zu ihrem neuen Anfang aufsteigen, wird die *Eine Stimme* auf dieser Welt schwächer. Die Aufgabe jener, die nach uns kommen, besteht darin, ihre ursprüngliche Kraft wiederherzustellen. Wenn die Loslösung der Alten stattfindet, hört die Bindung der Sänger auf.«

»Mag sein«, sagte Tuvok. »Aber wenn der Boden unter ihnen nachgibt, stürzen sie zu Tode und bekommen nie Gelegenheit, zu einer anderen Existenzebene aufzusteigen. Können wir ihnen nicht irgendwie helfen?«

Vok blickte zu den Singenden hinab und schien erst jetzt an die physischen Gefahren des aktuellen Geschehens zu denken.

»Ich …« Der Älteste zögerte kurz. »Ban, wir müssen sie zur Haupthöhle bringen.«

»Ist es klug, sich während eines Bebens unter der Oberfläche des Planeten aufzuhalten?«

»Die Haupthöhle ist vermutlich der einzige stabile Ort auf ganz Urrytha«, erwiderte Vok. »Ihr steinernes Fundament reicht tief ins Innere des Planeten hinab, ist massiv und unerschütterlich. Auf der Oberfläche sind Berge entstanden und wieder zu Staub zerfallen, doch die Haupthöhle blieb davon unberührt und hat sich nie verändert. Sie wird uns Schutz gewähren.«

Ban nickte. Angesichts der Länge seiner Gliedmaßen sprang er mit einer erstaunlich anmutigen Bewegung auf und rief die Urrythaner, die sich halb in den Schatten der Siedlung verbargen. Sie reagierten sofort auf seine Worte, als hätten sie nur darauf gewartet, daß er wieder Verantwortung übernahm. Außerdem wußten sie bereits, welchen Ort es aufzusuchen galt.

Ban packte einen der Sänger unter den Armen und eilte los, trug und zog den Urrythaner zum Zugang des Haupttunnels. Die Entfernung betrug zweihundert Meter. Angesichts der Erschütterungen und vielen Risse im Boden, denen es auszuweichen galt, kam er nicht schnell voran.

Tuvok ergriff einen zweiten Sänger, und die Urrythaner um ihn herum folgten seinem und Bans Beispiel. Sie kümmerten sich um ihre in Trance gefangenen Artgenossen und strebten dann dem Tunnel entgegen. Der Vulkanier versuchte, ebenso schnell zu sein, aber die große Gestalt des Sängers behinderte ihn mehr, als er zunächst angenommen hatte. Hinzu kamen Erschöpfung und ein immer noch bohrender Kopfschmerz. Er verdrängte alles Belastende und konzentrierte sich allein auf das Ziel. Mit Hilfe der anderen dauerte es real nur wenige Minuten, um die Sänger in Sicherheit zu bringen, doch es schienen Stunden zu sein. Jeder einzelne Schritt erforderte große Anstrengung, und als Tuvok den Tunnelzugang erreichte, drehte er sich noch einmal um und sah zurück.

Vok war der einzige, der sich ihnen nicht angeschlossen hatte. Er kniete jetzt auf dem steinernen Altar und sah erwartungsvoll gen Himmel. Ban stapfte bereits dem Ältesten entgegen, und der Vulkanier setzte sich ebenfalls in Bewegung, ohne seine Reaktion erklären zu können. Er wußte nicht, ob Ban Vok ebenfalls zum Tunnel tragen wollte. Oder ging es ihm darum, dem alten Urrythaner in diesen letzten Momenten nahe zu sein? Was auch immer der Fall sein mochte: Nach allem, was sie gemeinsam erlebt hatten, hielt Tuvok es für angemessen, ebenfalls zugegen zu sein – um zu beenden, was sie begonnen hatten.

Was auch immer der Grund dafür sein mochte, daß sich der ganze Planet regelrecht schüttelte: Die Erschütterungen wurden noch heftiger. Alles deutete darauf hin, daß etwas Bedeutendes bevorstand, und Tuvok wollte wissen, worum es sich dabei handelte. Er glaubte sein Leben in Gefahr, und alles in ihm drängte danach, den Grund dafür zu erfahren. Ganz gleich, was auch geschah: Er wollte an den Ereignissen teilnehmen oder sie zumindest beobachten. Die *Eine Stimme* rief auch für ihn, und er reagierte darauf. Die Furcht verschwand.

Er besann sich auch auf einen logischen Aspekt. Sicher suchte die *Voyager* nach ihm, und wenn es ihren Sondierungssignalen tatsächlich gelang, die Interferenzen zu durchdringen, so konnten sie ihn nur auf der Oberfläche des Planeten erfassen, im Freien. Der Altar befand sich im größten noch zugänglichen Bereich des Dorfes.

Inzwischen waren die Gebäude der Siedlung zumindest teilweise eingestürzt. Tuvok begriff nun, was in der Vergangenheit passiert sein mußte, welche Ursache frühere urrythanische Zivilisationen zerstört hatte. Die Erkenntnis ließ ihn staunen. Wenn die Alten mehr als zehntausend Jahre im *Langen Schlaf* verbrachten, wenn ihre Zivilisation all jene Tempel errichtet und die Gärten angelegt hatte ... Wie *alt* mochte das Volk der Urrythaner dann sein? Immerhin fand dieser Kataklysmus angeblich zum fünften Mal statt. Tuvok stellte sich vor, wie eben jene Wesen erwachten, die damals, vor zehn Jahrtausenden, die Stadt im Dschungel gebaut hatten. So etwas wie Ehrfurcht erfaßte ihn.

Er folgte Ban und mußte bei jedem Schritt um sein Gleichgewicht kämpfen. Lautes Knacken gesellte sich dem allgegenwärtigen dumpfen Grollen hinzu, und vor dem Vulkanier öffnete sich plötzlich der Boden. Ihm blieb gar keine Zeit, einen klaren Gedanken zu fassen. Von einem Augenblick zum anderen stieß er sich ab und sprang, streckte die Beinmuskeln bis zu ihrer Belastungsgrenze. Er flog über die Leere hinweg, die jedoch noch breiter zu werden schien.

Ban hörte den Schrei des Vulkaniers und drehte sich um. Einen Sekundenbruchteil später stürmte er los, erreichte den Spalt im Boden, bückte sich und griff nach dem Arm des Außenweltlers. Tuvok stieß an die Seite der plötzlich entstandenen Schlucht, und zwar so heftig, daß ihm der Aufprall die Luft aus den Lungen preßte. Gleichzeitig spürte er, wie er nach oben gezogen wurde. Ban erwies sich als überraschend stark: Nur wenige Sekunden später standen sie wieder Seite an Seite, und der Urrythaner stützte den Vulkanier, als sie den Weg fortsetzten.

Sie näherten sich dem Altar, und Vok bemerkte sie. Mit lauter, von Ekstase erfüllter Stimme rief er ihnen zu: »Es geschieht *jetzt*! Das *Erwachen* hat begonnen!«

Schulter an Schulter standen Ban und Tuvok, stützten sich gegenseitig und blickten in die Richtung, in die Vok deutete. Sie verzichteten darauf, noch näher an den Altar heranzutreten, denn dort gab es kein Mehr an Sicherheit. Ganz gleich, welches Wunder oder welche Katastrophe sich jetzt anbahnte: Sie wollten nebeneinander stehenbleiben und es gemeinsam erfahren.

Paris und Kes halfen der inzwischen wachen Kayla zum Shuttle. Selbst unter normalen Umständen wäre der Weg dorthin recht schwer gewesen, doch durch das heftige Beben wurde alles noch problematischer. Manchmal mußte Paris die junge Bajoranerin fast tragen, und immer wieder verloren sie das Gleichgewicht. Der Pilot zwang sich, auch weiterhin einen Fuß vor den anderen zu setzen. Er wußte nicht, was um ihn herum geschah. Nur eins war für ihn klar: Was auch immer passierte – er wollte es erleben, während er an den Navigationskontrollen des Shuttles saß, nicht hier draußen, den Gefahren einer völlig außer Rand und Band geratenen Welt ausgesetzt.

Kayla war nur halb bei sich. Ihre eigene Identität schien sie ebensowenig zu kennen wie ihren derzeitigen Aufenthaltsort. Zwar ging sie zumindest teilweise aus eigener Kraft, und gelegentlich sprach sie das eine oder andere Wort. Aber ihr Blick reichte noch immer in die Ferne, und der entrückte Ausdruck in ihrem Gesicht wies darauf hin, daß ein großer Teil ihres Selbst noch immer fernab der Realität weilte. Paris hoffte, daß es ihnen gelang, die Bajoranerin rechtzeitig zur *Voyager* zu bringen. Wenn nicht ... Er wagte es kaum, über die möglichen Konsequenzen nachzudenken.

Erstaunlicherweise hatten sich am Landeplatz des Shuttles keine Risse im Boden gebildet. Das kleine Raumschiff war ein wenig zur Seite geneigt, aber nicht beschädigt. Als sie es erreichten, verlor Paris keine Zeit, hob Kayla hoch und trug sie durch die Schleuse. Kes folgte ihnen rasch. Während er die Bordsysteme aktivierte und alle notwendigen Startvorbereitungen traf, schnallte Kes die Bajoranerin an. Anschließend nahm sie im Sessel des Copiloten Platz.

»Verschwinden wir von hier«, sagte Paris und gab Schub. Das Shuttle hob ab und glitt schnell höher.

»Wir müssen die Atmosphäre hinter uns lassen,

damit Kayla an Bord gebeamt werden kann«, fügte er hinzu. »Sobald das geschehen ist, kehre ich nach Urrytha zurück und hole Tuvok.«

Kes nickte. »Ich begleite Sie.«

»Darin sehe ich kaum einen Sinn«, meinte Paris und runzelte die Stirn. »Sie haben praktisch keine Möglichkeit, mir irgendeine Art von Hilfe zu leisten, und gehen nur ein unnötiges Risiko ein.«

»Tuvok ist verletzt«, erwiderte Kes scharf. »Was bedeutet, daß er medizinische Hilfe braucht. Deshalb kehre ich mit Ihnen auf den Planeten zurück. Außerdem: Wenn ihm während der Mentalverschmelzung etwas zustieß, so bin nur ich imstande, sein Selbst zu erreichen. Sie wissen, daß ich nicht übertreibe, Tom.«

Paris musterte sie, dachte nach und versuchte, einen schwachen Punkt in ihrer Argumentation zu finden. Doch er hielt vergeblich Ausschau, und der entschlossene Glanz in ihren Augen verriet ihm, daß Kes auf keinen Fall nachgeben wollte. Er fügte sich – bei dieser Sache saßen sie in einem Boot, beziehungsweise im gleichen Shuttle.

Der bebende Boden von Urrytha verschwand hinter dichten Wolken, und kurze Zeit später verließ das kleine Raumschiff die Atmosphäre des Planeten. Paris öffnete einen externen Kom-Kanal.

»Paris an *Voyager*«, sagte er. »Eine Person für den Transfer.«

»Wen sollen wir an Bord beamen, Mr. Paris?« fragte Janeways Stimme aus dem Lautsprecher. »Und warum kehren Sie nicht mit dem Shuttle zurück?«

»Der Transfer betrifft Fähnrich Kayla, Captain. Sie sollte direkt zur Krankenstation gebeamt werden. Kes und ich wollen noch einmal zum Planeten, um Tuvok zu holen.«

»Tuvok?«

»Er traf kurz nach uns ein, Captain«, erklärte Paris.

»Er begleitete eine große Gruppe von Urrythanern, die ihr Oberhaupt Vok auf den Schultern trug. Als wir sie verließen, nahm Vok Kaylas Platz auf dem Altar ein, und das Ritual wurde fortgesetzt.«

»Warum ist Tuvok dann noch immer auf Urrytha?‹ fragte Janeway.

»Er blieb aus freiem Willen, Captain«, warf Kes ein. »Bei dem Ritual gab es ein Problem, das Gefahr für die daran beteiligten Urrythaner bedeutet. Tuvok wollte versuchen, Voks Bewußtsein zu erreichen und den Ältesten zurückzuholen, bevor für ihn unwiderruflich der *Lange Schlaf* beginnt.«

»Hoffentlich ist es jetzt nicht zu spät«, kommentierte Janeway. »Na schön, landen Sie noch einmal und holen Sie Tuvok. Ganz gleich, was dort unten auch geschieht: Ich möchte, daß Sie alle – auch Tuvok – unverzüglich zur *Voyager* zurückkehren.«

Sie wandte sich an Chakotay. »Leiten Sie den Transfer von Kayla ein. Wir dürfen keine Zeit vergeuden.«

Der Erste Offizier nickte, und Janeway blickte wieder zum Hauptschirm, konzentrierte sich auf das Shuttle. Bevor sie ihren Worten etwas hinzufügen konnte, ertönte Paris' Stimme aus dem Kom-Lautsprecher.

»Aye, Captain«, sagte der Pilot und lächelte. »Wir holen Tuvok. Paris Ende«

Er betätigte die Navigationskontrollen und änderte den Kurs, lenkte das Shuttle zum Planeten zurück und hoffte, daß er dort einen einigermaßen stabilen Landeplatz fand.

»Captain ...« Fähnrich Fowler wandte sich halb von der Funktionsstation ab und sah zum Kommandosessel. »Ich glaube, das sollten Sie sich ansehen.«

Janeway hatte beobachtet, wie das von Paris gesteuerte Shuttle wieder in den Wolken von Urrytha verschwand. Sie drehte den Kopf. »Was ist los, Fähnrich?«

Sie war bereits aufgestanden und schritt durch den Kontrollraum, als Fowler antwortete:

»Während der letzten Minuten haben sich die von der Lebenskraft verursachten Interferenzen verdoppelt«, sagte der Fähnrich. »Die Emanationen nehmen weiter zu. Etwas bahnt sich an, und was auch immer es sein mag: Offenbar zieht es den ganzen Planeten in Mitleidenschaft.«

Die Kommandantin klopfte auf ihren Insignienkommunikator. »Janeway an Paris. Kommen Sie zurück. Hören Sie mich? Etwas geschieht auf Urrytha. Landen Sie nicht und kehren Sie zurück.«

Keine Antwort. Einige Sekunden lang lauschte Janeway der Stille, und dann nahm sie wieder im Kommandosessel Platz. Was auch immer auf dem Planeten geschah – es begann *jetzt*.

17

Tief unter der Oberfläche von Urrytha, an den Fundamenten der ältesten Säulen, die oben aus dem Boden ragten und weiter unten die Tunnel säumten, hatte die entscheidende Ereigniskette begonnen. Haarfeine, spinnwebartige Risse bildeten sich in ihnen, fraßen sich immer weiter durch das Material und ließen es splittern.

Dafür verantwortlich war die Macht der *Einen Stimme*, jenes Liedes, das die Welt mit den Myriaden Personen vereinte, die während der letzten zehntausend Jahre auf ihr gelebt hatten. Erde und Felsgestein bebten, wichen zur Seite, brachten Veränderung und bildeten an der Oberfläche ganz neue Strukturen, doch die Säulen blieben von diesem Vorgang zunächst unbetroffen.

Dann kippte die erste von ihnen, und plötzlich kam es zu huschenden Bewegungen. Farben schimmerten und schillerten; seltsame Geräusche erklangen. Die anderen Säulen reagierten wie Dominosteine und fielen ebenfalls, eine nach der anderen. Mit jedem Fall wuchs die *Eine Stimme* und fand noch mehr Kraft, wodurch weitere Säulen barsten. Die Stimmen der Alten glitten aus dem zerbrechenden Stein und sprangen dem wolkenverhangenen Himmel entgegen.

Die Bewegung war ebenso unaufhaltsam wie eine Flutwelle, so unvermeidlich wie der Wind. Jahrtausende waren verstrichen, und nun vervollständigte sich der Zyklus, begann von neuem. Was einst gewesen war, fand zu einer neuen Existenz. Was man zur Ruhe gebettet hatte, erhob sich nun und flog empor.

Das *Erwachen* fand statt.

Tuvok und Ban standen noch immer nebeneinander, stützten sich gegenseitig und beobachteten das Geschehen. Noch zeigte sich nichts, aber sie wußten, daß es nur eine Frage der Zeit war. Kadenz und Lautstärke der Geräusche hatten enorm zugenommen und strömten wie etwas Substantielles über die Oberfläche des Planeten. Nichts konnte so laut und mächtig sein, ohne daß irgend etwas sichtbar wurde. Tuvok und Ban warteten, obgleich nicht auszuschließen war, daß eine Urgewalt sie einfach fortfegte.

Die Vibrationen hatten inzwischen solche Ausmaße angenommen, daß die steinernen Gebäude der Siedlung zu Staub zerfielen. Das große Beben schien zu Ende zu sein. Jetzt zog summende, prickelnde Energie über den Planeten und gewann immer mehr an Intensität. Was zuvor eine unregelmäßige Aktivität gewesen war, metamorphierte nun zu einer kontinuierlichen Lebhaftigkeit, die ein sonderbares Zittern in Tuvoks Knochen verursachte.

Er spürte, wie das fremde Etwas über ihn hinwegstrich und *durch* ihn glitt. Er war nicht eins mit der *Einen Stimme*, aber er fühlte doch ihre Resonanzen in seinem Innern, nahm sie als eine Art elektrische Harmonie in seinem Selbst wahr. Tuvok empfand diese Erfahrung als außerordentlich eindrucksvoll. Er hätte sie selbst dann nicht ignorieren können, wenn direkt unter ihm ein weiterer Spalt im Boden entstanden wäre. Die Präsenz der Lebenskraft kündete von Perfektion und vermittelte eine Begeisterung, die selbst das rationale, logische Ich des Vulkaniers erfaßte.

Das Geräusch schwoll zu einer akustischen Lawine an, wurde noch lauter, und in der Ferne, im Bereich der ehemaligen Gärten und Parks, ließ sich nun etwas erkennen. Große Staubwolken bildeten sich dort und stiegen auf. Sie wirkten wie das Ergebnis von Explosionen: dichte Wolken, die sich am Horizont symmetrisch aneinanderreihten.

Wenige Sekunden später erkannte Tuvok, daß jene Wolken näher kamen, zusammen mit der akustischen Lawine. Wie hypnotisiert wartete er zusammen mit Ban. Er fand die Ereignisse seltsam, sogar unlogisch. Wolken waren ein Produkt der Natur und reihten sich nicht am Horizont auf. Planeten explodierten nicht einfach so.

Vok erhob sich langsam und stand auf dem steinernen Altar, schwankte dabei von einer Seite zur anderen. Um ihn herum lagen die gelben Blumen, auf denen Kayla bis vor kurzer Zeit geruht hatte. Der Älteste streckte die Arme dem heranrückenden Wahnsinn entgegen, und in seinen Augen irrlichterte es. Das lange, schmale Gesicht zeigte nun keinen Kummer mehr, sondern die innigste, umfassendste Ekstase, die Tuvok je gesehen hatte. Der alte Urrythaner tanzte auf dem Altar, erweckte dabei den Eindruck, praktisch jederzeit fallen zu können. Doch er blieb auf den Beinen, trotzte sowohl den Vibrationen als auch der eigenen Schwäche.

Tuvok wandte sich von Vok ab und sah fasziniert zu den Wolken am Horizont. Hier und dort lichteten sich die Staubschleier, während sie an anderen Stellen erst entstanden. Der Anblick erinnerte an ein riesiges Kaleidoskop. Etwas anderes fiel dem Vulkanier auf: Bunte Blitze flackerten in den Wolken, wiederholten sich immer öfter und wuchsen dabei über den Himmel.

Er beobachtete und wagte kaum zu atmen, war ganz und gar auf das Geschehen konzentriert. Gefühle regten sich in ihm, Empfindungen jenseits von Rationalität und Logik, Emotionen, die von Befreiung und

Freiheit kündeten. Dieses Fühlen stammte nicht von ihm, aber es erstaunte den Vulkanier zutiefst und blieb deshalb nicht ohne Wirkung auf ihn. Etwas kommunizierte mit Tuvok, vermittelte ihm Eindrücke von Hoffnung, Frohsinn und überaus intensiver Lebensfreude.

Die Mauern seiner Selbstbeherrschung zerbröckelten. Über viele Jahre hinweg hatte Tuvok gelernt, seine Gefühle zu unterdrücken und allein den Weg der Logik zu beschreiten. Jetzt schienen jene Bemühungen neben der überwältigenden Schönheit reiner Emotion zu Bedeutungslosigkeit zu verblassen. Er spürte, wie ihm Tränen über die Wangen rannen, doch er wischte sie nicht fort. Der Vulkanier beobachtete, lauschte und erlebte. Er verstand nicht und versuchte es auch gar nicht. Derzeit genügte es völlig, einfach nur dazusein und Zeuge dieses großartigen Ereignisses zu werden. Wenn er die aktuellen Geschehnisse überlebte, gab es noch Zeit genug, darüber nachzudenken, um einen Sinn in ihnen zu erkennen.

Als das Shuttle in die Atmosphäre zurückkehrte, wußte Paris sofort, daß sie einen Fehler gemacht hatten. Das kleine Raumschiff erzitterte so heftig, daß es fast außer Kontrolle geriet, und der Pilot bemühte sich, die Fluglage zu stabilisieren. Etwas geschah auf dem Planeten, etwas, das enorm viel Energie freisetzte. Sie knisterte überall in der Luft und umhüllte alles, schuf eine Aura freudiger Erwartung. Die Interferenzen ließen sich noch immer nicht von den Sondierungssignalen durchdringen, und mit den Anzeigen der Bordinstrumente ließ sich kaum etwas anfangen – in den Displays erschienen entweder völlig unsinnige Werte oder gar keine. Sie mußten blind fliegen, näherten sich der Oberfläche durch eine dichte Wolkendecke. Als sie den Planeten zuvor verlassen hatten, war sie nicht so dicht gewesen. Nervös begriff Paris, daß er überhaupt nicht wußte, welche Entfernung sie noch vom Boden trennte. Durchs Fenster blickte er nach draußen und hoffte auf eine Lücke zwischen den Wolken.

Kes saß steif neben ihm und starrte geradeaus. Zuerst glaubte Paris, in ihrer Haltung so etwas wie Furcht zu erkennen, was er unter den besonderen Umständen nicht weiter verwunderlich fand. Selbst der beste Pilot sah gern, wohin er flog. Andererseits: Kes neigte nicht dazu, von Angst regelrecht gelähmt zu werden. Paris konnte keine Zeit dafür erübrigen, ihr Trost zuzusprechen; das mußte er bis nach der Landung verschieben. Falls sie überhaupt gelang.

Die Außenhülle des Shuttles begann zu vibrieren und reagierte damit auf eine Kraft, die Paris nicht zu identifizieren vermochte. Draußen donnerte und grollte es. Ganz gleich, was der Pilot auch versuchte: Er war nicht imstande, ihre Position festzustellen. Er gewann den seltsamen Eindruck, nicht durch Luft zu fliegen, sondern durch Wasser: Das Shuttle wurde von verschiedenen Strömungen erfaßt, immer wieder hin und her geworfen. Paris betätigte Schaltflächen und bemühte sich nach wie vor um einen kontrollierten Flug.

»Kes!« brachte er hervor. Er mußte fast schreien, um sich im Tosen um sie herum verständlich zu machen.

Die Ocampa antwortete nicht. Paris nahm eine Hand fort von den Schaltelementen und riskierte dadurch, völlig die Kontrolle übers Shuttle zu verlieren. Er rüttelte die junge Frau kurz an der Schulter. »Kes!« rief er erneut und noch lauter.

Sie wandte sich ihm langsam zu, und ein verträumter Ausdruck zeigte sich in ihrem Gesicht. Zwar sah sie Paris, aber gleichzeitig wurde klar, daß sie ihn gar nicht richtig zur Kenntnis nahm. Etwas lenkte sie ab. Die Ocampa öffnete den Mund, um eine Antwort zu geben, aber welche Worte sie auch formulieren wollte –

sie kamen ihr nicht über die Lippen. Mit halb geöffnetem Mund blieb sie stumm und starrte auch weiterhin, ohne einen Ton von sich zu geben.

Zwar hatte sie auf seine Präsenz reagiert, aber Paris war ziemlich sicher, daß sie ihn gar nicht sah. Etwas passierte, etwas, das Kes mit ihren besonderen Sinnen wahrnahm. Vielleicht übte jenes Etwas einen Einfluß auf sie aus, von dem sie sich nicht befreien konnte. Was auch immer während der nächsten Sekunden und Minuten geschehen mochte: Es würde ihr Schicksal bestimmen.

Alles deutete darauf hin, daß Paris einmal mehr auf sich allein gestellt war.

Er konzentrierte seine Aufmerksamkeit wieder auf die Kontrollen, und der Bildschirm zeigte ihm die erhoffte Lücke zwischen den Wolken. Für eine halbe Sekunde sah er die Oberfläche des Planeten, und dann verdichteten sich die grauen Schleier wieder. Blitze zuckten irgendwo, wirkten wie das Licht einer Stroboskoplampe. Paris atmete auf – wenigstens hatte er jetzt eine ungefähre Vorstellung davon, wo sie sich befanden.

Das Shuttle setzte den Flug durch die Wolken fort.

Plötzlich raste etwas von Urrythas Oberfläche aus nach oben und stieß das kleine Raumschiff abrupt beiseite. Paris rang mit den Kontrollen, und irgendwie gelang es ihm, das Shuttle wieder zu stabilisieren – woraufhin es erneut zu einem heftigen Stoß kam. Weiter unten schien es zu Explosionen zu kommen, deren Druckwellen sie zu spüren bekamen. Das Shuttle sprang hin und her, während die Finger des Piloten über Schaltelemente huschten.

Er warf die Vorsicht über Bord, beschleunigte und hielt das Shuttle dicht über den Baumwipfeln. Das kleine Raumschiff sauste über die dschungelartigen Gärten hinweg, wie ein Insekt, das sich nur durch die

Größe von den vielen anderen unterschied. Noch immer kam es zu Erschütterungen, und Paris hatte die Raumfähre nicht hundertprozentig in seiner Gewalt, aber inzwischen schienen sie das Schlimmste überstanden zu haben. Wenigstens konnte man wieder die Umgebung erkennen.

Paris warf Kes einen kurzen Blick zu. Während der letzten Minuten hatte er sich nicht um sie kümmern können, doch jetzt, als er sich wieder einigermaßen Herr der Lage glaubte, kehrte seine Besorgnis zurück. Er sah, wie sie den Kopf schüttelte, als wollte sie sich auf diese Weise von mentalem Ballast befreien. Dann blinzelte sie und riß die Augen noch weiter auf.

»Wir müssen es sehen«, sagte sie und legte Paris die Hand auf den Arm. »Was dort drüben geschieht ... Wir müssen es beobachten. Ich möchte unbedingt Bescheid wissen. Verstehen Sie, Tom?«

Er musterte sie aufmerksam und fragte sich, ob die fremde Entität ihr Bewußtsein manipuliert hatte. Doch Kes schien sie selbst zu sein.

»Wir müssen Tuvok finden«, sagte er. »Und sobald wir ihn gefunden haben, kehren wir zur *Voyager* zurück. Sie haben den Captain gehört, Kes.«

»Ja«, erwiderte sie sanft. »Aber uns bleibt gar nichts anderes übrig, als zu warten, bis dies alles vorbei ist. Glauben Sie mir. Ich habe ihre Macht gespürt, ihre Freude – es ist eine so intensive Freude, Tom. Ich wünsche mir nichts mehr, als sie zu sehen.«

»Wen meinen Sie?« fragte Paris. Als Kes nicht antwortete, seufzte er tief und wandte sich erneut den Kontrollen zu. »Nun, von hier oben aus kann man nicht viel sehen. Außerdem sollte ich besser landen, bevor uns eine der Druckwellen gegen unseren Willen zu Boden schleudert. Oder bevor die sonderbaren Interferenzen alle unsere Bordsysteme lahmlegen.«

Er sah auf die Bildschirme und Displays, hielt nach

einem Ort Ausschau, der Stabilität versprach. Ein großer Teil der Planetenoberfläche war von den Veränderungen erfaßt worden, auf die eine oder andere Weise. Jahrhundertealte Bäume lagen entwurzelt. Die starken Vibrationen hatten massive Felsformationen in Staub verwandelt. Im flachen Ödland jenseits des Dschungels zeigten sich nun viele schluchtartige Spalten im Boden.

Paris entdeckte ein Plateau, gestützt von einem Berg, und er lenkte das Shuttle in die entsprechende Richtung. Dort schien der Untergrund kaum beeinträchtigt zu sein, und es gab nichts, das auf die Raumfähre herabfallen und sie zermalmen konnte. Wenn sie nicht in eine der Felsspalten fielen oder ganz plötzlich vom Boden verschluckt wurden, sollten sie eigentlich imstande sein, das zu überleben, was Kes unbedingt beobachten wollte.

Sie waren noch immer viele Kilometer von der Siedlung entfernt, in der sie Tuvok zurückgelassen hatten. Zwar erlaubte sich Paris eine gewisse Interpretationsfreiheit in Hinsicht auf Captain Janeways Anweisungen, aber er hielt es für sicherer, an diesem Ort zu landen und das Geschehen zunächst abzuwarten. Es kam jetzt nicht mehr zu den gefährlichen Druckwellen, die das Shuttle hin und her geschleudert hatten, aber dafür entstanden starke Turbulenzen, die den Flug zur Siedlung riskant machten.

Paris wählte eine Stelle und hoffte, daß sie tatsächlich Stabilität und Sicherheit bot. Dann landete er.

Das Shuttle setzte auf, und plötzlich merkte der Pilot, wie sehr seine Hände zitterten. Er hatte sich so sehr bemüht, das kleine Raumschiff unter Kontrolle zu halten, daß er erst jetzt merkte, welche Anspannung dadurch in ihm entstanden war. Der Boden des Planeten bebte noch immer, aber nicht mehr so heftig wie zum Zeitpunkt ihres Starts mit Kayla. Inzwischen hatte die Frequenz der Vibrationen stark zugenommen. Ganz Urrytha schien zu schwingen und von einer Resonanz erfaßt zu sein, die jetzt allerdings nicht mehr destruktiv wirkte.

Das Felsgestein gab nicht unter der Raumfähre nach, und Paris ließ den angehaltenen Atem entweichen. Kes stand auf, noch bevor er Gelegenheit bekam, das Triebwerk zu deaktivieren. Sie trat in die Luftschleuse, und wenige Sekunden später befand sie sich draußen. Auf dem Boden schwankte sie zunächst, aber dann stand sie ganz ruhig, hatte sich offenbar der Vibration angepaßt. Als Paris ebenfalls nach draußen trat, wartete sie neben dem Shuttle auf ihn, stützte sich dabei mit einer Hand an der Flanke der Raumfähre ab. Sie sah in die Richtung, aus der sie kamen, und in ihren Augen leuchtete es.

Paris legte ihr die eine Hand auf die Schulter, und mit der anderen hielt er sich am Shuttle fest. Dann folgte er dem Blick der Ocampa. Zwar verfügte er nicht über mentale Fähigkeiten, die sich mit denen von Kes oder Tuvok vergleichen ließen, aber er spürte trotzdem etwas. Emotionen gingen vom Planeten aus, von der vermeintlich leeren Luft, und tasteten sich zum Kern seines Selbst vor. Es war ein sonderbares Empfinden, das den Piloten zunächst erschreckte, denn immerhin kannte er bisher nur seine eigenen Empfindungen. Gleichzeitig schuf der Vorgang ein herrliches Hochgefühl in ihm. Fesseln schienen sich zu lösen, und grenzenlose Freiheit schloß sich an.

Er überraschte sich dabei, daß er glücklich lächelte, und er konnte den Blick einfach nicht von den Wolken in der Ferne abwenden. Er hörte auch Stimmen, ein deutlich vernehmbares Flüstern hinter seiner Stirn. Sie ähnelten sich so sehr, daß er kaum feststellen konnte, wo die eine aufhörte und die andere begann. Sie wisperten und raunten entzückt, übertrugen Bilder, die aus einem früheren Leben stammten, berichteten von Erlebnissen und Erfahrungen, die Paris überaus fremd blieben.

Aber die damit einhergehenden Gefühle zeichneten sich durch einen vertrauten Aspekt aus. Sie betrafen das Ende von Einschränkungen, ein Loslösen von allem, das die Freiheit begrenzte. Auf solche Weise hatte er empfunden, als er zum erstenmal ein Raumschiff flog, als sich der grenzenlose Weltraum vor ihm erstreckte und nur darauf wartete, von ihm erforscht zu werden. Niemand hätte jenen herrlichen Augenblick mit ihm teilen können. Doch hier, auf einem fremden Planeten, rund siebzigtausend Lichtjahre von der Erde entfernt, beschränkte sich jenes Gefühl nicht nur auf ein Ich. Er erfuhr es erneut, zusammen mit zahllosen anderen Selbstsphären. Die Wesen, von denen die Stimmen kamen, jene Geschöpfe, die so voller Glück waren, daß sich ihre Ekstase auf ihn übertrug ... Irgendwie wußte Paris, daß sie die Erinnerung an den wundervollen Augenblick mit ihm teilten. Die Fremden freuten sich darüber mit ihm und antworteten mit eigenen Erinnerungen.

Normalerweise hätte es Paris niemandem gestattet, seinem Ich – seinen Gedanken und Träumen – so nahe zu sein, aber er spürte keine bösen Absichten. Die prickelnde Freude der Wesen wirkte auf eine Weise ansteckend, die ihm rätselhaft blieb. In diesen Sekunden existierte nur die Gemeinschaft; für etwas anderes gab es keinen Platz.

Paris empfand die Intensität dieser Erfahrung als schier überwältigend. Er schwamm in einer Flut aus Bildern, Gedanken und Träumen, sah Städte und Ruinen, Dschungel, Wüsten und Ozeane. Er sah Raumschiffe und die Repräsentanten exotischer Völker. Er sah Höhlen, so tief, daß ihre Dunkelheit nie von Licht durchdrungen worden war – und doch wußte er, was sie enthielten. Einige der Orte glaubte er zu kennen, obwohl sie in den Bildern voller Leben steckten, während sie jetzt nur noch in Form von Ruinen existierten.

Die auf ihn einströmenden Eindrücke waren fast zuviel für Paris, und im drohte eine Art geistiger Kurzschluß, als die Wolkendecke aufbrach. Staunend blickte er empor, und aus einem Reflex heraus schloß er die Hand fester um Kes' Schulter. So wundervoll das Erlebnis sein mochte, das er gerade hinter sich hatte … Es wurde noch von dem Anblick übertroffen, der sich ihm jetzt darbot.

Er sah gewaltige Geschöpfe mit durchscheinenden Schwingen, die wie Kristalle schimmerten: Sie fingen das Sonnenlicht ein und reflektierten es mit atemberaubender Pracht in allen Regenbogenfarben.

Paris konnte die Züge der einzelnen Wesen erkennen, obgleich sie wie eine Fontäne aus den Gärten kamen. Sie breiteten ihre gewaltigen Flügel aus und segelten empor, während sich unter ihnen noch mehr aus den Gärten erhoben. Die ersten Geschöpfe verschwanden jenseits der Wolken, und ein endloser Strom folgte ihnen.

Das Zittern des Bodens ließ immer mehr nach. Stabilität kehrte auf und in den Planeten zurück, obgleich sich die Flut aus Bildern und Erinnerungen nicht verringerte. Das Geschehen wechselte nun von der physischen Welt in die psychische. Das Knistern und Summen der Energie hörte ebenfalls auf, verflüchtigte sich wie ein angenehmer Traum. Nach und nach löste es sich von Paris' Selbst, Schicht um Schicht, bis er sich wieder bewegen konnte und den Kopf schüttelte. Er versuchte, Ordnung in seine Gedanken und Empfindungen zu bringen.

Er reckte den Hals und beobachtete, wie die letzten Wesen weit oben verschwanden. Der Glanz jener wundervollen Schwingen verlor sich in den Wolken, und Stille erfaßte den ganzen Planeten.

Kes stand reglos. Tränen füllten ihre Augen, quollen daraus hervor und hinterließen salzige Spuren auf den Wangen. Sie schloß die Hand so fest um die Flanke des Shuttles, daß sich die Fingerknöchel weiß abzeichneten, und sie zitterte.

Paris merkte, wie fest seine eigene Hand um die Schulter der Ocampa geschlossen war. Er ließ sie los und drückte die junge Frau behutsam an sich. Sie lehnte sich dankbar gegen ihn, während ihr Blick nach wie vor den Wolken galt. Sie bebte noch immer am ganzen Leib, und Schweiß ließ ihr Haar am Nacken festkleben.

Wie eindrucksvoll mochte das Erlebnis für sie gewesen sein? Immerhin verfügte sie über die Fähigkeit, an den Gedanken und Gefühlen anderer Lebensformen teilzuhaben. Ihre Verbindung mit dem Gemeinschaftsselbst – der Lebenskraft, die ihnen seit der Ankunft auf dem Planeten so viele Probleme bereitet hatte – mußte weitaus enger und intensiver gewesen sein. Kein Wunder, daß sie so stark darauf reagierte.

»Kes«, sagte Paris leise.

Zuerst antwortete sie nicht, aber dann wich sie ein wenig fort von ihm und hob den Blick. Sie lächelte, hob eine Hand und wischte sich die Tränen von den Wangen.

»Es ist alles in Ordnung mit mir, Tom«, erwiderte sie schließlich. »Die Wesen ... Sie waren so wundervoll. Und so alt. Sie haben viel gesehen und viel erlebt, doch jetzt erfahren sie einen neuen Anfang.«

»Ja, darauf wiesen die Empfindungen hin«, meinte Paris. »Es fühlte sich an, als stünde ihnen etwas Großartiges bevor, etwas, das sie mit Aufregung erfüllt.«

»Sie vernehmen einen Ruf und folgen ihm«, sagte

Kes geistesabwesend. »Ich konnte ihn nicht in dem Sinne hören, spürte nur, wie er an ihren Gedanken zupfte. Die Wesen werden davon angezogen, und auf diese Weise erfüllt sich ihr Schicksal. Jetzt sind sie fort.«

»Aber ...« Paris runzelte die Stirn. »Ich nehme an, sie sind zu einer anderen Region des Planeten geflogen.«

»Nein«, widersprach Kes. »Sie sind fort. Ihre Zeit auf dieser Welt ist abgelaufen.«

»Aber wie können sie im All fliegen?« fragte Paris verwundert. »Dort nützen ihnen die Flügel doch gar nichts.«

»Sie sind mächtig«, entgegnete Kes. »Sie verfügen über mehr Macht als alle anderen Geschöpfe, die ich kenne. Und sie haben auch mehr Wissen. Sie brauchen die Flügel nicht, um zu fliegen.«

Paris sah noch ein letztes Mal zu den Wolken hoch und prägte sich den Anblick fest ins Gedächtnis ein. Dann wandte er sich wieder dem Shuttle zu.

»Wir sollten jetzt Tuvok holen und dann zur *Voyager* zurückkehren. Auch für uns wird es Zeit, diesen Planeten zu verlassen.«

Tuvok beobachtete fasziniert, wie Hunderte, vielleicht sogar Tausende von großen, schlanken Wesen den Wolken entgegenflogen. Ihre Schwingen glitzerten, und die Selbstsphären der Geschöpfe waren weit geöffnet. Im mentalen Äther erklangen Rufe, die immense Freude verrieten.

Der Vulkanier fühlte Leben, Träume und Erinnerungen der Aufsteigenden. Ohne irgendwelche Einschränkungen teilten sie ihre Erfahrungen mit allen, die daran teilhaben wollten – und auch mit jenen, die sich davor zu verschließen versuchten. Ban stützte sich an der Schulter des Außenweltlers ab und zitterte. Die

Stimmen riefen ihn; das spürte Tuvok ganz deutlich. Er nahm die überwältigenden Emotionen wahr, die von den geflügelten Wesen hervorgerufen wurden, und bei Ban kam als verstärkender Faktor hinzu, daß er jetzt etwas bestätigt sah, woran er ein Leben lang geglaubt hatte. Tuvok spürte diese Empfindungen zwar, aber er wußte auch: Tief in Ban reagierte etwas und erwiderte den Ruf der Geschöpfe auf eine Weise, die allein Urrythanern vorbehalten blieb.

Der Vulkanier fühlte auch Vok und die Sehnsucht in ihm, als er beobachtete, wie seine Vorfahren zu einer neuen Existenz aufstiegen. Damit einher ging ein Gefühl des Verlustes: Die verbindende und Einheit schaffende Stimme verklang immer mehr. Sie verschwand nicht völlig, wurde jedoch zu einem Flüstern. Voks Bewußtsein gehörte zu den stärksten, die zurückblieben, und Tuvok begriff: Er sollte das Fundament sein, die Basis für die Zukunft und einen neuen Zyklus.

Als das letzte Wesen durch die Wolken geglitten war, senkte Tuvok den Blick und sah zu den Resten der Siedlung. Er wich nicht sofort von Ban zurück. Der große Urrythaner zitterte noch immer, blieb zunächst im Zauber des Geschehens gefangen. Tuvok fürchtete, daß er das Gleichgewicht verlor und fiel, wenn er ihn nicht mehr stützte. Schließlich bewegte sich Ban, wie jemand, der aus einem tiefen, angenehmen Schlaf erwacht.

Die Sehnsucht existierte nach wie vor, schien in der Luft um sie herum fast greifbar zu sein. Es war keineswegs ein störendes Empfinden. Zwar waren die Ahnen aufgestiegen und überließen ihre Nachkommen sich selbst, aber dadurch gerieten die zurückgebliebenen Urrythaner nicht in Verzweiflung. Statt dessen gab ihnen die neue Situation Kraft und Hoffnung. Sie hatten einen unmißverständlichen Beweis dafür bekommen, daß ihr zehntausend Jahre alter Glaube richtig war. Die Wurzeln ihrer Überzeugungen reichten jetzt tiefer als jemals zuvor.

»Sie müssen Ihre Häuser wiederaufbauen«, stellte Tuvok fest und brach damit das Schweigen.

»Wir errichten neue Gebäude, an einem anderen Ort«, erwiderte Ban. »Diese Ruinen sollen zurückbleiben, um an das *Erwachen* zu erinnern. Dadurch zeigen wir, daß wir den neuen Anfang der Ahnen teilen, indem wir selbst von vorn beginnen.«

»Ban ...«

Vok war wieder auf die Knie gesunken, als der emotionale Strom nachließ. Er kippte jetzt zur Seite, und Ban sprang vor, um zu verhindern, daß der Älteste vom Altar fiel.

»Es wird Zeit«, sagte Vok ruhig. »Bringen Sie die anderen hierher und lassen Sie das Ritual für mich stattfinden. Ich habe den *Langen Schlaf* länger hinausgeschoben, als es eigentlich der Fall sein sollte, und jetzt ruft er mich.«

»Es werden sofort alle notwendigen Vorbereitungen getroffen«, versprach Ban. »Ich sorge dafür, daß man frische Blumen sammelt. Wir bringen hier alles in Ordnung, und dann kann die Zeremonie stattfinden. Sie sind der erste Älteste, für den nach dem letzten *Erwachen* der *Lange Schlaf* beginnt. Wir folgen Ihnen, wenn die Zeit für uns kommt. Eines Tages fliegen wir ebenfalls durch die Wolken und sehen jene wieder, die heute aufstiegen.«

»Ich habe ein langes Leben hinter mir«, sagte Vok leise, und er lächelte unbeschwert. »Jetzt kann ich mich auf einen neuen Anfang freuen. Ich habe etwas gesehen, von dem meine Eltern und die Eltern meiner Eltern nur träumen konnten, von denen sie abends am Lagerfeuer sprachen. Das Schicksal erlaubte es mir, am Wunder des *Erwachens* teilzuhaben.«

Langsam wandte er sich Tuvok zu und griff nach seiner Hand. »Das habe ich Ihnen zu verdanken, und ich werde es nie vergessen. Jetzt schlafe ich, und wenn ich erwache, hat Ihre Seele den Ort im Jenseits erreicht, der ihr bestimmt ist. Nach meinem *Aufsteigen* werde ich versuchen, zu Ihnen zu gelangen, um Ihnen zu danken. Wenn mein Volk das nächste *Erwachen* erlebt, teilt es die Erinnerungen an Sie, und vielleicht kann Ihre Seele dann bei uns sein.«

»Sie sind mir gegenüber zu nichts verpflichtet«, betonte Tuvok. »Ich habe auch an Ihren Erfahrungen teilgenommen – ich konnte mein Selbst nicht vor dem Strom aus Bildern und Reminiszenzen abschirmen. So unlogisch es auch erscheinen mag: Ich glaube, ich stehe in Ihrer Schuld.«

»Wir sehen uns wieder, Tuvok vom Raumschiff *Voyager*.«

Mit diesen letzten Worten sank Vok auf den steinernen Altar und schloß endgültig die Augen. Ban und Tuvok beobachteten ihn eine Zeitlang, und dann ließ der Vulkanier die Hand des Ältesten los, legte sie ihm behutsam auf die schmale Brust.

In der Ferne hörte er das Triebwerk eines Shuttles, und damit ging für Tuvok die von Gefühlen bestimmte Phase zu Ende. Die *Voyager* wartete auf ihn, mit all ihren Problemen und Schwierigkeiten. Er mußte seine Verantwortung dem Schiff gegenüber wahrnehmen, wandte sich ab und schritt in Richtung Tor. Paris landete jenseits davon.

»Warten Sie!« rief Ban ihm nach.

Tuvok drehte sich um und wölbte eine Braue. »Ja?«

»Bitte ...«, sagte Ban. »Wenn Sie und Ihre Gefährten noch immer Vorräte benötigen, wenn ich Ihnen irgendwie helfen und dadurch wiedergutmachen kann, was Sie aufgrund meiner Fehler erleiden mußten ...«

»Ich weise den Captain auf Ihr Angebot hin«, erwiderte Tuvok.

»Dann ist alles gut.« Ein sonderbares Lächeln huschte über die Lippen des Urrythaners.

Als Tuvok sich abwandte und in Richtung Shuttle ging, fügte Ban hinzu: »Ich hoffe, Sie finden einen Weg nach Hause.«

18

An Bord der *Voyager* herrschte eine von Anspannung und Sorge gekennzeichnete Atmosphäre. Es gab weder eine Nachricht vom Shuttle noch vom Planeten, und so unangenehm es auch sein mochte: Der Crew blieb nichts anderes übrig, als die nächsten Ereignisse abzuwarten. Die Brückenoffiziere standen stumm in der Nähe des Kommandosessels, als könnte Janeways Präsenz ihnen dabei helfen, mit ihrer Unruhe fertig zu werden. Sie blickten zum Hauptschirm und versuchten zu erkennen, was auf dem Planeten geschah.

Inzwischen bemühten sie sich nicht mehr, die von der Lebenskraft verursachten Interferenzen mit Sondierungssignalen zu durchdringen. Zwar erwiesen sich die harmonischen Resonanzen als außerordentlich stabil, aber aus irgendeinem Grund ließen sie sich nicht mehr nutzen, um einen Kom-Kontakt mit den ausgeschickten Sonden herzustellen. Die Emanationen der Lebenskraft wurden immer stärker und gingen längst über den normalen Empfangsbereich der entsprechenden Ortungsgeräte hinaus.

Das Warten fiel sehr schwer, aber den Besatzungsmitgliedern der *Voyager* blieb keine andere Wahl, als sich in Geduld zu fassen.

In der Atmosphäre des Planeten blitzte es, und die Daten mancher Displays deuteten auf Anomalien hin: Es schien zu Explosionen zu kommen, und zwar im Bereich der dschungelartigen Gärten und Ruinen. Bei der visuellen Erfassung gab es zwei Probleme: zum einen die Wolkendecke und zum anderen das dichte Blätterdach der Wälder. Dadurch wurde eine direkte Beobachtung des Bodens praktisch unmöglich. Staubwolken wogten empor und sorgten für eine weitere Verschlechterung der Sichtverhältnisse. Die Explosionen schienen ziemlich stark zu sein, was bei den Beobachtern an Bord der *Voyager* noch mehr Unruhe schuf.

Die Abwesenheit von Paris und Tuvok erzeugte eine seltsame Leere auf der Brücke. Neelix war in eine Aura der Verzweiflung gehüllt, während er unruhig auf und ab ging. Alles an ihm brachte Hilflosigkeit zum Ausdruck, und einige der übrigen Anwesenden empfanden zumindest ähnlich. Sie spürten aber auch noch etwas anderes, gewannen einen sonderbaren Eindruck von Unvermeidlichkeit. Auf dem Planeten bahnte sich etwas an, etwas, das weit über ihre Vorstellungskraft hinausging und gleichzeitig einen Teil von ihnen berührte. Sie alle wußten: Es geschah etwas, das sie nicht beeinflussen konnten. Diese Erkenntnis war alles andere als angenehm, und bei Janeway führte sie zu ausgeprägtem Unbehagen.

Die Tür des Turbolifts öffnete sich, und Neelix, der den Kontrollraum vor einer Weile verlassen hatte, kehrte nun zurück. Seine Lippen deuteten ein schiefes Lächeln an, und er hielt ein großes Tablett in den Händen. Darauf standen eine dampfende Kanne und mehrere Becher. Von dem Inhalt der Kanne ging kein besonders verlockender Duft aus, und die Brückenoffiziere richteten verwunderte Blicke auf den Talaxianer. Sie fragten sich, wie er so dreist sein konnte, ausgerechnet jetzt mit einer seiner ›Spezialitäten‹ zu kommen.

»Ich dachte mir, daß Sie vielleicht eine kleine Stärkung brauchen«, sagte er. »Dies ist ein besonders aromatischer Tee – das Rezept habe ich den Kazon gestohlen. Abgesehen vom guten Geschmack hat der Tee noch einen weiteren Vorzug: Er stellt das innere Gleichgewicht wieder her. Die Kazon verwenden ihn bei religiösen Ritualen, um sich vor dem Kampf zu beruhigen. Ich weiß, daß uns kein Kampf bevorsteht – das hoffe ich jedenfalls! –, aber ich glaube, unter den gegenwärtigen Umständen könnte ein derartiges Getränk durchaus nützlich sein.«

»Danke, Neelix«, sagte Janeway geistesabwesend. Sie nahm einen Becher Tee entgegen und schnupperte daran, ohne den Blick vom Hauptschirm abzuwenden. Plötzlich schnaufte sie, beugte sich ruckartig vor und hätte den heißen Tee fast auf ihrem Schoß vergossen.

»Neelix.« Sie atmete schwer und stellte den Becher ab. Die anderen reagierten ebenso auf das Gebräu und starrten den Talaxianer fassungslos an.

Neelix wirkte verletzt, aber nicht überrascht, als er sich der Kommandantin zuwandte.

»Ja, Captain?«

»Was *ist* das?«

»Für diesen Tee muß man zunächst die Mägen spezieller Eidechsen aufkochen, die zuvor mit gewissen Kräutern gefüttert wurden – um die toxischen Substanzen in ihrem Verdauungssystem zu neutralisieren. Es ist ein sehr interessanter Vorgang.«

»Daran zweifle ich nicht.« Janeway seufzte und schob den Becher so weit wie möglich fort, blickte dann wieder zum Hauptschirm.

Was bis eben eine in Wolken gehüllte, grünblaue und braune Welt gewesen war, hatte sich plötzlich verändert. Der Wandel machte sich zunächst nur in einem kleinen Bereich bemerkbar, der jedoch rasch wuchs und sich ausdehnte. Bunte Farben zeigten sich dort vor einem Hintergrund aus grauweißem Dunst. Sie durchdrangen die Wolken, stiegen mit hoher Geschwindigkeit auf.

»Was ist das, Chakotay?« fragte Janeway. Tief in ihrem Innern wußte sie, daß er diese Frage gar nicht beantworten konnte, aber sie mußte sie trotzdem stellen. Aus irgendeinem Grund hielt sie es für notwendig, das Schweigen zu beenden, so als könnte sie nur dadurch wieder aktiv werden.

»Keine Ahnung, Captain«, erwiderte der Erste Offizier. »Aber was auch immer es ist: Es kommt ziemlich schnell näher. Zwar hat es nicht die Geschwindigkeit eines Raumschiffes oder eines Photonentorpedos, aber man kann es wohl kaum als langsam bezeichnen.«

»Schilde hoch«, sagte Janeway. »Computer, vergrößere Sektor siebenundvierzig, Faktor einhundert.«

Das Bild auf dem Hauptschirm wechselte und zeigte den Exodus. Geschöpfe verließen den Planeten, bildeten einen Schwarm aus Farben und funkelndem Licht: die urrythanischen Alten. Wie große, anmutige Engel wirkten sie, segelten mit ausgebreiteten Schwingen durchs All. Ekstatische Freude leuchtete nun in Gesichtern, die zuvor traurig gewirkt hatten. Janeway war ziemlich sicher gewesen, daß der Kummer einen integralen Bestandteil der urrythanischen Mimik darstellte, doch jetzt erkannte sie die Freude als eigentliches natürliches Element. Sie begriff, den Bewohnern des Planeten in Gedanken Unrecht getan zu haben, hoffte auf eine Gelegenheit, diesen Fehler korrigieren zu können – sobald Paris und Kes mit Tuvok zurückkehrten.

Inzwischen stand fest, daß sie trotz ihrer Vorsicht vieles übersehen hatten. Das *Erwachen*. Janeway erinnerte sich daran, diesen Begriffen bei den Urrythanern gehört zu haben. Außerdem entsann sie sich an die Hieroglyphen in den Säulen – die vielleicht eine Art Kokon darstellten? Doch sie selbst und ihre Begleiter hatten das alles für religiösen Mumpitz gehalten. Sie hatte den Glauben der Urrythaner mit entsprechenden

Überzeugungen verglichen, die sie aus ihrer Heimat kannte, doch dabei hatte sie wichtige Unterschiede übersehen. Auf Urrytha gab es Hinterlassenschaften, die eine konkrete Botschaft aus der Vergangenheit darstellten und auf Ereignisse hinwiesen, die sich schon einmal zugetragen hatten und irgendwann eine Wiederholung finden würden.

Kayla war für einen solchen Weg bestimmt gewesen, doch das Eingreifen von Paris und Kes hatte verhindert, daß sie ihn bis zum Ende beschreiten konnte. Janeway fragte sich jetzt, ob es richtig gewesen war, der Bajoranerin das Gegenmittel zu verabreichen und sie zu wecken, ihr dadurch die Teilnahme an einer so wundervollen Verwandlung zu verwehren. Oder hätte sich für Kayla gar nicht die Möglichkeit einer solchen Metamorphose ergeben? Wäre ihr Körper verwest, während die Seele in der Umarmung der *Einen Stimme* verweilte?

Diese Fragen mußten für immer ohne Antwort bleiben. Als die urrythanischen Alten ihren Flug fortsetzten, als farbenprächtiger, schillernder Schwarm durchs All glitten, begann die *Voyager* zu summen. Zuerst war es nur eine leichte Vibration, die kaum mehr als ein vages Prickeln verursachte. Doch schon nach kurzer Zeit veränderte sich dieses Prickeln und bahnte sich einen Weg in Janeways Selbst, ohne den Eindruck zu erwecken, ihre Privatsphäre zu verletzen.

Janeway überlegte, warum sie befohlen hatte, die Schutzschilde zu aktivieren. Was auch immer sie versuchten: Sie konnten ohnehin nichts gegen die fremde Lebenskraft ausrichten. Welche Maßnahmen bisher auch von ihnen ergriffen worden waren: Die Entität ignorierte sie einfach. Warum sollte das bei den Schilden anders sein? In der sanften Vibration gab es etwas, das Janeway berührte, das sie veranlaßte, trotz der – zumindest denkbaren – Gefahr zu schweigen. Je mehr sich die Wesen der *Voyager* näherten, desto sicherer wurde sie, daß die Schilde völlig unnötig waren. Ob aktiviert oder nicht: Dadurch ergab sich kein Unterschied bei dem, was nun geschah.

Janeway wandte den Blick kurz vom Hauptschirm ab und ließ ihn durch den Kontrollraum schweifen, um festzustellen, wie die anderen reagierten. Chakotay und Fowler saßen hingerissen da, hielten sich krampfhaft an den Armlehnen ihrer Sessel fest. Den Displays und Anzeigen schenkten sie überhaupt keine Beachtung mehr. Ihre Aufmerksamkeit galt einzig und allein dem zentralen Projektionsfeld. Der Captain in Janeway wollte sie tadeln und auffordern, sich wieder auf ihre Pflichten zu besinnen, doch der Instinkt sprach sich dagegen aus. Derzeit spielte es keine Rolle, ob sich die Brückenoffiziere auf ihre Arbeit konzentrierten oder nicht.

Die Bilder auf dem Hauptschirm schienen anzuschwellen und Janeways gesamten visuellen Kosmos zu füllen. Gleichzeitig dehnte sich die Lebenskraft bei den Wesen und tastete nach den Selbstsphären an Bord des Schiffes. Janeway fühlte sich nicht so sehr von den Farben und dem Summen erfaßt, vielmehr von der Kombination aus Sinneseindrücken. Nach wie vor gab es eine subtile Vibration, aber noch während ihr rationales Ich eine solche Bezeichnung für das Phänomen wählte, spürte sie, daß mehr dahintersteckte. Das Vibrieren wurde zu einem Geräusch, zu einem Lied, das mächtig genug war, um Schilde und Außenhülle der *Voyager* zu durchdringen. Gleichzeitig blieb es subtil genug, um wie eine wundervolle Symphonie die Gefühle zu beeinflussen.

Plötzlich zerfaserte die perfekte Harmonie, die sich in Janeways Bewußtsein gebildet hatte. Ein Geräusch war der Grund dafür, daß sie wieder zu sich kam: lautes Scheppern. Sie drehte den Kopf, hielt nach der

Ursache des Geräuschs Ausschau und versuchte, wieder so wachsam zu sein wie sonst.

Wenige Sekunden später wich die Anspannung aus ihren Schultern. Neelix war von den Bildern des Hauptschirms so beeindruckt, daß er sein Tablett fallengelassen hatte, um anschließend in den nächsten freien Sessel zu sinken. Dem von ihm selbst angerichteten Durcheinander schenkte er keine Beachtung, starrte statt dessen mit offenem Mund zum zentralen Projektionsfeld. Die Hände des Talaxianers baumelten herab und zitterten.

Janeway fühlte sich Neelix seltsam nahe und fragte sich, was er in den Bildern sah, welche Erinnerungen und Gefühle sie in ihm weckten.

Der Kazon-Tee bildete Lachen auf dem Boden. Hier und dort gingen kleine, rinnsalartige Erweiterungen davon aus. Janeway begriff, daß die Vibrationen in der Außenhülle des Schiffes für das seltsame Muster verantwortlich waren.

Ihre Aufmerksamkeit kehrte zum Hauptschirm zurück.

Die Wesen waren der *Voyager* jetzt sehr nahe. Sie wollte den Computer auffordern, den Vergrößerungsfaktor zu verringern, den herrlichen Moment der Annäherung zu verlängern, doch irgend etwas hinderte sie daran, die notwendige Anweisung zu formulieren. Andere Worte erklangen, und sie stammten nicht von ihr. Hunderte, vielleicht Tausende von Stimmen sprachen gleichzeitig, und alles ergab einen Sinn.

Die fremden Stimmen störten und unterbrachen sich nicht, verschmolzen vielmehr miteinander. Janeway gewann den Eindruck, einen besonderen Akkord zu hören, eine aus vielen einzelnen Teilen bestehende Harmonie, geformt von gesprochenen Worten. Sie vernahm auch eine Melodie und spürte, daß sie der Kommunikation diente. Absicht verbarg sich hinter den

Worten, und sie schien aus Loslösung zu bestehen. Die Wesen lösten sich von ihrer Vergangenheit, nicht nur ganz konkret, sondern auch im übertragenen Sinn, teilten sie mit allen anderen, denen sie unterwegs begegneten.

Ein Strom von Bildern, Geschichten und Tragödien ging von ihnen aus, und begleitet wurde alles von Zuversicht, Ruhe und Frieden, von der Aussicht, neu zu erschaffen. Janeway sah die Städte auf dem Planeten so, wie sie einst gewesen waren, und sie beobachtete auch, auf welche Weise sie sich in Ruinen verwandelten: durch den Aufstieg früherer Generationen von metamorphierten Urrythanern zu einer neuen Existenz irgendwo zwischen den Sternen. Sie sah die Gärten: Aus langen Reihen von Sämlingen entwickelten sich prächtige Parkanlagen, deren wucherndes Wachstum dann einen dichten Dschungel schuf.

Die gelben Blumen waren allgegenwärtig. Zuerst wuchsen sie in kleinen, geschützten Gärten, von Priestern bewacht. Das *Ambiana* wurde nur in kleinen Dosen verabreicht. Als Zivilisationen entstanden, untergingen und sich erneut entwickelten, als zahllose Generationen ihr Wissen weitergaben, Worte veränderten und dem Glauben eine neue Gestalt verliehen, pflanzte man die Blumen in den Gärten an. Dort konnten die Urrythaner jederzeit zwischen ihnen wandeln und den heiligen Blütenstaub aufnehmen.

Janeway erfuhr auch vom Kummer jener, die nicht zu den Auserwählten gehörten. Vok irrte sich. Nicht alle seine Ahnen hatten mit dem *Langen Schlaf* begonnen; nicht alle waren für würdig befunden worden. Im Lauf der Jahrzehnte und Jahrhunderte degenerierte die Kultur von Urrytha, und die Bewohner des Planeten zogen sich in ein Höhlen- und Tunnelsystem zurück, um unter der Oberfläche ihrer Welt zu leben. Die großen Städte der Vergangenheit zerfielen um sie herum, und bei den Ritualen kam es zu Veränderungen.

Je mehr Urrythaner den *Langen Schlaf* begannen, desto stärker wurde ihre vereinte Stimme und desto mehr wuchs ihr Einfluß auf die Lebenden. Gleichzeitig war dadurch weniger *Ambiana* erforderlich, um bei jenen, die auf der Oberfläche des Planeten geblieben waren, den *Langen Schaf* zu bewirken. Der Einfluß der Ältesten ermöglichte mehr Ruhe und Toleranz: Wer früher als unwürdig eingestuft worden wäre, wurde nun ausgesondert oder ›gebessert‹. In späteren Gruppen gab es solche Individuen nicht mehr. Es entstanden einzelne Kommunen, von einem einzelnen Oberhaupt geleitete Gemeinschaften. Ihre Angehörigen strebten jene Loslösung an, die Janeway jetzt erlebte, und sie waren bereit, viele Jahrtausende darauf zu warten. Wenn es Zeit für sie wurde, gesellten sie sich der *Einen Stimme* hinzu, um eine Ewigkeit lang zu singen, bevor das *Aufsteigen* begann.

Später fand der Übergang zum *Langen Schlaf* schneller statt, und dadurch blieb den Urrythanern weniger Zeit, das weltliche Leben zu lieben, zu bauen und den Fortschritt voranzutreiben. Sie verbrachten ihre Tage damit, sich aufs *Aufsteigen* vorzubereiten, dachten nicht an das physische Leben.

Irgendwann verließen sie die Gärten und zogen sich ins Ödland zurück, damit der Blütenstaub nicht zu schnell wirkte – bevor sie Gelegenheit bekamen, die Vorbereitungen abzuschließen. Sie mieden die Ruinen der Städte ihrer Ahnen, hielten sich von den Gärten fern und wandten sich auch von dem Wissen ab, das die alten Schriften enthielten. Ihre Aufmerksamkeit galt einzig und allein dem Bemühen, sich auf die Verschmelzung mit der *Einen Stimme* vorzubereiten. Sie lebten allein für das *Aufsteigen* und bildeten die letzte Phase des Zyklus.

Jetzt brachen jene auf, die im *Langen Schlaf* gewartet hatten. Janeway spürte ihre Nähe, als sie an der *Voyager* vorbeiglitten. Sie fühlte das Zentrum ihres Gemeinschaftsbewußtseins, als es sie dem Auge eines Wirbelsturms gleich durchdrang – ruhig, perfekt im Gleichgewicht. Und dann waren die Wesen fort. Ihre Botschaft – ihre Stimme – ging ihnen voraus, eilte dem entgegen, was sie erwartete, was sie nach zehntausend und mehr Jahren von ihrer Heimatwelt fortrief und dazu veranlaßte, mit einer Reise durchs Universum zu beginnen.

Ihr plötzliches Fehlen schuf eine Leere, die alle Besatzungsmitglieder der *Voyager* seufzen ließ. Sie hatten das Gefühl, einen enormen Verlust erlitten zu haben, aber glücklicherweise dauerte dieses Empfinden nicht lange. Als ihre Selbstsphären zu den normalen Denkmustern zurückfanden, begannen sie damit, auf der Grundlage ihrer Erfahrungen die jüngsten Erlebnisse zu analysieren. Zunächst sprach niemand. Stille herrschte, einige Minuten oder vielleicht sogar Stunden lang.

Schließlich gab sich Janeway einen inneren Ruck und stand auf. Urrytha war wieder ›nur‹ ein Planet, der große Ähnlichkeit mit der Erde aufwies. Die Kommandantin mußte ihre Verantwortung wahrnehmen. Es gab Dinge, die ihre volle Aufmerksamkeit erforderten; den Wunsch, über das nachzudenken, was gerade geschehen war, konnte sie sich nicht sofort erfüllen.

»Fähnrich Fowler, aktivieren Sie die Scanner und Sensoren. Ich bin ziemlich sicher, daß es jetzt keine Interferenzen mehr gibt.«

Janeways Worte beendeten die lange Stille und bewirkten neue Aktivität. Neelix entschuldigte sich vielmals und eilte fort, um einen Lappen zu holen und damit den vergossenen Tee aufzuwischen. Chakotay trat zu Fowler und half ihm bei dem Versuch, den Planeten zu sondieren. Zuerst zeichneten sich die Bewegungen der Brückenoffiziere durch eine gewisse Trägheit aus, doch die vom Verschwinden der Wesen geschaffene Normalität schien ihnen mit jeder verstreichenden Sekunden neue Kraft zu geben. Die Ereignisse hatten ihnen profunden Einblick in eine völlig andere Welt geboten, doch jetzt normalisierte sich die Situation.

»Lieutenant Paris, hier ist die *Voyager*«, sagte Janeway. »Hören Sie mich?«

Eine kurze Pause folgte, und dann drang die Stimme des Piloten aus dem Kom-Lautsprecher.

»Ja, ich höre Sie, Captain«, erwiderte er. »Wir mußten landen, als es geschah – was auch immer *es* gewesen sein mag. Wir setzen jetzt den Flug fort, um Tuvok abzuholen.«

»In Ordnung. Tuvok, hier spricht Janeway. Hören Sie mich ebenfalls?«

»Ja, Captain«, bestätigte der Vulkanier. »Ich warte auf die Ankunft des Shuttles.«

»Kehren Sie so schnell wie möglich hierher zurück. Janeway Ende.«

»Captain?« Das Gesicht des holographischen Arztes erschien auf dem Monitor der Kommandantin.

»Ja, Doktor?«

»Es geht um Fähnrich Kayla, Captain. Ich weiß nicht genau, was passiert ist, aber eben fielen meine Instrumente aufgrund einer starken Fluktuation aus. Vorher bemerkte ich, daß sich Kaylas Schlaf vertiefte und entspannter wurde. Jetzt ist sie wach, und alle Spuren des Toxins sind verschwunden.«

»Ihr Gegenmittel scheint außerordentlich gut zu wirken«, sagte Janeway.

»Sie verstehen nicht, Captain«, entgegnete der Holo-Arzt. »Das von mir entwickelte Gegenmittel neutralisiert die toxischen Substanzen und ermöglicht dem Nervensystem dadurch die Rückkehr zu normaler

Funktion. Aber bei Fähnrich Kayla deutet jetzt nichts mehr auf die frühere Präsenz des Toxins und Gegenmittels hin. Sie scheint nie infiziert worden zu sein.«

Janeway antwortete nicht. Sie sah keine Möglichkeit, dem Doktor zu erklären, was sie gerade erlebt hatten, denn es betraf zu sehr den geistig-emotionalen Kosmos. Der Ausfall seiner Instrumente ging vermutlich auf das Lied zurück, auf die Harmonie, von der die *Voyager* durchdrungen worden war und die vom Exodus kündete. Sie hatte auch Kaylas Genesung bewirkt, obgleich das Wie rätselhaft blieb. Janeway fand keine logische Erklärung dafür, und doch wußte sie mit absoluter Gewißheit, daß die Bajoranerin ihre Rekonvaleszenz den metamorphierten Urrythanern verdankte.

Ein Konzept ihrer eigenen Religion fiel ihr ein: die Wiederauferstehung, durch die der Tod seine Endgültigkeit verlor. Entsprechende Vorstellungen ließen sich durchaus mit dem verbinden, was sie gerade erlebt hatten.

»Captain?«

»Schon gut, Doktor«, sagte Janeway. »Ich glaube, Sie brauchen sich um Fähnrich Kayla keine Sorgen mehr zu machen. Bitten Sie mich nicht um eine Erklärung, denn ich sehe mich außerstande, Ihnen eine anzubieten.«

Der Doktor wirkte verwirrt und auch ein wenig verärgert, aber er verzichtete auf weitere Fragen und verschwand vom Monitor. Janeway lächelte, nahm wieder Platz und wartete darauf, daß Paris mit dem Shuttle zurückkehrte.

Zwar herrschten wieder normale Verhältnisse, aber die Besatzungsmitglieder der *Voyager* bewegten sich fast wie in Zeitlupe. In aller Ruhe gingen sie ihrer Arbeit nach und sprachen dabei nur wenig miteinander. Die meiste Zeit über wahrten sie ein nachdenkliches, meditatives Schweigen. Zum erstenmal seit dem unfreiwilligen Transfer in den Delta-Quadranten erfuhren sie wahren Frieden.

Chakotay wußte die Ruhe sehr zu schätzen. Da er nicht gebraucht wurde, verließ er die Brücke, zog sich in seine Unterkunft zurück und nahm dort am Tisch Platz. Er schloß die Augen, erreichte den Zustand der Trance weitaus schneller und müheloser als sonst. Er kehrte sein Bewußtsein nach innen und suchte jenen besonderen Ort auf, der tief im Kern seines Selbst existierte.

Es gab viele Dinge, die verarbeitet werden mußten. Er entsann sich an die Ausflüge mit seinem Vater, an die eigenen Seelenreisen, doch nie zuvor hatte er etwas erlebt, das sich durch einen so tiefen spirituellen Aspekt auszeichnete. Es war ein Moment wahrer Läuterung gewesen: Jahrhunderte des Wissens und der Evolution hatten sich seinem eigenen Glaubenssystem gegenübergestellt und es durchdrungen. Konkrete, substantielle Veränderungen fanden dadurch nicht statt, aber er gewann eine ganz neue Perspektive.

Chakotay hatte immer geglaubt, daß die Seele nach dem Tod des Körpers von Bestand blieb, aber es zu *wissen* ... Es fiel schwer, an etwas Unbekanntes zu glauben, erst recht dann, wenn man fest in der physischen Realität verwurzelt war.

Als sie Urrytha erreichten, war ihm zunächst ein Fehler unterlaufen. Er hatte die Bewohner des Planeten als primitiv eingestuft, ihren Glauben für naiv und unsinnig gehalten. Jetzt bedauerte er, nicht fähig gewesen zu sein, über den Schein hinauszusehen. Gleichzeitig fand er Trost in dieser Erkenntnis, denn sie teilte ihm mit, daß er während der vergangenen Tage gewachsen war, noch dazu auf eine Weise, die er bis dahin überhaupt nicht für nötig gehalten hatte.

Chakotays Lippen formten ein zufriedenes Lächeln, als er das Zentrum seines Selbst erreichte und die Welt um ihn herum löste sich auf.

In der Krankenstation rutschte Harry Kim von der Untersuchungsliege und staunte darüber, daß sich sein verletztes Bein viel besser anfühlte, als es eigentlich der Fall sein sollte. Er durchquerte den Raum und blieb neben Kayla stehen, die sich gerade aufsetzte.

»Es freut mich, daß es Ihnen besser geht«, sagte er, lächelte und streckte die Hand aus.

Die junge Bajoranerin begegnete seinem Blick und erwiderte das Lächeln. »Ich hoffe, ich habe Ihnen auf dem Planeten keine Sorgen bereitet.«

»Ein wenig schon.« Kim spürte, wie seine Wangen zu glühen begannen. Doch er wußte, daß er diesen Moment hinter sich bringen mußte.

»Zu Hause gibt es jemanden, der auf mich wartet«, sagte er leise. »Eine Frau, die ich sehr liebe. Ich hoffe, das verstehen Sie.«

Kayla nickte, hielt die Hand des Fähnrichs jedoch noch eine Weile fest. Langsam wich Kim fort und ging zur Tür. Er hatte das Gefühl, als sei ein tonnenschweres Gewicht von seinen Schultern gewichen. Kaylas Lächeln wurde wehmütig, als sie Kim nachsah. Kurze Zeit später verließ sie ebenfalls die Krankenstation.

Der Doktor stand einige Meter entfernt, beobachtete das Geschehen und schwieg. Was er gerade gesehen hatte, sollte eigentlich unmöglich sein. Zum erstenmal seit langer Zeit fühlte sich der holographische Arzt versucht, sein Programm zu deaktivieren.

19

Paris brauchte nicht lange, um die restliche Strecke bis zur Siedlung der Urrythaner zurückzulegen. Er genoß jede einzelne Sekunde des Fluges. Die Ahnen der Urrythaner waren fort, das *Erwachen* komplett, doch die davon ausgelösten Emotionen existierten auch weiterhin, ebenso wie die geteilten Bilder und Erinnerungen.

Das Shuttle glitt dicht über die Baumwipfel des Dschungels hinweg, und ganz deutlich konnte man die vom *Aufsteigen* verursachten Veränderungen erkennen. Wo gewaltige Säulen geborsten waren, um die Schläfer in ihrem Innern freizugeben, hatte sich der Boden nach oben gewölbt. Er bedeckte nun das, was zuvor zu sehen gewesen war, und gab das frei, was sich bis dahin in seinen Tiefen verborgen hatte. Noch immer ragten Ruinen im Grün der wuchernden Gärten empor, aber sie boten nicht mehr den gleichen Anblick wie vorher, stammten aus einer noch länger zurückliegenden Epoche der urrythanischen Zivilisation. An vielen Stellen reichten sie tief in den Leib der Welt. Die Landschaft hatte eine ganze neue Gestalt gewonnen, was angesichts der Umstände auch angemessen erschien. Nichts konnte mehr so sein wie vorher, und doch wußte Paris: Irgendwann in ferner Zukunft würde ein neuer Zyklus zu Ende gehen, und dann wiederholte sich das, was sie gerade erlebt hatten.

Ein großer Teil des Dschungels war verschüttet und begraben, aber im Lauf der Zeit gelang es den Pflanzen bestimmt, an die Oberfläche zurückzukehren und die Lücken im vorher so üppig wachsenden grünen Teppich zu schließen. Jener Teil der Gärten, der die *Ambiana*-Blumen enthalten hatte, war fast ganz verschwunden. Darin mochte eine der größten Veränderungen für die Bewohner des Planeten bestehen.

»Die Blumen sind fort«, sagte Paris und brach damit das Schweigen, das Kes und er geteilt hatten. »Ich frage mich, was aus Ban und den anderen wird.«

»Keine Sorge«, erwiderte Kes ruhig. »Auch in der Siedlung gibt es Blumen. Die Urrythaner finden bestimmt eine Weg, das *Ambiana* in die Gärten zurückzubringen.«

Seit der Rückkehr zum Planeten hatte Kes den Eindruck erweckt, mit ihren Gedanken in einer ganz anderen Welt zu weilen. Jetzt, nach dem Ende der Stille, schien sie eine Menge erzählen zu wollen. Doch bevor sie die richtigen Worte fand, mußte sie zunächst einmal Ordnung in ihre Gedanken bringen.

»Ban und sein Volk werden sich verändern«, fügte die Ocampa leise hinzu. »Wir haben das Ende eines Zyklus erlebt – und gleichzeitig den Beginn eines neuen.«

»Wie meinen Sie das?« fragte Paris und wußte, daß in Kes' Worten eine tiefe Wahrheit zum Ausdruck kam. Mit ihren besonderen Fähigkeiten verstand sie die Situation noch besser als er. »Es scheint mehr ein Ende zu sein als ein Anfang.« Er erinnerte sich plötzlich an die Empfindungen, die in ihm entstanden waren, als die geflügelten Urrythaner aus dem Boden kamen und zu einem neuen Leben aufstiegen. Jene Gefühle boten einen deutlichen Hinweis darauf, daß seine Worte nicht der Wahrheit entsprachen.

»Jetzt stehen nicht mehr so viele *Amblana*-Blumen zur Verfügung wie früher«, erläuterte Kes. »Ban und die anderen werden länger brauchen, um den *Langen*

Schlaf zu erreichen. Einige von ihnen schaffen es vielleicht nicht, weil sie vorher sterben. Im Lauf der Zeit entfernen sie sich von den Wurzeln der jetzigen Kultur, und mit dem Wechsel der Generationen wird es weniger Urrythaner geben, die ganz am Glauben festhalten. Vielleicht trennen sie sich von den anderen, um sich ausschließlich ihren Überzeugungen zu widmen.

Neue Städte werden entstehen, und andere Dinge erhalten Priorität. Kunst, Technik, das *Ambiana* und die Priester, die sich darum kümmern, das *Aufsteigen* und die Erinnerungen an diesen Tag, in Stein gehauen oder auf Papier niedergeschrieben ... Die Aufzeichnungen werden immer mehr an Bedeutung verlieren, bis sie nur mehr Geschichten sind, die man Kindern erzählt und als Grundlage für Rituale dienen.

Damit einher geht ein langsames Wachsen. Wenn mehr Urrythaner den *Langen Schlaf* erreichen und sich der *Einen Stimme* hinzugesellen, die das Lied der Harmonie singt, so nimmt ihr Einfluß zu. Vok ist der erste. Er lernte von den Ahnen, und das findet ebenso Niederschlag in seiner Stimme wie jene Dinge, die er von den anderen Schläfern lernen wird. Er bildet die Basis für die neue *Eine Stimme*, für das neue Lied, und irgendeines herrlichen Tages wird er ebenfalls aufsteigen.«

»Vielleicht sollte er seinen Namen ändern und sich Adam nennen«, scherzte Paris.

»Wie bitte?« erwiderte Kes verwirrt.

Der Pilot schüttelte den Kopf. »Es würde *viel* zu lange dauern, es Ihnen zu erklären«, sagte er. »Ich mußte nur gerade an den Glauben meiner Familie denken. Als Kind habe ich ihn nicht sehr ernst genommen, und ich muß gestehen, daß ich auch die Urrythaner zu Anfang nicht sehr ernst nahm. Mir sind da einige erhebliche Einschätzungsfehler unterlaufen.«

»Uns allen«, betonte Kes.

Schweigend setzten sie den Flug fort, und kurze Zeit später landeten sie bei der Siedlung im Ödland. Tuvok wartete in einem freien Bereich, der sich als Landeplatz für das Shuttle eignete. Er hatte die Augen geschlossen und wirkten völlig entspannt, saß mit überkreuzten Beinen und verschränkten Armen.

Er reagierte zunächst nicht auf das Shuttle, hob die Lider erst, als es einige Meter von ihm entfernt aufsetzte. Paris beobachtete, wie der Vulkanier die Augen öffnete, und für einen Sekundenbruchteil glaubte er, in dem dunklen Gesicht ausgeprägte Emotionalität zu erkennen. Dann setzte Tuvok wieder die Maske aus Logik und Rationalität auf. Es geschah so schnell, daß Paris nicht sicher war, wirklich Gefühle in der vulkanischen Miene gesehen zu haben. Er richtete einen fragenden Blick auf Kes, die geheimnisvoll lächelte – sie hatte es ebenfalls gesehen. Ein bemerkenswerter Tag, in jeder Hinsicht.

Sie öffneten die Luke, und Tuvok kam herein. Er nahm in einem freien Sessel Platz und schnallte sich an.

»Sie scheinen sich nicht sehr darüber zu freuen, mich wiederzusehen«, stichelte Paris. Er versuchte, ernst zu bleiben, aber es gelang ihm nicht, ein Lächeln zu unterdrücken.

»Die Rückkehr zum Schiff erfüllt mich mit Zufriedenheit«, sagte Tuvok schlicht.

»Bedauern Sie es gar nicht, Ihre neuen Freunde zu verlassen?« fuhr Paris fort. Er konnte der Versuchung einfach nicht widerstehen. »Als ich Sie zum letztenmal bei den Urrythanern sah, schienen Sie sich sehr nahe gekommen zu sein.«

»Mein Verhalten zu jenem Zeitpunkt wurde allein von Logik bestimmt«, entgegnete Tuvok, und ein Hauch von Empörung erklang in seiner Stimme. »Ich hatte den Urrythanern Hilfe versprochen, und dieser

Verantwortung mußte ich gerecht werden. Wenn Sie nun so freundlich wären, uns zur *Voyager* zu bringen … Ich möchte dort die Krankenstation aufsuchen und meinen Kopf vom Doktor untersuchen lassen.«

Paris' Lächeln wuchs in die Breite. »Warum haben Sie auf uns gewartet?« fragte er unschuldig. »Es gibt jetzt keine Interferenzen mehr, und das bedeutet: Sie hätten sich an Bord beamen lassen können.«

Tuvok antwortete nicht und blickte stumm zur Siedlung. Während der vergangenen Stunden war soviel geschehen, daß er es für unangemessen hielt, auf die Scherze des Piloten einzugehen. Außerdem fühlte er sich ausgelaugt, geistig und körperlich erschöpft. Schweigen folgte, ein Schweigen, das innere Ruhe brachte und den Start begleitete.

Paris beschleunigte, als sich das Shuttle der hohen Wolkendecke näherte. Er wollte nicht noch mehr Zeit verlieren und endlich zur *Voyager* zurück.

Trotz allem, was geschehen war, blieb die *Voyager* noch einige Tage im Orbit von Urrytha. Sie brauchten nach wie vor neuen Proviant, und das Sammeln der Vorräte erwies sich als ausgesprochen unproblematisch: Das vom Doktor entwickelte Gegenmittel schützte vor den *Ambiana*-Pollen, und die meisten Blumen befanden sich nun tief unter der Erde. Hinzu kam, daß sich Ban und die anderen Urrythaner als sehr kooperativ erwiesen – sie halfen den Besuchern aus dem All, hielten sich ansonsten aber von ihnen fern.

Tuvok und Kes wurden eingeladen, an der letzten Phase der Zeremonie teilzunehmen, die Vok für den *Langen Schlaf* zur Ruhe bettete.

Nach dem Ritual blieben sie neben der neu errichteten Säule stehen. Sie war noch feucht und weicher als ihre Vorgänger. An ihrer Basis angebrachte urrythanische Schriftzeichen berichteten die Geschichte von

Voks *Aufsteigen* und dem sechsten *Erwachen*. Ban hatte Captain Janeway gebeten, die gleiche Botschaft in der Schrift ihrer Volkes festzuhalten. Falls weitere Menschen – oder andere Repräsentanten der Föderation – während der nächsten zehntausend Jahre Urrytha besuchten und Voks Säule fanden, sollten sie mehr über ihn und seine Nachkommen erfahren. Ban bestand auch darauf, die *Voyager* und ihre Crew zu ehren, indem er eine weitere Inschrift anbringen ließ, die auf die Rolle hinwies, die sie bei den entscheidenden Ereignissen gespielt hatten.

Seite an Seite standen Kes und Tuvok vor der Säule und berührten sie mit den Fingerkuppen. Sie spürten weder eine überwältigende Vibration noch eine verlockende Harmonie, die an ihrem Selbst zerrte. Statt dessen nahmen sie die Ruhe und Reife des schlafenden Vok wahr. Ban und die anderen fühlten es ebenfalls. Im Lauf der nächsten Jahrhunderte würde ein neuer Wald aus Säulen entstehen, und dann wuchs die Stimme, um einen neuen Traum zu schaffen, ein neues Lied.

Schließlich wandten sie sich ab und sahen Ban im Schatten eines nahen Baums. Er hatte sie beobachtet und ihr Schweigen respektiert. Tuvok trat auf ihn zu und streckte die Hand aus.

Ban ergriff sie und begegnete dem Blick des Vulkaniers. »Sie haben uns einen großen Dienst erwiesen«, sagte er. »Das werden wir nie vergessen.«

»Ich habe getan, was ich für notwendig hielt«, erwiderte Tuvok. »Sie sind mir nicht zu Dank verpflichtet. Bestimmt hätten Sie an meiner Stelle ebenso gehandelt.«

»Da bin ich mir nicht so sicher.« Ban klang sehr nachdenklich. »Aber selbst wenn es zuvor nicht der Fall war ... Ich würde gern glauben, daß Sie jetzt recht haben.«

»Wir müssen aufbrechen«, sagte Tuvok abrupt. »Vielen Dank für Ihre Gastfreundschaft …«

»Danke für alles«, warf Kes ein. Ein inneres Licht glänzte in ihren Augen, heller als jemals zuvor. »Auch wir werden Sie nie vergessen.«

Ban nickte und trat zurück.

Sie wechselten noch einen letzten stummen Blick, bevor sich Ban umdrehte, zu den anderen Urrythanern und seiner Zukunft zurückkehrte.

Der Vulkanier klopfte auf seinen Insignienkommunikator. »Tuvok an *Voyager*. Beamen Sie uns an Bord.«

STAR TREK™

in der Reihe
HEYNE SCIENCE FICTION & FANTASY

STAR TREK: CLASSIC SERIE

Vonda N. McIntyre, Star Trek II: Der Zorn des Khan · 06/3971
Vonda N. McIntyre, Der Entropie-Effekt · 06/3988
Robert E. Vardeman, Das Klingonen-Gambit · 06/4035
Lee Correy, Hort des Lebens · 06/4083
Vonda N. McIntyre, Star Trek III: Auf der Suche nach Mr. Spock · 06/4181
S. M. Murdock, Das Netz der Romulaner · 06/4209
Sonni Cooper, Schwarzes Feuer · 06/4270
Robert E. Vardeman, Meuterei auf der Enterprise · 06/4285
Howard Weinstein, Die Macht der Krone · 06/4342
Sondra Marshak & Myrna Culbreath, Das Prometheus-Projekt · 06/4379
Sondra Marshak & Myrna Culbreath, Tödliches Dreieck · 06/4411
A. C. Crispin, Sohn der Vergangenheit · 06/4431
Diane Duane, Der verwundete Himmel · 06/4458
David Dvorkin, Die Trellisane-Konfrontation · 06/4474
Vonda N. McIntyre, Star Trek IV: Zurück in die Gegenwart · 06/4486
Greg Bear, Corona · 06/4499
John M. Ford, Der letzte Schachzug · 06/4528
Diane Duane, Der Feind – mein Verbündeter · 06/4535
Melinda Snodgrass, Die Tränen der Sänger · 06/4551
Jean Lorrah, Mord an der Vulkan Akademie · 06/4568
Janet Kagan, Uhuras Lied · 06/4605
Laurence Yep, Herr der Schatten · 06/4627
Barbara Hambly, Ishmael · 06/4662
J. M. Dillard, Star Trek V: Am Rande des Universums · 06/4682
Della van Hise, Zeit zu töten · 06/4698
Margaret Wander Bonanno, Geiseln für den Frieden · 06/4724
Majliss Larson, Das Faustpfand der Klingonen · 06/4741
J. M. Dillard, Bewußtseinsschatten · 06/4762
Brad Ferguson, Krise auf Centaurus · 06/4776
Diane Carey, Das Schlachtschiff · 06/4804
J. M. Dillard, Dämonen · 06/4819
Diane Duane, Spocks Welt · 06/4830
Diane Carey, Der Verräter · 06/4848
Gene DeWeese, Zwischen den Fronten · 06/4862
J. M. Dillard, Die verlorenen Jahre · 06/4869
Howard Weinstein, Akkalla · 06/4879
Carmen Carter, McCoys Träume · 06/4898
Diane Duane & Peter Norwood, Die Romulaner · 06/4907
John M. Ford, Was kostet dieser Planet? · 06/4922
J. M. Dillard, Blutdurst · 06/4929
Gene Roddenberry, Star Trek I: Der Film · 06/4942
J. M. Dillard, Star Trek VI: Das unentdeckte Land · 06/4943

STAR TREK™

Jean Lorrah, Die UMUK-Seuche · 06/4949
A. C. Crispin, Zeit für gestern · 06/4969
David Dvorkin, Die Zeitfalle · 06/4996
Barbara Paul, Das Drei-Minuten-Universum · 06/5005
Judith & Garfield Reeves-Stevens, Das Zentralgehirn · 06/5015
Gene DeWeese, Nexus · 06/5019
D. C. Fontana, Vulkans Ruhm · 06/5043
Judith & Garfield Reeves-Stevens, Die erste Direktive · 06/5051
Michael Jan Friedman, Das Doppelgänger-Komplott · 06/5067
Judy Klass, Der Boaco-Zwischenfall · 06/5086
Julia Ecklar, Kobayashi Maru · 06/5103
Peter Norwood, Angriff auf Dekkanar · 06/5147
Carolyn Clowes, Das Pandora-Prinzip · 06/5167
Michael Jan Friedman, Schatten auf der Sonne · 06/5179
Diana Duane, Die Befehle des Doktors · 06/5247
V. E. Mitchell, Der unsichtbare Gegner ·06/5248
Dana Kramer-Rolls, Der Prüfstein ihrer Vergangenheit · 06/5273
Barbara Hambly, Der Kampf ums nackte Überleben · 06/5334
Brad Ferguson, Eine Flagge voller Sterne · 06/5349
J. M. Dillard, Star Trek VII: Generationen · 06/5360
Gene DeWeese, Die Kolonie der Abtrünnigen · 06/5375
Michael Jan Friedman, Späte Rache · 06/5412
Peter David, Der Riß im Kontinuum · 06/5464
Michael Jan Friedman, Gesichter aus Feuer · 06/5465
Peter David/Michael Jan Friedman/Robert Greenberger, Die Enterbten · 06/5466
L. A. Graf, Die Eisfalle · 06/5467
John Vornholt, Zuflucht · 06/5468
L. A. Graf, Der Saboteur · 06/5469
Melissa Crandall, Die Geisterstation · 06/5470
Mel Gilden, Die Raumschiff-Falle · 06/5471
V. E. Mitchell, Tore auf einer toten Welt · 06/5472
Victor Milan, Aus Okeanos Tiefen · 06/5473
Diane Carey, Das große Raumschiff-Rennen · 06/5474
Diane Carey, Kirks Bestimmung · 06/5476
L. A. Graf, Feuersturm · 06/5477
A. C. Crispin, Sarek · 06/5478
Simon Hawke, Die Terroristen von Patria · 06/5479
Barbara Hambly, Kreuzwege · 06/5681
L. A. Graf, Ein Sumpf von Intrigen · 06/5682
Howard Weinstein, McCoys Tochter · 06/5683
J. M. Dillard, Sabotage · 06/5685
Peter David, Die Tochter des Captain · 06/5691
Diane Carey, Invasion – 1: Der Erstschlag · 06/5694

STAR TREK: THE NEXT GENERATION
David Gerrold, Mission Farpoint · 06/4589
Gene DeWeese, Die Friedenswächter · 06/4646

STAR TREK™

Carmen Carter, Die Kinder von Hamlin · 06/4685
Jean Lorrah, Überlebende · 06/4705
Peter David, Planet der Waffen · 06/4733
Diane Carey, Gespensterschiff · 06/4757
Howard Weinstein, Macht Hunger · 06/4771
John Vornholt, Masken · 06/4787
David & Daniel Dvorkin, Die Ehre des Captain · 06/4793
Michael Jan Friedman, Ein Ruf in die Dunkelheit · 06/4814
Peter David, Eine Hölle namens Paradies · 06/4837
Jean Lorrah, Metamorphose · 06/4856
Keith Sharee, Gullivers Flüchtlinge · 06/4889
Carmen Carter u. a., Planet des Untergangs · 06/4899
A. C. Crispin, Die Augen der Betrachter · 06/4914
Howard Weinstein, Im Exil · 06/4937
Michael Jan Friedman, Das verschwundene Juwel · 06/4958
John Vornholt, Kontamination · 06/4986
Mel Gilden, Baldwins Entdeckungen · 06/5024
Peter David, Vendetta · 06/5057
Peter David, Eine Lektion in Liebe · 06/5077
Howard Weinstein, Die Macht der Former · 06/5096
Michael Jan Friedman, Wieder vereint · 06/5142
T. L. Mancour, Spartacus · 06/5158
Bill McCay/Eloise Flood, Ketten der Gewalt · 06/5242
V. E. Mitchell, Die Jarada · 06/5279
John Vornholt, Kriegstrommeln · 06/5312
David Bischoff, Die Epidemie · 06/5356
Peter David, Imzadi · 06/5357
Laurell K. Hamilton, Nacht über Oriana · 06/5342
Simon Hawke, Die Beute der Romulaner · 06/5413
Rebecca Neason, Der Kronprinz · 06/5414
John Peel, Drachenjäger · 06/5415
Diane Carey, Abstieg · 06/5416
Diane Duane, Dunkler Spiegel · 06/5417
Jeri Taylor, Die Zusammenkunft · 06/5418
Michael Jan Friedman, Relikte · 06/5419
Susan Wright, Der Mörder des Sli · 06/5438
W. R. Thomson, Planet der Schuldner · 06/5439
Michael Jan Friedman & Kevin Ryan, Requiem · 06/5442
Dafydd ab Hugh, Gleichgewicht der Kräfte · 06/5443
Michael Jan Friedman, Die Verurteilung · 06/5444
Simon Hawke, Die Rückkehr der Despoten · 06/5446
Robert Greenberger, Die Strategie der Romulaner · 06/5447
Gene DeWeese, Im Staubnebel verschwunden · 06/5448
Brad Ferguson, Das letzte Aufgebot · 06/5449
Dean Wesley Smith/Kristine Kathryn Rusch, Invasion – 2: Soldaten des Schreckens · 06/5754
J. M. Dillard, Star Trek VIII – Der erste Kontakt · 06/5757

STAR TREK™

STAR TREK: DIE ANFÄNGE
Vonda N. McIntyre, Die erste Mission · 06/4619
Margaret Wander Bonanno, Fremde vom Himmel · 06/4669
Diane Carey, Die letzte Grenze · 06/4714

STAR TREK: DEEP SPACE NINE
J. M. Dillard, Botschafter · 06/5115
Peter David, Die Belagerung · 06/5129
K. W. Jeter, Die Station der Cardassianer · 06/5130
Sandy Schofield, Das große Spiel · 06/5187
Dafydd ab Hugh, Gefallene Helden · 06/5322
Lois Tilton, Verrat · 06/5323
Esther Friesner, Kriegskind · 06/5430
Diane Carey, Die Suche · 06/5432
Melissa Scott, Der Pirat · 06/5434
Nathan Archer, Walhalla · 06/5512
Greg Cox/John Gregory Betancourt, Der Teufel im Himmel · 06/5513
Robert Sheckley, Das Spiel der Laertianer · 06/5514
Diane Carey, Der Weg des Kriegers · 06/5515
Diane Carey, Die Katakombe · 06/5516
Dean Wesley Smith/Kristine Kathryn Rusch, Die lange Nacht · 06/5517
L. A. Graf, Invasion – 3: Der Feind der Zeit · 06/5519

STAR TREK: STARFLEET KADETTEN
John Vornholt, Generationen · 06/6501
Peter David, Worfs erstes Abenteuer · 06/6502
Peter David, Mission auf Dantar · 06/6503
Peter David, Überleben · 06/6504
Brad Strickland, Das Sternengespenst · 06/6505
Brad Strickland, In den Wüsten von Bajor · 06/6506
John Peel, Freiheitskämpfer · 06/6507
Mel Gilden & Ted Pedersen, Das Schoßtierchen · 06/6508
John Vornholt, Erobert die Flagge! · 06/6509
V. E. Mitchell, Die Atlantis Station · 06/6510
Michael Jan Friedman, Die verschwundene Besatzung · 06/6511
Michael Jan Friedman, Das Echsenvolk · 06/6512
Diane G. Gallagher, Arcade · 06/6513
John Peel, Ein Trip durch das Wurmloch · 06/6514
Brad & Barbara Strickland, Kadett Jean-Luc Picard · 06/6515
Brad & Barbara Strickland, Picards erstes Kommando · 06/6516
Ted Pedersen, Zigeunerwelt · 06/6517

STAR TREK: VOYAGER
L. A. Graf, Der Beschützer · 06/5401
Dean Wesley Smith/Kristine Kathryn Rusch, Die Flucht · 06/5402
Nathan Archer, Ragnarök · 06/5403
Susan Wright, Verletzungen · 06/5404
John Betancourt, Der Arbuk-Zwischenfall · 06/5405

STAR TREK™

Christie Golden, Die ermordete Sonne · 06/5406
Mark A. Garland/Charles G. McGraw, Geisterhafte Visionen · 06/5407
S. N. Lewitt, Cybersong · 06/5408
Dafydd ab Hugh, Invasion – 4: Die Raserei des Endes · 06/5409
Karen Haber, Segnet die Tiere · 06/5410
Jeri Taylor, Mosaik · 06/5811
Melissa Scott, Der Garten · 06/5812
David Niall Wilson, Puppen · 06/5813

DAS STAR TREK-UNIVERSUM, 2 Bde.,
von *Ralph Sander* · 06/5150
DAS STAR TREK-UNIVERSUM, 1. Ergänzungsband
von *Ralph Sander* · 06/5151
DAS STAR TREK-UNIVERSUM, 2. Ergänzungsband
von *Ralph Sander* · 06/5270

Ralph Sander, Star Trek Timer 1996 · 06/1996
Ralph Sander, Star Trek Timer 1997 · 06/1997
Ralph Sander, Star Trek Timer 1998 · 06/1998
Ralph Sander, Star Trek Timer 1999 · 06/1999

William Shatner/Chris Kreski, Star Trek Erinnerungen · 06/5188
William Shatner/Chris Kreski, Star Trek Erinnerungen: Die Filme · 06/5450

Phil Farrand, Cap'n Beckmessers Führer durch STAR TREK – DIE CLASSIC SERIE · 06/5451
Phil Farrand, Cap'n Beckmessers Führer durch STAR TREK – DIE NÄCHSTE GENERATION · 06/5199
Phil Farrand, Cap'n Beckmessers Führer durch STAR TREK – DIE NÄCHSTE GENERATION – Teil 2 · 06/6457

David Alexander, Gene Roddenberry – Die autorisierte Biographie · 06/5544
Judith & Garfield Reeves-Stevens, Star Trek Design · 06/5545
Nichelle Nichols, Nicht nur Uhura · 06/5547
Leonard Nimoy, Ich bin Spock · 06/5548
Lawrence M. Krauss, Die Physik von Star Trek · 06/5549
Judith & Garfield Reeves-Stevens, Star Trek – Deep Space Nine: Die Realisierung einer Idee · 06/5550
Judith & Garfield Reeves-Stevens, Star Trek – Phase II: Die verlorene Generation · 06/6470
Herbert F. Solow/Robert H. Justman, Star Trek – Die wahre Geschichte · 06/6499
J. M. Dillard, Star Trek: Wo bisher noch niemand gewesen ist · 06/6500

Diese Liste ist eine Bibliographie erschienener Titel,
KEIN VERZEICHNIS LIEFERBARER BÜCHER!